读客文化

I'm a Stranger Here Myself: Notes on Returning to America After 20 Years Away

全民蠢萌的美国

其实是一本美国人日常生活观察笔记

[美] 比尔 · 布莱森 著
夏菁 译

BILL BRYSON

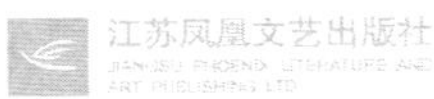

图书在版编目（CIP）数据

全民蠢萌的美国：其实是一本美国人日常生活观察笔记 / (美) 比尔 · 布莱森 (Bill Bryson) 著；夏菁译. -- 南京：江苏凤凰文艺出版社, 2018.10

书名原文: I'm a Stranger Here Myself: Notes on Returning to America After 20 Years Away

ISBN 978-7-5594-2405-1

Ⅰ. ①全… Ⅱ. ①比… ②夏… Ⅲ. ①随笔—作品集—美国—现代 Ⅳ. ①I712.65

中国版本图书馆CIP数据核字（2018）第137001号

图字：10-2018-154号

书　　名	全民蠢萌的美国：其实是一本美国人日常生活观察笔记
著　　者	[美]比尔 · 布莱森
译　　者	夏　菁
责任编辑	丁小卉
特邀编辑	赵芳葳　蔡若兰　乔佳晨
责任监制	刘　巍　江伟明
策　　划	读客文化
版　　权	读客文化
封面设计	读客文化　021-33608311
出版发行	江苏凤凰文艺出版社
出版社地址	南京市中央路165号，邮编：210009
出版社网址	http://www.jswenyi.com
印　　刷	北京中科印刷有限公司
开　　本	890mm x 1270mm　1/32
印　　张	10.5
字　　数	213千
版　　次	2018年10月第1版　2019年11月第3次印刷
标准书号	ISBN 978-7-5594-2405-1
定　　价	49.90元

如有印刷、装订质量问题，请致电010-87681002（免费更换，邮寄到付）

目 录

楔　子

1996年夏末，记者老友西蒙·克尔纳从伦敦打电话给远在美国新罕布什尔州的我，在英国居住了二十多年后，我刚刚举家搬到这里。西蒙最近升任《星期日邮报》副刊《夜与昼》杂志编辑。他出了个主意给我，让我开辟专栏，每周写写关于美国的文章。

这么多年来，西蒙总是能成功地说服我去接下各种各样我没时间完成的工作，不过这次我绝对要婉言谢绝。

“不，”我拒绝他，“我写不出，真抱歉。肯定是不行的，我手头的事情太多了。”

“那你下星期开始可以吗？”

“西蒙，你好像没听懂，我真的做不了。”

“我们想过了，这专栏名称就叫‘大国生活手记’。”

“西蒙，你得给它改名叫‘杂志页面开天窗’，因为我真的做不了。”

“太棒了，太棒了。”他有点心不在焉地说。我觉得他同时在处理别的事情——我猜是审阅泳装版样稿。然后他一直盖住话筒，对身边其他人做出重要的编辑指示。

“那么我们把合约给你寄来。”他回过来跟我说。

“不，西蒙，别这么做。我不可能每周给你写专栏。就这么简单，你听明白了吗？告诉我你听明白了。”

“太好了，我绝对开心。我们都很开心。好吧，这就开始。”

“西蒙，求你听我说。我不可能每周写专栏。真的不可能。西蒙，你在听吗？西蒙？喂？西蒙，你还在吗？喂？浑蛋。”

就这样，我成了报纸专栏作家，从1996年到1998年9月写了两年。我发现周刊专栏的问题在于每周都要更新。现在看起来这当然是废话，不过在过去的两年里，这个事实每个星期都毫无例外地让我深深震撼——还要一篇文章？又要写了？我不是刚刚写过一篇吗？

提到这个，我其实是想说书中的文章完全不是——也不可能是——体系完整的美利坚画卷。我所写的大部分东西都是充斥我生活的鸡毛蒜皮，比如邮局寄信、第一次拥有厨房垃圾处理器的兴奋异常、美国汽车旅馆的兴盛……即便是些小事，我仍然认为它们代表了我的进步：从刚搬好家对于周遭事物的困惑，以及不时遭受惊吓，到现在虽仍然困惑但开始着迷、欣赏和心满意足（你会发现不论我住在哪里，困惑都是我生活中的常见现象）。总的来说，在美国我很开心，我希望后面的文章能让大家完全明了这一点。

这些文章最开始是写给英国读者看的，当然有很多说明阐释对于美国人来说冗长多余——什么叫作汽车外卖窗口，棒球赛中的季后赛是怎么回事，赫伯特·胡佛是谁等。我已经尽量将全书中的这些解释部分去掉，不过因为文字很多，偶尔还是会有遗漏。对此我深感抱歉，疏漏之处还望读者海涵。

西蒙·克尔纳请注意，我想对比尔·申克尔、帕特里克·詹森—史密斯、约翰·斯特林、卢克·登普西和杰德·马特斯，以及每一位在各方面给予我极大帮助的人，表达我最诚挚和最持久的感谢。最重要的是——其重要性无可比拟——感谢我亲爱的妻子和孩子，被我的写作拖累却毫无怨言。

特别感谢小吉米，不论他今后从事哪份职业。

重返故里

我曾经在一本书里调侃道：人生中有三件事是做不成的。其一，打官司赢了电信公司；其二，侍者还没准备看见你的时候，你就引起他的注意；其三，重返故里。可是，自从1995年的春季以来，我就在静静地，甚至是带着点去冒险的勇气，重新审视上述第三点了。

那年五月，我在客居英格兰近二十年后，带着英国太太和四个孩子搬回了美国。我们把家安顿在新罕布什尔州的汉诺威镇，原因只有一个：这地方看上去漂亮得不得了。小镇建于1761年，邻人和善，整洁有序，漂亮的尖塔点缀其间。市中心有一大片绿地，还有一条充满怀旧风情的主街。财力雄厚的著名学府达特茅斯学院也坐落于此，虽面积庞大却毫不盛气凌人。整个小镇被那优雅的建筑物环绕，沉浸在象牙塔的高雅氛围之中。大学里共有五千名学生，个个过起马路来都是横冲直撞，把安全抛诸脑后。有了大学，其他一些好去处也随之而来——好学校、好书店、图书馆、一家历史悠久的电影院（名叫“金矿石”，建于1916年），还有上好的餐馆，以及一家名叫“墨菲”的酒吧，可纵情饮乐。我们完全为这一切所倾倒，便在小镇中心购置了房产，搬了进去。

去国离乡多年以后再返回，让人感觉又奇怪又不安，有点像是从长长的昏睡中突然醒来。你会发现世易时移，只剩下自己有点傻乎乎地无法融入其中：买点小东西却乱给小费，呆立在自动取款机、自助加油泵和付费电话前不知所措，而且当你的手臂被人猛然抓住时，才惊讶地发现加油站的地图再也不是免费的了。

就我而言，少年离家中年返乡，问题就更严重了。所有那些成年人做的事情，比如：还房贷、养孩子、攒钱养老、关注家里屋檐上排水沟的状况，我都只在英国做过。在美国，生活中诸如暖气炉和防风窗之类的东西，都是属于我父亲的事。所以当我发现自己居然拥有一座新英格兰风格的老房子，以及那些谜一般的管道和自动调温器、变化无常的垃圾处理器和极其危险的自动车库门时，我感觉既紧张又兴奋。

当你置身于一个既熟悉又陌生的环境中时，难免感觉惊惶不已。我能历数出那些能证明我是美国人的种种细节，如：五十个州里有哪一个州实行一院制议会；棒球赛里的“抢分战术”是什么；电视上扮演“袋鼠上校”的是谁；我甚至还记得《星条旗永不落》[1]三分之二的歌词，比在公共场合唱过的某些人记得的还要多。

可是让我去五金店的话，就算是现在，我还是摸不着头脑。几个月以来我和镇上“真正好”五金行的工作人员是这样对话的：

1　美国国歌。

“嗨！我需要一些黏糊糊的东西填充墙上的钉眼，我太太那边的人把那东西叫作‘保力胶’。”

“哦！你说的是填泥料。”

“可能是吧。我还要一些塑料的小东西，安装架子的时候套住螺丝拧进墙里。我知道那东西叫‘螺丝栓’。”

“我们叫‘塑料壁虎’。”

“我应该记住才是。”

真的，就算我当时穿着德国巴伐利亚式的吊带花皮裤站在那里，都没有这对话让我感觉自己更像是个外国人。这让我十分震惊。尽管我在英国过得非常愉快，可我从来没有忘记美国是我的故乡，最朴实意义上的家。我在这里生长，这里是我真正了解的地方，也是我衡量其他事物的出发点。

有趣的是，没有什么比居住在异国他乡更能让你感受到自己的国别身份了。过去的二十年里，“美国人”就是我的性格身份标签，人们就这样认识我，把我和他们区分开来。有一次，就因为“美国人”这一身份，我甚至还捡了份工作。那时我年少气盛，曾经给《泰晤士报》的执行编辑写信，说我大概是他手下唯一能够准确无误地拼写出“辛辛那提”这个词的人了（事实也的确如此）。

让我开心的是，这种客居故土的状况也有好处，让许多美国的优点都带上了点新奇而令人着迷的味道。这里的日常生活简洁便利，举世闻名，我就像外国人一样对此惊讶不已：商品应有尽有，让人眼花缭乱；陌生人永远那么热情；美国式的地下室庞大无比，怎么放东西都放不满；还能碰上那些似乎真正乐于自己工作的侍者和服务生，以及让人好奇得要晕过去的种种事情——比如冰块不是什么奢侈品，还有房间里的插座绝对不止一个。

当然，还有一种快乐常常在不经意中出现，那就是再度碰上那些伴随我成长却已大部分被我遗忘的事物：收音机里的棒球赛、夏天开关纱门发出极其令人满意的“呜——砰”声、闪闪发光的昆虫、突袭而来让人仓皇逃命的雷雨、漫天鹅毛大雪、感恩节和国庆节，还有臭鼬的味道从某处传来（若是你刚好能嗅得到，你就会疑惑地问“是臭鼬吗？”），以及里面有馅的果冻、自己穿着短裤的那副滑稽可爱模样。所有这些都珍贵无比，让人说不清道不明。

因此，正负抵消，我确实错了。返乡当然是可以的，只不过记得多带点钱买地图，然后要说买“填泥料”哦！

邮件来了

居住在小巧而又老派的新英格兰[1]小镇乐趣颇多，其中之一就是这种地方通常都有一家小巧而又老派的邮局。我们镇上的邮局就特别漂亮。那是座联邦式砖结构的房子，满怀自信却毫不炫耀，我理想中的邮局就应该是这副模样。此外，它的气味也美妙极了——温度调得略高的老式中央空调混着胶水散发出的气息。

柜台后面的工作人员总是笑脸相迎，热情而高效。如果你的信封口看上去粘得不牢，他们总是很乐意多给你一张胶纸。美国的邮局基本上只处理邮递事务，不管养老金发放、汽车税、电视执照、彩票、储蓄以及名目繁多的其他杂事。英国的邮局可不一样，大家成天都要耗在那里，正好让那些叽叽喳喳的人有了一个称心如意的娱乐场所，他们喜欢打开手袋七掏八掏，弄上好长一阵，就为了凑出数目恰好的零钱。在美国的邮局里绝对看不到长蛇阵，只要花上几分钟，事情就办完了。

1　美国东北部地区名称，由缅因州、新罕布什尔州、佛蒙特州、马萨诸塞州、康涅狄格州和罗得岛组成。

最好的莫过于美国每一家邮局网点每年都有一个“回馈顾客日”。我们镇上就是在昨天。我从来没听说过这种节日，但是我立刻就喜欢上这个日子了。邮局工作人员会扯起小旗，搬出一张长条桌，铺上漂亮的格子布，再摆上丰盛的甜甜圈、小糕点和热咖啡，全部免费。

在英国居住了二十年后，这种好事虽让人开心，却有点不真实的感觉。想想吧，那面目模糊的政府官僚机构居然感谢我和整个镇上的居民光顾。可是，我真的被这打动了，而且充满了感激之情。我要说的是：邮局雇员们并不只是没有大脑的自动机器，成天撕坏邮件，然后不知怎么搞的，把我的版税支票寄给佛蒙特州一位名叫比尔·布巴的人。相反，他们是敬业的个体，受过高级培训，每天的工作就是撕坏邮件，然后把我的版税支票寄给佛蒙特州一位名叫比尔·布巴的人。提醒大家记住上述事实是好事一桩。

不管怎么样，我是被“糖衣炮弹”给腐蚀了。如果你以为：就凭着沾了点巧克力汁的甜甜圈和一塑料杯咖啡这种廉价的东西就能收买我，赢得我对邮局系统的尊重，我会恨你的。不过，事实的确如此。我对于英国皇家邮政也够仰慕的了，可它从来没有给我提供过早餐小点。因此，我想告诉你的是，我从邮局出来后散步回家的路上，一边抹去脸上的点心屑，在心里也一边将美国的整体生活质量，特别是美国邮政局，抬高到了举世无双的高度。

不过，就像大多数政府部门提供的服务一样，我们对它的好感维持不了多长时间。等我到了家，今天的邮件就堆在门垫上。有很多常见的那种邀请函：办张新信用卡啊，拯救一片热带雨林啊，成为“全国大小便失禁基金会”终身会员啊，（交一点钱）把你的名字加入到《新英格兰名人录——比尔卷》啊，助“全国来复枪协会”发起的“武装幼儿”活动一臂之力啊，以及几十封其他那些每天每个美国家庭都会收到的不请自来的诱惑函、恳请函，还有特价活动通知函。好了，在这堆东西当中有一封撕得破烂，惨遭遗弃的信，那是我四十三天以前寄到我加州朋友的公司去的，现在被退了回来盖了个戳，写着“地址不详——查清之后再行邮寄”，或者差不多这个意思的字样吧。

看着这封信，我绝望地叹了一小口气，并不只是因为刚才一个甜甜圈就让我把灵魂出卖给了美国邮政局。正好我最近在《史密森尼》（*Smithsonian*）杂志上读到一篇关于双关语的文章，文章作者言之凿凿：有人搞恶作剧寄出一封信，地址写得让人摸不着头脑：

希尔（HILL）
约翰（JOHN）
麻省（MASS）

不过信居然寄到目的地了，因为邮局工作人员解开了谜底，实际地址是：麻省安多弗市[1]的约翰·昂德希尔（John Underhill）收。（明白吗？）

这故事很棒，我也真的相信确有其事，可是我寄到加州的信

1　安多弗的英文名称为Andover，有“没了，结束”的意思。

命运多舛，似乎邮局方面及其“侦探”高手应该警觉。我信上的地址问题只不过是寄给我朋友收，“由加州伯克利市黑橡树书店转交”，并没有写明街道名和门牌号码，因为我自己也不知道。我明白这个地址确实不详，但也比刚才那个“希尔 约翰 麻省”要清楚明白得多吧。而且不管怎样，黑橡树是伯克利市的一家公共机构，任何了解这座城市的人（我以自己古怪而天真的方式推断伯克利市邮局工作人员应属此列）都知道黑橡树书店。可是很明显，事情并非如此。（天知道我那封信在加州逗留了将近六个星期，它到底都干了些什么？不过它皮肤晒得黑亮，并且抑制不住要与自己内心深藏的感情进行亲密接触。）

现在该给这个悲伤的故事加上点让人愉悦的色彩了，让我来告诉你，在我动身离开英国之前不久，英国皇家邮政局在信件于伦敦寄出后四十八小时内就将之递送到了我手中，那封信的地址写的是“约克郡溪谷作家比尔·布莱森收”。看来邮局的推理能力的确令人吃惊（也不管那个寄信人是不是有点发疯）。

现在的我空有满腔喜爱之情却难以取舍：一边是从不给我点心但帮我解决了一个难题的邮政局；另一边则是送给我免费胶带，提供迅捷服务，但在我忘记街道名称时没有帮我解决问题的邮政局。当然，我得到的教训就是当你从一个国家搬到另一个国家，你得接受这样的事实：新的地方有的方面更好，有的方面则更糟糕，你无力去改变什么。这也许并非晨起外出散步所获得的人生感悟中最深刻的一种，可是我实实在在地得到了一个免费的甜甜圈，总的看来，我想我应该感到开心了。

那么请恕我失陪，我得开车去佛蒙特州找布巴先生拿回属于我的邮件了。

后记：这篇小文写就后几个月，我收到一封从英国寄来的信，地址是这么写的：美国新罕布什尔州某地居住的《林中散步》一书作者比尔·布莱森先生。此信于寄出后短短五天就到了我手上，信封上没有批注也没有修订。祝贺美国邮政局成就了一次不容置疑的胜利。

药品文化

你知道如今我人在美国但真正怀念英国的什么吗？我怀念的是，午夜从酒吧归家，可以头昏脑涨地欣赏电视上的公开大学课程节目。

说到公开大学，可能我得解释一下，那是英国几年前设立的一个了不起的机构，旨在为任何想要接受大学教育的人提供机会，值得大力推荐。其课程有部分在家里完成，有部分在校园里进行，还有一部分是靠电视节目播送，播出时间大都在周日清晨或者深夜这种普通节目播放完毕的空闲时段。

那些电视授课几乎全都是在20世纪70年代早期拍摄的，其典型画面就是一个科学怪人一样的学院派，头发张牙舞爪，衣着品位糟糕得一塌糊涂，让人不禁新生好奇（即使是以那个嗑药年代兼容并包的审美标准来看仍然惨不忍睹）。那人站在黑板前面，身前的桌子上可能放了一只巨大的塑料分子模型，说着令人费解的话：“但是，根据梅索法则，如果我们对微中子加上一个极小的正电荷，这两个自由同位素就会被抛入一个反向坡度轨道当中，同时那个被俘获的正电荷就变成了一个负电子。根据这个公式，反之亦然。”接着他还会在黑板上写下某个那种复杂而毫无意义的公式，就像《纽约客》杂志里经常出现的卡通漫画里的公式一样。

公开大学的电视课程之所以一直受到吧客们在狂欢之后的追捧，绝不是因为这些课程很有趣，其实很明显它们特别没劲。真正的原因在于，很久以来，午夜过后，英国的电视上除了这个节目别无选择。

如今在美国，如果我也在午夜时分归家，通常我会看到电视上有彼得·格雷弗斯[1]身着军用防水短上衣站在那里讲述未解之谜；天气频道还在播报；华丽铺张的电视剧《我爱露茜》[2]已经播出了四小时；至少有三个频道在重播早先的《陆军野战医院》电视剧版（M.A.S.H episodes），还有精品电影频道在滚动播出几部电影，基本上都是几位适婚年龄的女演员在吃喝玩乐。我向你保证所有这些节目都各具特色颇为有趣，但是远远及不上灌下六品脱[3]啤酒后看公开大学的电视节目所感受到的那种催人入眠的快感。我是说真的。

我也不清楚究竟是为什么，但是夜深的时候总是有种奇怪的力量驱使我打开电视，发现有一个人似乎在1973年的一次购物途中把自己所需的所有衣物都买了回来（因此我推测，他就可以毫无牵挂地把自己醒着的每一分钟都奉献给示波器）。他站在那里说话，嗓音奇怪又缺乏个性：“因此，我们可以看到，把两种稳定溶液加在一

1　彼得·格雷弗斯，Peter Graves（1926—2010），美国演员兼电视主持人。

2　《我爱露茜》，I Love Lucy是美国20世纪50年代最著名的情景喜剧系列，被频繁重播。2002年被美国《电视指南》评为有史以来第二优秀的电视剧。

3　英制计量单位，1品脱等于0.568升。

起，我们就得到另一种稳定溶液。”

大多数时候，我对这些人讲的“天书”完全无法理解——不过这也是驱使我打开电视的大部分原因——但是偶尔有些话题是我完全能明白并乐在其中的。我想起几年前曾偶然看到一场完全令人意想不到的精彩讲座，它是给那些想拿市场营销学位的人听的，内容是比较在英国销售专利保健产品和在美国销售同类产品的不同。

此课程的精髓就是：同样的产品在这两个市场所采取的销售策略应完全不同。比如说，在英国做一个缓解感冒症状的胶囊广告，只需要保证该药能让你感觉好受一点点就可以了，绝不可过头。你还是会鼻子发红，裹在睡衣里，但你会再次展露笑容，尽管脸色有点苍白。同样的产品，在美国做广告的话，一定得保证该药能瞬间完全缓解症状。在大西洋另一端的某个美国人服了这奇迹般的化合物后，不仅会一把甩开睡衣马上投入工作，而且那感觉好过他这几年的心情总和，下班后还能有闲情逸致去打保龄球。

从这里可以看出英国人并不指望非处方药来改变生活，然而我们美国人是不改变生活就誓不罢休。似乎时间不断在流逝，然而这种想法并未磨灭。你只需要花几分钟看看电视、翻翻杂志，或者随便到一家药店里被压得嘎吱作响的药架边转转就会发现：美国人时刻都想要那种近乎完美的感觉。我注意到即使是普通洗发水瓶上都会写着“给你不一样的感觉”。

这是我们美国人比较奇怪的一点。我们花了大力气劝诫自己“拒绝药品”，可是一到药店就买上一大堆。美国人每年花在各类药品上的钱高达750亿美元，制药公司将产品推向市场的方式也是极尽热烈直白，让人不知不觉习惯于此。

现在电视上正在播出一则广告：一位颇为养眼的中年女性转身面对镜头以坦率的口吻说：“腹泻的时候，我需要一点点舒适感觉。”（每次我看到这个都要说：“为什么要等到腹泻的时候？”）

还有一则广告：一个男人站在保龄球场上（这些广告里通常都是男人们在保龄球场上），扔出个臭球之后做了个鬼脸，对着他的同伴嘀咕着：“我的痔疮又犯了。”然后就把药掏出来了，这家伙居然随身口袋里就备有痔疮膏！不在他的运动包里，你明白吧，不在他汽车仪表板的小抽屉里，却在他衬衫口袋里，随时就能掏出来，然后招呼大家一起过来看。真是匪夷所思。

但是在我离开美国的那段时间里，真正令人惊叹的变化是，现在连处方药都开始做广告了。我面前就有本热门杂志叫《健康》，里面的广告铺天盖地，都带着粗黑体的标题。有一则这样写着：“为什么只需吃一片的时候要服两片呢？Prempro[1]是唯一一种融倍美力（Premarin）和孕酮于一片的处方片剂。”

还有一个标题问得更有诱惑力：“你有没有在某个不为人知的地方治疗过阴道酵母菌感染呢？”（完全不知所云！）第三则广告直奔经济主题：“医生告诉我后半辈子都得吃降血压药度过了。不过好消息是自从他把我的药从Procardia XL换成Adalat CG[2]之后，帮我省了不少钱。”

1　惠氏制药公司的激素替代药物。

2　Procardia XL和Adalat CG的主要成分都是硝苯地平，心内科用药，主要用于治疗高血压。

让你读到这些广告，然后吵着要你的“健康专家”开出药来给你，就是这些广告的目的所在。竟然让读者们决定什么药是最适合自己的，这让我十分好奇。但是，似乎美国人对于药品所知甚多，几乎所有这类广告都假定读者们的生物化学知识水平相当高。那个阴道酵母菌感染广告非常自信地向读者承诺大扶康（Diflucan）“药效抵得上使用Monistat 7，Gyne-Lotrimin或者Mycelex-7七天的效果”，同时那个Prempro的广告也承诺该药“与分开服用倍美力和孕酮一样有效”。

当你意识到成千上万的人都能理解上述句子的时候，和你一起打保龄球的同伴在衬衫口袋里揣着一罐痔疮油膏这种事情也就不那么荒谬怪诞了。

我不知道这种全民狂热追捧健康的潮流到底有没有价值。我所知道的就是要达到身体内部完美的平衡还有许多种更加美妙的方法。比如，就寝前喝上六品脱啤酒，再看九十分钟的公开大学教学节目，这让我一直受益匪浅。

就餐之惑

下馆子总是令我扫兴的事情，因为我总是不知怎么搞的就和女招待成了死敌。当然我绝对不是有意如此，因为女招待属于某个小群体的成员之一，她们有机会破坏你就要放入口中的食物。

我的具体问题是没法理解我能选择的所有食物品种。如果你点菜，比如说点个沙拉，女招待就会报出十六种沙拉酱供你选择，而我反应又不够快，总是没法一下子就理解那么多概念。

“你能够再重复一遍吗？”我说着，脸上带着那种呆傻的笑容，希望能引起她的同情。

于是女招待轻轻叹了口气，微微翻了翻白眼。如果是你整天面对一个接一个的笨蛋，不得不把十六种沙拉酱反复背诵的话，你也会是同样的表情。她又重复了一遍。这次，我以最严肃的态度仔细聆听，每听到一种就点头示意，最后万无一失地选择了一种她没提到的。

“我们没有千岛酱。”她平淡地回答。

我肯定不可能再让她背诵一遍，于是我就叫了一个我唯一能记住的。之所以我能记住，是因为那名字听上去太可怕了——瑞士格鲁耶干酪加山羊奶酸酱油或者类似的什么。最近我无意中发现了一条权宜之计："随便哪种，只要是粉红色而且闻起来不像是运动背包最底下的那种味道就行了。"我发现她们通常都能理解。

高档餐厅里情况就更糟了，因为服务生一定会向你推荐当晚的特色菜肴。他们的介绍辞藻堆砌，华丽灿烂，总让人惊诧不已，且意义不明。某个星期，我和妻子光顾了佛蒙特州的一家高档餐厅庆祝我们的结婚纪念日，我发誓当时那侍者向我描述的菜肴，我一个都没听懂。

"今晚，"他满怀热情地开始了，"我们供应'笑笑'杂烩甜咸薄饼，香浓'晕船'酱烩海藻，配上我店特别收藏的'凌乱'香草。此菜置于一倒扣的普鲁士头盔中烤制恰好十七分四秒，然后装盘搭配清蒸金合欢和'污糟'叶。非常美味，极具新意。我们今晚还有'落丘里'煎肉排，由我们的弗拉门戈舞者在您的桌上为您亲自煎到鲜嫩多汁，然后再放进泥巴'洞'里，上面覆上番石榴皮网以及自然成熟的'灰泥'烘烤二十七分钟。针对素食顾客，今晚我们有森林'地面''甜肉'大杂烩，从属于本店的森林溪谷采集而来……"[1]

就这样大约聒噪了半小时，我妻子比我这个粗人高雅，她并没有被这些绚丽的辞藻吓倒。她的目标就是力图拨开迷雾，将可以选择的菜肴搞清楚。她仔细聆听，然后发问："对不起，那个'小鞭

1　引号部分为作者拼写有误的单词，由于没听懂，所以拼写不正确。

炮’是铁盘烤的呢，还是绿色‘斯波莱托’垫底装盘上来的？”[1]

“不是，是烤‘荡’上来的，”侍者回答，“‘小鞭炮’一切四，轻轻卷在‘芭芽’里面，然后淋点‘玉兰油’和‘炉甘石’，‘糠’豆和‘斯奴’面条垫底装盘呈上。”[2]

我不知道她为什么自找麻烦问问题，因为除了那些太复杂实在听不懂的名字，没有哪一道菜听上去能引起你的食欲，除非是你喝多了和别人打赌的时候。

那个晚上对我来说是一个特别的时刻，因为我刚好正在阅读那本绝妙的《生之多态》（*Diversity of Life*），是卓越的哈佛博物学者爱德华·欧·威尔逊（Edward O. Wilson）的大作。在此书中他发出了令人吃惊的不和谐之音：我们西方世界所摄入的各类食物其实一点也不危险。

威尔逊指出：地球上可供食用的植物有三万种，但我们或多或少吃下去的只有二十种左右。而这二十种当中呢，光这三种——小麦、玉米和水稻——就占了温带地区总共送进人类肚子里的食物总量的一半以上。植物学中已知的水果有三千多种，但是除了二三十种以外，其他的都被人类抛弃了。蔬菜的情况略好一点，也只是一点而已。

那么为什么我们只吃那么一小部分食物呢？威尔逊认为，原因在于那些少数食物是数万年前我们新石器时代的祖先所培植的，那

1　引号部分为作者拼写有误的单词，由于没听懂，所以拼写不正确。

2　同上。

时候他们刚刚掌握农业方法。

畜牧业也同样如此。如今我们养来吃肉的动物并非因为营养特别丰富或者口感特别美好，而是因为那几种动物是石器时代最早被人类驯化的。

换句话说，从饮食的角度来看，我们都是真正的“原始人”（其实这个词来形容我正好）。刚才那个侍者在出神入化的描述中不停地用诸如“颤音”“蹩脚炖菜”“南美肉馅卷饼”“海鳌虾”“蜜汁”“飞丝”“油炸肉丸”[1]以及鬼知道是什么东西的词语轰炸我们的时候，我认为这个说法很好地解释了为什么我越来越沮丧。

“就给我随便来点盒饭吧。”我真想这么说，不过当然没说出口。

那侍者的长篇大论终于结束了，最后一句话在我听来似乎是这样的：“烤箱里特制的南瓜壳和金橘‘锅料前层饼’[2]。”

“是‘果料千层饼’。”我妻子解释给我听。

“那么从盒子里拿出来的时候长什么样？”我不高兴地问。

“你不会喜欢的，亲爱的。”

我一脸哀伤地转向侍者，问道：“你们这里有什么东西是从牛身上弄下来的吗？”

他很肯定地点点头：“当然有了，先生。我们可以给您一份16盎司的‘极品牛肉’，来自我们在蒙大拿的农场散养的黑白花奶牛，

1　引号部分为作者拼写有误的单词，由于没听懂，所以拼写不正确。

2　同上

只吃天然玉米饲料。我们的屠夫亲自切割下前侧腰窝肉，然后在蒲葵和水牛片上慢慢炙烤，温度控制在……”

“你说的就是牛排吗？”我振作起来，问他。

“我们不喜欢用这个词，先生，但确实是的。”

当然了，现在一切都清楚了。只要你能懂得他们的“行话”，就有真正能吃的东西。“那好，我就要这个，”我说，“配菜应该是一份‘去皮’番茄，手工切碎，用‘帝王谷’的混合蔬菜油煎至金黄，再伴以‘优质啤酒’，在你们自家冷却器里快速冰镇，然后放到玻璃圆桶中上桌。”

那人点点头，注意到我已经破解了密码。“很好，先生。”他说，一边踮了踮脚后跟退下了。

“不要‘果料千层饼’！”我朝着他的背影喊。我可能对食物所知甚少，但是我肯定一点：如果说吃牛排的时候有一样配菜不能要的话，那就是“果料千层饼”。

唉，医生，我只不过是想躺下睡觉……

告诉你一个事实：根据最新的《美国数据摘要》，每年有40万美国人因睡床、床垫或者枕头而导致受伤。想想吧，也就是说每天平均有差不多2000起睡床、床垫和枕头受伤事故发生。当你饶有兴致地阅读这篇文章时，就会有四位同胞不知怎么搞的被寝具弄伤。

我之所以提起这个问题，并不是想说在就寝这方面，美国人比世界其他地方的人糟糕（尽管很清楚的是，我们中有许多人还需要加强练习），而是我发现，有关我们这个地广人疏的国家的几乎任何一项统计数据都能发人深思。

认识到这个问题还是那天的事，我在镇上图书馆里翻看前面提到的《美国数据摘要》。当我想查点别的信息时，正好翻到“图表206：与消费品有关的伤害”，接下来那半小时太有趣了，简直前所未有。

来看这个有趣的事实吧：美国每年有差不多5万人为铅笔、钢笔以及其他办公文具所伤。他们到底是怎么搞的？我也曾长时间坐在写字桌前，真要是受伤了，我也乐意接受，权当开心小插曲，可是我从来没有真正地遭受过严重肉体伤害，连差一点的情况都没有。

于是我又发问了：他们到底是怎么搞的？要知道这些伤害都是严重到要去看急诊的那种，像订书钉扎进食指尖（对我来说是家常便饭，有时候算是半个意外）是不算的。现在我环顾自己的书桌四周，除非我把头放进激光打印机或者用剪刀捅自己，我发现方圆10英尺的范围内没有任何一样东西具有潜在威胁。

可是如果图表206有指导意义的话，那么日常生活中可谓危险无处不在。看看这个，1992年（数据统计截止年份）美国有超过40万人被椅子、沙发以及沙发床所伤。我们能够从中得出什么呢？难道说这数据表明现代家具设计太过棱角分明，还是我们坐起椅子、沙发来简直太不小心了？可以肯定的是问题正日益恶化。与去年相比，椅子、沙发和沙发床有关的伤害案例今年增加了3万起。这种趋势真让人担心，即使那些从来都以大无畏的精神对待柔软家具的人也开始忧虑。（当然，过度自信也是造成问题的根源所在。）

我们可以预见“楼梯、坡道和平台”该是最嚣张的一类了，每年造成约200万人受伤，可是从另外的角度来看，听上去很危险的东西所造成的结果实际上比我们想象的要好得多。因声音录制设备而受伤的人（46,022人）比滑板（44,068人）还多，也比蹦床（43,655人）多，甚至比剃刀和剃刀片（43,365人）还要多。同样只有16,670名精力过于旺盛的砍柴人被短斧和斧头所伤，即使是锯子或者链锯也不过伤及38,692人。

纸币和硬币（30,274人）造成的伤害和剪刀差不多（34,062人）。我还能想象你吞下一枚角币然后马上后悔，可是依照我自己的生活经验，我完全无法构建这样的场景：有人只不过折叠一下纸币，然后就被送进急诊室。能见到这样的人应该十分有趣吧。

每年有26.3万人因天花板、墙壁和室内面板而受伤，我十分乐意与其中任何一位会面。我想，被天花板弄伤的人应该有非常精彩的故事要讲。同样，我也想抽空一睹31,000名“清洁工具”受害者中任何一位的风采。

但是我真正想见的是142,000个不幸的人，他们为衣物所伤不得不去急诊室接受治疗。到底他们受的什么伤呢？复合式睡衣骨折？运动长裤血肿？我真的猜不出。

我有一位朋友是整形外科医生，他有一次告诉我，他的工作所附带的危险之一就是，会扭曲你对于日常生活所包含的风险的认识，因为你经常进行整形手术的病人都是那些被不可思议以及无法想象的情况整得面目全非的人。（那天他动手术的病人就是与一只驼鹿不期而遇，惊慌失措下撞在一起，驼鹿直穿过挡风玻璃扎进车里。）感谢图表206，我突然开始理解他的话了。

有趣的是，我最初之所以查阅《美国数据摘要》，主要是想看看我现在所居住的新罕布什尔州的犯罪数据。我听说这里是美国最安全的地方之一，而《摘要》上的数据也的确证实了这一点。最新一年的报告显示，我们整个州才发生四起谋杀案，和全国的23,000起比较起来实在算不上严重。

当然以上这些数据表明，我在新罕布什尔州被我家天花板或者我的内衣裤（这还只是两个潜在致命的例子）伤害的可能性要比被陌生人伤害的可能性大得多。不过，说真的，我一点也没有因此而感觉轻松放心。

规则第一条：遵守所有规则

那天下午我干了件蠢事。我走进镇上某家咖啡店，未经允许就擅自就座了。在美国可不能这么做，可是之前我脑子里突然冒出一个重要的念头（也就是：牙膏管里总还有那么点牙膏吧——永远会有一点儿剩下吧，想想吧），我得把这个稍纵即逝的想法尽快记下来，那家店里空荡荡的，所以我就挑了张靠近大门的桌子坐下了。

一两分钟后，女招待——顾客就座经理——走上前来以冷静的口气对我说：“我看见你自己找位子坐下了。”

“是啊，”我骄傲地回答，“衣服也是我自己穿的。”

“难道你没看见指示牌吗？”她歪过头去示意一块大指示牌，上面写着“请等候引座”。

这家咖啡店我来过一百五十次了，从各种不同的角度看过这块牌子，就是没有以仰卧的姿势看过。

“哦！”我的语气显得很无辜，然后说，“天哪，我没看到。”

她叹了口气：“好吧，这片的服务生现在很忙，所以请你稍等，她一会儿就过来。”

方圆五十英尺内没有其他顾客，可是这并不重要，重要的是我对张贴出的标牌不敬，所以罚入炼狱里服短期徒刑。

说美国人喜欢规则是大错特错，就和说英国人喜欢排队一样都失之偏颇。遵守规则并非出于热心或关爱，只是多少出于本能的认同吧，认同这些规则很有用，有助于建立和维护一个文明有序的社会。

总的来说，规则是个好东西。我必须说明，有时候少许条顿骑士团式的纪律[1]在英国是不会出岔子的。比如说有些人因为怕麻烦不把车停好，一辆车占了两个车位。（容我直言，对于这样的过错我赞成处以极刑。）

但是，有时候美国人对于规则的热衷有点过了头。就拿我们镇上的公共游泳池来说吧，就有二十七条成文规定。二十七条啊！（其中我最喜欢的是“从跳水板上跳水每次只能弹跳一下”。）而且所有的规则都严格加以执行。

令人懊恼的是，这些规则究竟有没有道理竟然成了完全无关紧要的事。大约一年前，为了应付日益高涨的恐怖主义威胁，美国的航空公司开始要求乘客们在登机时提交带照片的身份证明。我第一次听说这个规定的时候正好抵达离家一百二十英里的飞机场赶一趟航班。

1　条顿骑士团（Teutonic Order）12世纪在巴勒斯坦成立的天主教军事组织之一，由德意志贵族组成，以黑色十字为标志，现已成为纯信仰组织。这里作者的意思应为严厉的军事纪律。

“我得看看你带照片的身份证明。”这位工作人员魅力四射，热情无限，就像有些员工第一次拿到公司免费发放的尼龙领带那样神气活现。

“是吗？可是我好像没有。”我一边说一边拍拍口袋，似乎这样就能变出点什么来一样，然后从我的钱包里掏出一张又一张卡片。我有各种身份证明卡——图书馆借阅卡、信用卡、社会保障卡、健康保险卡、机票——上面都有我的名字，可是没有照片。最后，我在钱包背面找到了一张艾奥瓦州的老驾照，我自己早就把它忘得一干二净了。

“这个过期了。”他嗤之以鼻。

“可是我又不会要求去开飞机。”我回答。

“不管怎么说，这卡是十五年前的，我要看近来的证件。”

我叹了口气，把行李翻了个底朝天，最后突然想起随身带了一本自己的书，封套上有我的照片。我自豪地把书递给他，总算略松了口气。

他看了看书，狠狠地盯着我看，然后再看了一眼打印清单，说道：“我们的‘许可视觉认知成像清单’上不包括这个。”他说的或者是别的什么，反正是一个谁都不懂的名称吧。

“当然不包括了，可是这照片就是我，没什么比这个更能代表‘我’了。”我放低声音向他凑近一点，“你难道真的怀疑，我特地印了这本书就为了偷偷溜上去布法罗[1]的航班吗？”

---

1 纽约州西部一城市。

他又狠狠地盯了我一分钟，然后叫来另一个工作人员商量。他们交谈了一会儿又叫来了第三方。最后成了一堆人围在那里：三个登机工作人员、他们的主管、主管的主管、两个行李工，几个喜欢凑热闹的路人伸长脖子想要看个究竟，还有一个提着铝皮箱子兜售珠宝的家伙。我的航班几分钟内就要起飞了，我的嘴角也开始泛出白沫。“这么做到底都是为了什么呢？”我问那个最大的主管，“为什么一定要带照片的身份证明呢？”

“联邦航空管理局（FAA）的规定。”他说着，很不开心地盯着我的书、我那过期的驾照，还有那份“许可照片证明清单”。

“可是，为什么有这样的规定呢？你真的认为，要求恐怖分子提供一张过塑的本人照片就能够阻止恐怖事件了？你认为，一个能够计划并执行极其复杂的劫机计划或者其他非法空中事件的人，就没办法炮制一份令人信服的假造身份证明了？你有没有想过，要应付恐怖主义，与其这样做，还不如请一个真正清醒而且智商比小小的软体动物高一点的人来监控你们X光机的电视屏幕呢！”我当时可能并非一字一句如上所述，但这确实是那时候我的情绪所至。

但是你看，这个要求并不只是证明你自己的身份，而是严格按照书面规定来证明你自己的身份。

不管怎样，我改变了行动方针，开始请求他们，向他们保证以后绝不会不带好合适的身份证明就上机场。我表现出完全忏悔的态度，我想没有人能表现得那么诚恳，那么悔恨，那么想得到允许登机去布法罗了。

最后那名主管不大情愿地向工作人员点了点头，告诉他让我登机，但是他警告我，下次不可能这么侥幸，然后离开了他的同事。

登机工作人员给我发了登机牌，我正走向登机口，突然转回去，用极低而隐秘的语调和他分享一个非常有用的事后感悟。

“牙膏管里总还有一点点牙膏，”我说，“想想吧。”

带我去看棒球吧！

有时候会有人问我："棒球和板球有什么区别？"

答案很简单。这两种运动都运用高超的球板（棒）技巧，但最重要的区别在于：棒球赛让人热血沸腾，尤其是结束一天回到家，你知道哪个队赢了的时候。

当然，我是开玩笑的。板球是项绝妙的运动，总在不经意间展现细致精微的动作，值得细细品味。如果哪天医生指示我必须完全休息放松，不要过于激动的话，我会马上成为一个板球迷。但在这之前，我的心仍然属于棒球。

我是看棒球长大的，童年时还打过，亲身实践对于有意义地欣赏一项运动来说肯定很重要。多年前在英国我就明白了这个道理，那时我和几个英国朋友一起去足球场上踢足球。

我在电视上看过足球比赛，自认为完全明白踢球要领，所以当他们把球朝我这边吊过来的时候，我决定来个轻松的头球入网，就像我在电视上看见的凯文·基冈[1]的动作一样。我当时想也就和头顶

1 凯文·基冈，Kevin Keegan（1951—），英国传奇的伟大球星，是20世纪70年代继克鲁伊夫和贝肯鲍尔之后独步欧洲足坛的世界级巨星。

沙滩气球感觉差不多吧——温柔而轻盈的“砰”的一响，然后球就轻轻地从我眉毛边弹开，划出一记优美的弧线入网。可是，用头顶足球其实和用头顶保龄球差不多，我从来没有感觉那么惊讶、那么出乎意料过。结果我一边拖着颤抖的双腿走了四个小时，前额上印着一只红色大圆圈，中间写着“MITRE”这个词[1]，一边发誓再也不去做这么愚蠢又痛苦的事情了。

我之所以谈起这个话题，是因为世界职业棒球锦标赛刚刚开始，我想让大家知道我为什么对此特别激动。我应该解释一下，世界职业棒球锦标赛是一年一度的赛事，由美国联盟冠军对垒全国联盟冠军。

其实这么说并不对，因为他们几年前改变了比赛体系。以前的赛制问题在于只有两队参加比赛。现在，就算不是脑外科医生也能想明白，如果你能想办法让更多的队伍进来参赛，那么自然就会财源广进。

于是每个联盟把参赛队伍分成三组，每组四到五支队伍。因此，现在的世界职业棒球锦标赛并非棒球界最好的两支队伍对决——至少并非一定如此——而是每个联盟西部、东部和中部组的冠军，以及（我认为这一点由官方特别授意）什么比赛都没有赢过的几个“外卡”球队[2]所参加的一系列夺标决赛。

这个制度极其复杂，不过究其根本意义，在于实际上每一个棒球队，除了芝加哥小熊队（Chicago Cubs）以外，都能有机会参加世

1　MITRE为足球品牌商标，意思是在足球的重击之下，商标都清楚地印在脑门上了。

2　“外卡”球队，wild card是指“不可预测的”，意思是有可能成为黑马的队伍。

界职业棒球锦标赛。

芝加哥小熊队没机会参加是因为，即使是在如此照顾的制度之下，他们都从来没有出过线。他们经常离出线还差一点点就功亏一篑，还有时候他们占尽优势，让人不得不相信他们怎么会出不了线，可是最后他们仍然坚持不懈地玩完。不管歇菜需要付出多少代价——比如连输十七场啊，让极其容易接住的球从腿边上溜走啊，在外场滑稽地撞在一起了啊——你可以完全肯定，他们一定能够做到。

他们令人信赖而又极为高效地保持这样的战绩已近半个世纪了。自1945年以来他们就没参加过世界锦标赛，那时候斯大林都还在台上过好日子呢。小熊队每年一次温暖人心的失败几乎是在我一生中棒球界唯一没有改变的事情，这让我非常欢喜。

当棒球迷不容易，因为棒球迷都是感伤得无可救药的一群人，不过美国的体育运动来钱凶猛，没什么空间让人去感时伤怀。在美国本土以外的人看来，美国的体育运动最显著的一个特点就是，职业球队经常会非常随意地抛弃他们的忠实球迷搬去新的城市。对于英国足球运动来说，简直就无法想象曼联队搬去伦敦，或者埃弗顿队跑到朴茨茅斯去安新家，或者任何一个球队真的搬到别的地方去了。可是在美国，这种事成天发生，有时候还不止一次。勇士队（The Braves）在波士顿起家，后来搬去密尔沃基，然后又到亚特兰大。运动家队（The A’s）在费城组建，然后转到堪萨斯城，后来又继续换到奥克兰。

与此同时，职业棒球大联盟不断在扩张，不管怎么样，对我来说，它已经庞大到让我难以记住所有的队伍了。现在大联盟有三十支队伍，而我小的时候只有十一支。其中有些球队我完全一无所知。不看战绩表的话，我还真说不出亚利桑那响尾蛇队（Arizona Diamondbacks）到底是属于全国联盟还是美国联盟。对于一个热爱这项运动的球迷来说，我可是坦白到家了。

即使球队都按兵不动的时候，他们也不会真的按兵不动。我的意思是说，他们经常会拆除旧的体育场来建造新的。你可以说我是怪人，说我喜欢鸡蛋里面挑骨头，可是我真的相信棒球赛应该在旧体育场里观看。曾经，美国每个大城市都有一座历史悠久的球场，大都潮湿破旧嘎吱作响，可是极具个性。板凳会开裂，鞋底会粘在地板上经久常在的黏稠物体上，可能是比赛看到兴奋的时候溅落的饮料之类，还有视线可能会不可避免地被支撑顶盖的铸铁大柱子遮挡。可是这些才造就了球场的历史荣誉感。

这样的老球场现在仅存四座，其中两座——纽约的洋基球场和波士顿的芬威球场——也岌岌可危。我不敢说当初我们在新罕布什尔州安家，决定性因素是这里离芬威球场相对较近，可是这确实是一个因素。现在，芬威球场老板想要将它拆掉，再建个新的。

公正地说，20世纪90年代建造的新球场比起三十年前造的多功能体育场来说，的确在尽力保留老式球场的个性和亲近感——有时候还有所改进——但是这些新球场有一个无可逃避也无可挽回的缺点——它们是新的，没有历史，硬是与充满荣耀的过去切断开来。不管他们如何尽心尽力打造新芬威球场，它再也不是泰德·威廉姆斯[1]击球的地

1　泰德·威廉姆斯，Ted Williams（1919—2002），美国棒球巨星，曾为波士顿红袜队效力。

方了，再也不会粘住你的脚了，再也不会发出同样的回声了，再也不会发出可笑的气味了，再也不是芬威了。

我一直在说等他们真的把芬威球场给拆了，我不会去新球场看球，不过我知道自己在撒谎，因为我迷棒球迷得无可救药。所有这一切都让我对那不幸的芝加哥小熊队的无限景仰与日俱增。值得称赞的是，小熊队从来都没有威胁说要离开芝加哥，还一直在瑞格利球场打球。他们大部分比赛甚至还是日场比赛——老天也认为棒球赛应该在日间进行。在瑞格利球场看日场比赛是在美国最棒的体验之一。

不过问题来了。没有哪支球队比小熊队更够格参加世界锦标赛了。可是他们就是出不了线，因为那样的话他们永不出线的传统就会被打破。这可真是个无法调和的矛盾悖论。

前面我说做个棒球迷不容易，现在你明白我的意思了吧？

十万火急

那天我打电话给我的电脑求助热线，因为我需要一个比我年轻很多的人让我觉得自己很无知，那个接电话的人听上去就像个小男生，他告诉我，他需要我电脑上的序列号才能处理我的问题。

“那我到哪里去找序列号呢？”我小心谨慎地问。

“在CPU‘功能性平衡失调系统’下面。”他说，或者是类似的什么乱七八糟的词。

你看，这就是为什么我不常给这个求助热线打电话。我们还没讲到四秒钟，我就已经觉得自己被无知和羞愧的激流卷入了“羞辱海湾”那冰冻的深渊之中。很快，宿命使然，我就知道他要问我电脑的“内存”是多少了。

“这个是不是在电视屏幕那样的东西旁边呢？”我绝望地问。

“这要看了。你的电脑型号是Z-40LX多媒体HPii还是ZX46/2Y铬B—BOP？”

原来是这样，结果我的电脑的序列号刻在主机——那个带CD抽屉开关很好玩的东西——底部的一小块金属板上。现在你可以称呼我为一个理想主义的傻子，可是如果我要在我卖出的每一台电脑上刻上识别号码，然后每次顾客们要跟我交流的时候，都得先照读出来的话，我一定不会把号码放在那么隐蔽的地方，弄得顾客们每次有问题都要搬弄家具、找邻居帮忙才能搞定。不过，我想说的还不是这个。

我的电脑序列号大概是CQ124765900-03312-DiP/22/4，所以我想说的是：为什么？为什么我的电脑需要这样一串复杂得让人透不过气来的数字作为序列号呢？如果从我这里到逐渐减弱的大爆炸气体中最遥远的一束之间，宇宙中每一颗中微子、每一颗物质粒子都需要一台这家公司的电脑的话，用这样的数字体系排列恐怕都还有很多空闲下来吧。

我开始着迷了，着手观察我生活中所有的数字，发现几乎每一组数字都冗长得近乎荒谬。比如说我的VISA信用卡就有十三个数字，差不多够三兆人来申请使用了。他们想糊弄谁啊？我的巴基特租车公司（Budget Rent-a-Car）卡的号码不多不少正好十七位数。甚至连我在镇上影音店办的卡似乎都显示它们的顾客有近十九亿。（这大概可以解释为什么《洛城机密》（*L. A. Confidential*）这部片总是借出去了吧。）

到目前为止，最让人叹为观止的是我的蓝十字/蓝盾医疗卡，它不仅给我编号为第YGH47590701800号，而且还把我归为02368组成员。那么照此推测，每个小组都有一个和我拥有同样编号的成员。你可以想象我们这一大拨人聚会在一起的情景吧。

讲了这么多终于要言归正传了，我想讨论的就是，在过去二十年里，美国人生活中伟大的进步之一：傻子都能记得住的电话号码的问世。

很久以前，人们发现依靠字母来记住数字比依靠数字记住数字要容易得多。比如说在我的家乡得梅因，如果你想打电话询问时间，正式号码是244-5646，当然这个号码不容易让人回想起来。可是如果你拨BIG JOHN，你就拨通了这个号码，每个人都能记住BIG JOHN（除了我妈妈以外，很奇怪她对于基督教的那些名字比较糊涂，所以通常的情况是她不知道拨通了谁的电话，吵醒一个陌生人，问人家现在几点钟，不过这是另外一个故事了）。

当然，现在每个公司都有一个1—800号码——1-800-FLY TWA（环球航空订票热线）或者244-GET PIZZA（订比萨饼热线电话）这一类号码。在过去的二十年里，并没有太多变化给你我这样普通人的生活带来极大的方便，可是这个毫无疑问太方便了。

我现在有一个好主意，我觉得我们应该用一个号码来应付所有的东西。我的号码自然就是1-800-BILL。这个号码可以在任何地方通用——能让我的电话铃响，能出现在我的支票和信用卡上，能装饰我的护照，还能让我租到一张影碟。

当然，这样一来很多电脑程序得重写，可是我确信肯定没问题。我决定先拿我自己的电脑公司开刀，等我找到那个序列号了就开始。

理发心慌慌

我的头发总是非常喜悦、不能自已，不管我身体的其余部分如何安静镇定，也不管这场合是多么严肃正式，我的头发总是在开派对。随便拿出一张集体照，你都能马上找到我，因为我总是站在后排，我的头发就像是以其独有的方式在聆听一张名叫《跳舞狂潮1997》的迪斯科大碟。

每几个月，带着一种不祥的预感，我都会把我的头发带去闹市区的理发店，让那里的人拿它开开心。我不知道为什么，去理发店总让我感觉自己像个懦夫。进了店就得被一个大斗篷给套上，眼镜被摘掉，然后头被拨来弄去为尖利的理发工具所环绕，这些让我觉得无助和不安。

我的意思是：你坐在那里，双臂动弹不得，眼睛眯缝着，然后一个你不认识的人正在你头上进行严肃而且几乎肯定是让你后悔的事情。到目前为止，我人生中已经经历过二百五十次理发了吧，如果说我从中学到什么的话呢，那就是：理发师会按照他的想法来给你理发，然而你本人对此毫无办法。因此整个理发经历对于我来说充满了心理创伤，特别是我总是碰上我不想要的理发师——通常都是他们称为“拇指”的新人。我特别害怕的是这样一刻：理发师引你坐定，你们两个大眼瞪小眼，盯着那让人绝望的灾难，也就是你的头顶，然后他焦急而又热切地说：“那么你想让我怎么处理？”

“简单地打理就好了。”我看着他，满是诚挚的期待，可是我知道他肯定在考虑夸张的爆炸头和上了摩丝变得硬邦邦的旋涡卷，有可能还在考虑一圈圈富有弹性的小卷。“你知道的，就是像银行家或者会计师那样正经一点、不知道叫什么名字的发型。”

“这里有你喜欢的发型吗？”他指着满墙的老式黑白照片，那些微笑着的男人的发型都像是照科幻电影《雷鸟神机队》（*Thunderbirds*）里面的人物做出来的。

“实际上，我不太想要那么显眼。”

“也就是说，自然一点的？”

“完全正确。”

“比如说像我的一样？”

我瞅了理发师一眼，他的发型让人马上想起一艘航空母舰乘风破浪，或者是非常夸张的园艺修剪造型。

“比你那个还要低调一点。”我紧张地提出建议。

他若有所思地点了点头，那样子让我觉得就发型品位而言，我们甚至分处不同宇宙当中，然后他以突兀而坚决的口气说：“我知道你要什么发型了，我们把它叫作‘韦恩·牛顿式’[1]。”

1　韦恩·牛顿，Wayne Newton，美国著名歌手，其发型为非常蓬松的三七开，有鬓角。

“其实不是的。”我开始抗议，可是他已经把我的下巴埋进我胸前，然后抓起了他的推子。

“这可是非常流行的发型，”他补充道，“保龄球队的每个球员都是这个发型。”随着马达一阵嗡嗡响，他开始把我的头发剃掉，就像扯掉墙纸一样。

“我真的不想要那个‘韦恩·牛顿式’！”我满带感情地嘟囔着，可是我的下巴被埋在胸口，而且我的声音始终被淹没在他那不断游动的大剪刀的嗡鸣声中。

就这样我坐在那里，盯着自己的膝盖，在严格的指令下不得擅动，听着那恐怖的理发机器在我的头皮上滚来滚去。那饱受折磨的一小会儿就像是永恒那么长，从眼角边我看到大把大把被剪下的头发落在我肩头。

“别剪太多！”我时不时像羊儿那样叫唤着，可是他正在和旁边另一位理发师以及顾客热切交谈有关波士顿凯尔特人队的前景，他只是偶尔把注意力转到我和我的头发上，基本上每次都嘟囔着“哦，见鬼”或者是“糟了”。

最后他把我的头掰起来，说道：“这个长度如何？”

我眯着眼睛看了一下镜子，可是没有眼镜，我只看到一个远远的貌似粉红色气球的东西。“我不知道，”我没把握地说道，“好像太短了。”

我注意到他不太开心地看着我眉毛以上的所有部分。“那么我们到底是剪‘保罗·安卡式’[1]呢，还是‘韦恩·牛顿式’？”

1 保罗·安卡，Paul Anka，美国著名歌手，与“猫王”齐名，其发型为前额略秃，头发全部后梳紧贴头皮。

他问我。

“呃，其实都不要，”我非常高兴终于有机会澄清这一点了，“我就想简单地打理一下就好了。”

“我来问你，”他说，“你的头发长得有多快？”

“不是很快。”我一边回答一边更加努力地眯起眼看镜子，可是还是什么都看不清，“为什么问这个，有什么问题吗？”

“哦，没有。”他说是这么说，可是那口气就像是在说：“哦，是的。”接着，他说：“没什么，其实就是我把你左边剪成了‘保罗·安卡式’；右边剪成了‘韦恩·牛顿式’。那么我再问你：你有没有大帽子？”

“你到底弄成什么样了？”我那警惕的声音一下子高了八度，可是他已经去找同事咨询去了。他们咬着耳朵，看着我，似乎在看一个交通事故受害者。

“我想我一定是吃了抗组胺[1]。”我听见“拇指”悲伤地跟他们说。

他的一个同事上前一步看了看，觉得并非像看上去那么无可救药。“如果你把他左耳朵背后的头发想办法从后脑勺绕过去挂到另一只耳朵后面，也许把这里的一点接起来，然后你可以把它整成一个略微修改过的‘班尼·拉勃式’[2]。”他转过来问我，“先生，你

---

1 抗组胺，Antihistamines，治疗过敏的药物，对于中枢神经有镇静作用，也影响认知功能和执行能力。

2 班尼·拉勃，Barney Rubble，著名卡通《摩登原始人》（*The Flintstone*）里的主角之一，其发型为三七开。

这几个星期会经常出门吗？”

“你刚才说的是‘班尼·拉勃式’吗？”我悲哀地呜咽起来。

“除非你想要‘赫丘里·波洛式’[1]。”另一位理发师建议。

“‘赫丘里·波洛式’？”我又开始呜咽起来。

他们让“拇指”尽力善后，又过了十分钟，他把我的眼镜递给我，让我抬起头。在镜子里，一张长了耳朵的柠檬蛋白馅饼跃入我眼帘。而我身后，“拇指”十分自豪，笑容灿烂。

“结果还是非常不错，是吧？”他说。

我无话可说，递给他一大笔钱，然后跌跌撞撞地走出了理发店。我步行回家，竖起衣领，把头尽力沉到颈窝里。

进了门，我太太看了我一眼。“你是不是说了什么话把他们惹恼了？”她以诚恳而好奇的语调问我。

我无助地耸了耸肩：“我告诉他，我想剪个银行家那样的发型。”

她如同每位太太那样最终叹了口气。“唉，至少你还押了点韵。[2]”她以自己持有的奇怪而神秘的方式嘟囔了一句，然后给我去找大帽子了。

---

1 赫丘里·波洛，Hercule Poirot，阿加莎·克里斯蒂侦探小说中的主角大侦探波洛，其发型为秃顶。

2 指上面一句话，原文“…look like a banker”这几个词押韵。

热线电话

那天我在家中浴室里突然看到了一样东西，自那以后它就时不时闯入我脑海，就是那只小小的牙线盒。

其实我感兴趣的并不是牙线本身，而是牙线盒上印着的免费电话号码。这个公司的“牙线热线”全天二十四小时开通。可是，问题来了：为什么大家需要打热线电话呢？我不断地想象这样一幅画面：某人打通热线电话，以焦急的口吻问道：“好了，我买到牙线了，然后呢？”

根据过往经验，我的主张如下：如果你必须给牙线生产商打电话，不论是出于什么原因，很有可能你并不适合这个层次的口腔清洁。

我的好奇心被撩起来了，这两天我把家里的橱柜全翻了一遍，饶有兴致地发现，几乎所有日常用品全都有自己的热线电话。似乎你可以打电话咨询如何使用肥皂和洗发水，获知冰淇淋应如何储存才不会融化、不会溢出包装盒，接受有关你身体哪个部分能够最成功而时尚地接受指甲修剪美容方面的专业指导（“那么说得直白一点，你的意思是剪指甲不能在额头上剪？”）。

对于那些没有电话的人，或者那些有电话但还没有熟练掌握使用方法的人来说，大部分日用产品上都标有使用提示，如“剥壳后食用”（花生包装袋上）以及“小心：不得盛放饮料”（漂白剂瓶上）。我们最近买了一只电熨斗，它特意提醒我们：“不要与爆炸性物质一同使用。”无独有偶，前两周我读到这样一条新闻：电脑软件公司正考虑重写这条指示——“准备完毕请按任意键”，因为太多人打电话来投诉他们找不到“任意”键。

直到几天前，对于那些需要这种初级指导的人，我本能地要大肆笑话他们，可是后来发生了三件事，使我修改了自己的看法。

首先，我在报纸里读到亚特兰大勇士队（Atlanta Braves）的明星约翰·斯莫尔茨[1]某天在训练时出现，胸口上拉了一条狰狞的红肿痕迹。大家都追问原因，他才胆怯地承认是自己穿着衬衫的时候拿熨斗去熨，才弄成这样的。

其次，我明白为什么我从来没做过这等蠢事了，只不过是因为我从来就没想出那样的点子。

最后，也许是最具总结性的吧。两天前的晚上，我出门办点事——也就是买点烟斗用的烟丝然后寄几封信。我买好烟丝，径直穿过马路奔向邮筒，打开盖子，然后把烟丝给扔了进去。我不想告诉你们，我走出多远以后才猛然发现，我好像没有百分百正确地执行原计划。

1 约翰·斯莫尔茨，John Smoltz，美国棒球界最具天赋的投手之一。

你看，这就是我的问题，我这样的人就需要邮筒上贴着这样的标签：“请勿投入烟丝或其他个人物品”，因此我也不能虚伪地笑话别人，哪怕是那些在自己胸口熨衣服的，或者是拨打洗发水热线寻求起泡指导的人。

那天吃晚饭时我提到了上述一切，然后很惊恐地发现所有的家庭成员都无比热情，七嘴八舌地建议增加特别适合我的标语，如“小心：当门上贴有‘拉’字时，请勿推”，以及“警告：在桌椅间行走时请勿脱套头毛衣”。他们最喜欢的一条是：“小心：出门前请检查衬衫扣子是否对准正确的扣眼”，就这样说了几个小时。

我承认自己有时候的确在记性、修饰打扮、路过低矮的门框以及很多其他的事情方面笨手笨脚。可是，这就是我的基因使然，且容我解释几句。

最近我才从报纸上剪下一篇文章，是有关一项密歇根大学（或者是明尼苏达大学吧，不管怎样肯定是M开头的大学）进行的研究，结果发现心不在焉是一项基因遗传特征。我把这篇剪报放在标有“心不在焉”的文档里。然后，当然是不知道把文档放到哪里去了。

但是，就在今天早上我寻找这份文档的时候，我发现另一个文档，很有趣地标记为“基因及其他”。幸运的是，文档内容一样有趣，也并非驴唇不对马嘴。里面有一份1996年11月29日《科学》杂志登载的报告，标题为“焦虑相关人格特质与5-羟色胺转运体基因调控区多态性（polymorphism in the serotonin transporter gene regulatory region）的关联”。

非常坦率地说，我没有搞懂那个“5-羟色胺转运体基因的多态性”，至少在篮球赛季之中我肯定没弄懂，可是当我看到这个句子：“通过调控血清素激活反应的强度和持续时间长短，5—羟色胺转运体（5-HTT）对于大脑的血清素神经传递的微调起到至关重要的作用。”我想大家都会有和我一样的反应吧：“天哪，这些家伙在搞大事情哎。”

这个研究的结果是，科学家们已经找到了一种基因（也就是17q12染色体上编号为SLC6A4的基因，写出来给想在家里做实验的人参考），它能够决定你是否天生就是个容易操心着急的人。绝对精确的说法就是：如果你的SLC6A4基因长，你就很可能是一个随和安静的人，如果你的那个基因短，你必定在出门之后的某个时间叫道：“停车，我忘关水龙头了。”

在实际生活中，也就是说，如果你天生就不是杞人忧天的人，你就没什么可操心的（当然反正你也不会操心），然而如果你生来就是个忧心忡忡的人，既然天性如此，你也束手无策，所以你还不如别操心着急了，除非是你生来就如此改不过来。现在再把这个和前面我发现的某个寒冷地区大学有关心不在焉的研究报告结合起来看，我想你能明白：我们的基因要为很多事情负责。

我那个“基因及其他”的文档里还记录了一件有趣的事情。根据理查德·道金斯（Richard Dawkins）的著作《盲眼的钟表匠》（*The Blind Watchmaker*），人体内十兆个细胞中每一个所包含的遗传信息比整个《大英百科全书》（*Encyclopaedia Britannica*）还要多（而且不需要人上门推销），但是我们所有的遗传物质中有百分之九十似乎什么都不做，只是坐在那里，就像星期天登门拜访的弗雷德叔叔和玛贝尔婶婶一样。

有了以上这些信息，我们能得出四个重要结论：1）即使你的基因没有做很多事情，它们也能够以许许多多令人尴尬的方式搞垮你；2）一定要先寄出邮件再去买烟丝；3）如果你不记得第四点的话，千万不要在这之前夸下海口；4）……

设计缺陷

我有个十几岁的儿子，很喜欢跑步，据保守估计，他大概有六千一百双跑步鞋，每一双鞋都体现出跑鞋设计在不断累积更新，投入其中的巨大资金比韦拉扎诺海峡大桥[1]更甚。这些鞋都非常漂亮，我刚在他买的最新一期跑步杂志上读到过一篇文章，是对“体育用途跑步鞋”的评论，很明显这种鞋就叫这个名字。文章里充斥着这样的字句：“EVA鞋底夹层密度双倍加强，前脚掌及脚跟处的气垫保证步履稳当，脚跟处填入胶体吸收震荡波，然而整个鞋底十分小巧，特别适合需要人体工程学保障才能有效运动的人群。”艾伦·谢泼德[2]当时上太空的时候肯定没有这么多高科技可用吧。

我的问题来了：如果我儿子能够从看似种类无限，且精心设计过，并符合人体工程学的运动鞋中自由选择的话，为什么我的电脑

1 韦拉扎诺海峡大桥，Verrazano Narrows Bridge，建成于1964年，是美国跨度最大的桥，位于纽约市，连接斯塔滕岛和布鲁克林区，以意大利探险家乔瓦尼·韦拉扎诺命名。

2 艾伦·谢泼德，Alan Shepard（1923—1998）是美国第一位进入太空的宇航员。1961年5月15日，他乘坐“自由7号”宇宙飞船遨游太空。

键盘这么差劲呢？这是个严肃的质疑。

我的电脑键盘有102个键，几乎是我那老式打字机的两倍。表面上看，电脑键盘似乎非常慷慨，让我拥有了不少排版时的奢侈享受：我有三种括号和两种冒号可以选择，还可以在文章里点缀上脱字符号（^）和变音符号（~），斜线的方向还可以朝左也可以朝右，天知道还有些什么功能各异的其他键。

事实上，键盘的右手边那一堆按键到底是用来干什么的，我一无所知。我偶尔不小心按过其中一个，然后发现出来几段“my w9rk n+w look l*ke th?s”，或者是发现我的最后一页半是Wingdings字体写成的，形状非常有趣却完全不成字形。可是，我还是完全不懂这些按键到底有什么用。

别在意，这些按键里有许多是重复其他按键的功能，而剩下那些则完全是摆设（我最喜欢的是那个标有“暂停”的按键，按下去，绝对什么反应也没有。这让我想起了一个有趣的形而上学的问题：它到底是不是在执行命令呢？），还有几个键排列得有点愚蠢，比如说“删除”键紧贴在“套印”键旁边，所以我经常发现自己刚刚写就的想法，伴随着颤抖的欢笑声被吞吃干净了，就跟吃豆游戏[1]一样，所有我前面写好的东西全没了。还有就是，我经常不知怎么同时按下了几个键，然后就跳出一个框问我：“这是一个无意义的对话框。你想要保留吗？”然后紧跟着另一个“确定要删除此无意义对话框吗？”。这些都不用担心，我很早以前就知道：电脑非

1 PacMan，是一款经典的街机游戏，游戏的目的就是控制主人公黄色小精灵吃掉藏在迷宫中的所有豆子，并且不能被“幽灵”抓到。

我友也。

但是让我生气的是，所有102个键当中，没有一个代表1/2的键。以前的打字机键盘总是有1/2键。但是现在如果我要写1/2，我只能拉下“字符”菜单进入“WP字符”目录，然后在一堆子目录当中搜寻，直到我记起来要找的原来是哪一个。更多的时候，我是偶然才发现，我要找的原来就是“排字符号”目录中偷偷摸摸隐藏着的那个1/2符号。这既叫人厌恶又毫无意义，对于我来说完全不合理。

可是这世界上大多数事情对于我来说都不合理。我们家汽车的仪表板上有一个浅浅的凹进去的地方，和一本简装书差不多大小。如果你想找个地方放墨镜或者是放点儿零钱，很明显就是放在这个状如浅盘的地方了，大小非常合适。不过我要提醒一下，车没开的时候完全没问题，可是一旦你发动汽车，特别是踩刹车、转弯、上小斜坡的时候，所有的东西都会从那里面掉出来。你看，仪表板托盘上根本没有安盖子。这块地方那么平，底部像小酒窝一样浅，东西放进去不敲个钉子钉牢肯定要掉出来。

所以我要问你：这个东西设计出来到底是干什么的？总是人设计出来的吧，它又不会自己跳出来。就我所知，是某些人——可能是仪表板存储分部的所有人员——花了大量时间和智慧，将这样一个实际上根本放不了任何东西的储存托盘，设计融合在这种车型中的。这简直就是了不起的“成就”。

当然，和现代化录像机设计者所创造的多种“成就”比较起来，这个简直不足挂齿。我不准备来唠叨，要给录像机制定程序是如何不可能的了，因为大家已经都知道。我也不想评论，确认录像机是否在录像时，得走到它跟前并俯卧在地上，这是多么令人恼火了。我就准备简要地说说一件事。我刚买了台录像机，其卖点之一（厂商吹嘘的优点之一）就是它能预先设定录制十二个月后的节目。大家想想看，然后告诉我在什么样的情况下——我说的是任何情况——你会想要设置录像机去录制一年以后的节目呢?

我不想像个老头一样不停地抱怨。我坦白承认，市面上有很多经过精心设计的优秀产品都是我儿童时代不曾有过的东西，便携式计算器和易事贴就是两种让我感激不尽，同时也叹为观止的产品。可我还是觉得有很多东西是那么糟糕，那些设计者难道就没有停下来反思过，设计成这样人家怎么用？！

想想让我们发愁的日常生活用品吧——传真机、扫描仪、复印机、旅馆花洒、旅馆闹钟、机票、电视遥控器、微波炉，几乎所有别人有，而你没有的电器用品——它们的设计师真的考虑非常不周，经常让我们发愁。

那么为什么它们的设计师考虑不周呢？因为所有最优秀的设计师都在设计跑步鞋，要不然他们就都是傻瓜。不管是哪种情况，都不公平。

客房服务

我一直以来想做的一件事情，就是去造访加利福尼亚州圣路易-奥比斯波[1]的汽车旅馆（Motel Inn）。

表面上看，我的愿望似乎有点奇怪，因为不管怎么说，那家汽车旅馆都不是特别引人入胜的所在。它建于1925年，是座西班牙殖民地风格建筑，为餐馆主佐罗家族历代经营至今，从未转手出让。旅馆坐落在繁忙的高架路桥之下，周边是一堆加油站、快餐连锁店以及其他一些更加摩登的汽车旅馆。

但是这家旅馆曾一度是连接洛杉矶和旧金山的沿海高速公路上著名的歇脚之处。一位来自帕萨迪纳[2]名叫阿瑟·海因曼（Arthur Heineman）的建筑师造就了这个旅馆非凡的风格，可是这位建筑师最了不起的杰作却是他为旅馆所选择的名字。他将“汽车”（motor）和“旅馆”（hotel）两个词掐头去尾，创造出“汽车-旅

1 San Luis Obispo，美国加利福尼亚州西南部一城市

2 Pasadena，美国加利福尼亚州南部，洛杉矶东北部一城市，因其玫瑰碗剧场和每年的玫瑰花车游行而闻名。

馆”（mo-tel）这个名字，中间用短线连起来以标榜其新意。

那时候美国的汽车旅馆已经不少【第一家汽车旅馆似乎是1901年建于亚利桑那州道格拉斯镇的阿斯金斯农舍小栈（Askins' Cottage Camp）】，可是它们的名字都五花八门——汽车旅店、农舍旅店、酒馆旅店、旅游客栈、汽车酒馆、平房旅店、木屋旅店、游客小栈、游客旅店、旅游酒店等。很长一段时间里，似乎“游客旅店”将会成为这样一个歇脚过夜的地方的标准名称。直到1950年，“汽车旅馆”这个说法才开始通用。

我之所以知道这些，就是因为我刚读完一本讲述美国汽车旅馆历史的书，名叫《美国的汽车旅馆》。书是三位学术界人士写的，沉闷而又冗长，充斥着以下这样的句子：“消费者与食物供应商们的共同食宿需要强烈地影响了有组织的分配体系的发展。”可是，我还是买下了这本书，还一口气看完，因为我喜欢有关汽车旅馆的所有的一切。

我情不自禁地迷上了汽车旅馆。直到现在，每次我将门卡插入汽车旅馆的房门，然后猛然推门而入的时候，我还是会兴奋异常。在这个世界上，让我如此兴奋的只有两样东西（我应该找找原因）：这是其一，还有就是飞机上的航空食品。

汽车旅馆的黄金时代，也就是20世纪50年代，也恰好是我的黄金时代。我想这能够解释我为什么对它如此着迷吧。如果你没有在那个年代开车游遍美国，你几乎无法想象汽车旅馆的迷人魅力。首先，像假日酒店（Holiday Inn）和华美达（Ramada）这样的连锁酒店在那时几乎没有，直到1962年，百分之九十八的汽车旅馆都为各自的主人私有，因此每家旅馆都独具一格。

那时的汽车旅馆究其本质而言分为两类。第一类质量上乘，几乎总是充满了令人宾至如归的温馨感觉。这样的旅馆一般都建于一大片绿地边上，浓阴掩映，一只漆成白色的汽车轮胎点缀在花团锦簇之中。（出于某种原因，主人们喜欢把所有的石头也都漆成白色，然后将它们沿着车道两旁摆放。）很多旅馆都带有游泳池和秋千，还有带礼品商店和咖啡馆的。

室内陈设让人感觉舒适雅致，一家人可以围坐闲谈——厚厚的地毯、嗡嗡响的空调、大电视、带电话和嵌入式收音机的床头柜、微微闪光的浴室。有的房间还有梳妆区域和电动按摩床，两角五分按摩一次。

第二种汽车旅馆可称得上是恐怖至极，我们那时总在这种地方过夜。我父亲大概是史上最了不起的吝啬鬼之一，他总是认为把钱花在……任何事情上都是没有意义的，当然也不能花在你要睡觉的地方。

因此，我们通常都在这样的汽车旅馆房间里凑合一夜：床好像被一匹马睡过一样，是陷下去的，冷气设备就是一扇打开的窗户，然后晚上你肯定会被刺耳的尖叫声惊醒，那是家具碎裂和女人求饶的声音："把枪放下，文尼。你要我做什么都行。"我不想暗示这样的经历造成我后来总是提心吊胆，而且头脑不冷静地怨天尤人，可是我能够清楚地记得以前看电影《惊魂记》[1]中珍妮特·李（Janet

1 《惊魂记》，*Psycho*，1960年出品，为悬念大师希区柯克的代表作之一。

Leigh）在贝茨汽车旅馆里被砍得血肉模糊时，我想：至少她的浴室里还有浴帘。

所有这些汽车旅馆，即使是最糟糕的那些，都让高速公路上的旅行充满不可预知的神秘感，令人兴奋。你永远都不知道今天晚上你能找到一个多舒服的地方入住，又能找到什么样的乐趣。汽车旅馆让公路交通图变得鲜活畅快起来，与我们这个摩登时代整齐划一的高雅精致完全背离。

随着汽车旅馆连锁店兴起之后，这样的状况很快就改变了。就拿假日酒店来说吧，短短二十年不到的时间，就从1958年的79家门店发展到近1500家。如今五大连锁旅馆就拥有全美汽车旅馆客房的三分之一。很明显，如今的旅行者不喜欢生活中出现不确定因素。不论走到哪里，他们都喜欢住在同样的地方，吃同样的东西，看同样的电视节目。

最近我和家人从华盛顿特区驾车回新英格兰，路上我试着给孩子们讲述这些汽车旅馆的故事，然后提议晚上在一家老式家庭旅馆歇脚。结果每个人都认为这个主意愚不可及，可是我坚持认为这一定会是一段难忘的经历。

于是，我们就到处找，路过了几十家汽车旅馆，全是那种全国连锁店。最后，差不多九十分钟过去了，似乎一点希望都没有，我已经在州际公路上来回兜了七八趟。终于，看哪！“沉睡谷汽车旅馆”在黑暗中熠熠生光，就是那种完美的五十年代的旅馆样式。

“街对面有一家‘舒适客栈’。”我的一个孩子说道。

“吉米，我们不住‘舒适客栈’。”我忙着解释，兴奋异常以至于暂时忘记了我并没有一个叫吉米的孩子，“我们住真正的汽车旅馆。”

我太太这个英国人坚持要看看客房再决定。当然那房间是一塌糊涂，室内陈设破烂且过于简陋。里面冷得不得了，你都可以看见自己的呼吸凝成水汽。浴室里有浴帘，只用三个挂钩吊着。

“这叫有个性。”我坚持住下来。

“傻瓜才住这里，”我太太回答，“我们住街对面的‘舒适客栈’。”

我眼睁睁看着他们大部队撤离，简直不敢相信这是真的。

“吉米，你会留下陪我，对吧？”我问道，可是他头也不回地离开了。

我在那儿呆立了十五秒，然后关上灯，退了房间钥匙，穿过马路到“舒适客栈”去了。那里果然毫无个性且单调乏味，就和我曾经住过的任何一家连锁门店一模一样。不过房间干净，电视也正常运转，而且特别值得一提的是：浴帘尤其漂亮。

消费乐融融

我相信我已经明确无误地证明了美国是完美的购物天堂。翻开随着清晨邮件一起不请自来的音像制品目录，你就会看见一个天堂。那里面不仅有常见的五花八门的影视作品——从《泰坦尼克号》到《健康养生太极拳》，以及约翰·韦恩[1]的所有电影——还有一部名为《裸体玛卡蕾娜舞[2]指南》的自助学习片，这部片声称将引导观众体会“风靡全国的拉丁舞曲热浪”。

这张产品目录中还有一部名为《古董农场拖拉机》的纪录片、盒装唐·诺茨[3]作品全集、名字风趣的汇编集《美国裸体家庭主妇》（第1卷及第2卷），描述普通家庭主妇“一丝不挂做家务”的场景，居然还有套筒扳手，似乎我会买来当圣诞礼物送人一样。

1　约翰·韦恩，John Wayne（1907—1979），著名美国演员，以西部片和二战片闻名，代表作有《大地惊雷》《红河》等。

2　《玛卡蕾娜》，*Macarena*，西班牙组合“河边二重唱”1996年的专辑。是世界上最成功的拉丁音乐唱片，全球销量超过1000万张。

3　唐·诺茨，Don Knotts（1924—2006），美国著名喜剧电视演员。

我想说的是：在这个神奇的国度，没有什么东西是买不到的。当然，几十年来购物一直是一项全民运动，可是近几年来零售业的三项重要进展将购物潮推向新高，更加让人眼花缭乱。

电话营销 这是种全新的业务，大批销售人员几乎是随机选择陌生人的电话号码，通常晚饭时间打过去，孜孜不倦地向他们宣读早已准备好的“台词”，如果他们购买某项产品或者服务，就承诺附送牛排刀或者AM-FM收音机之类。这类销售人员越来越有死猪不怕开水烫的趋势。

要我在电话里从一个陌生人那儿购买佛罗里达州分时度假产品的可能性，基本上和到我家门口来传教，然后我就改变宗教信仰，立即投奔摩门教一样微乎其微。可是，显然并非所有人都这么想。据《纽约时报》报道，美国的电话营销年销售额达到了三百五十亿美元。这个数字如此惊人，我每次想到它都会头疼，所以我们还是转换话题，聊聊第二种零售新模式吧。

品牌折扣卖场 这些大型卖场是拉尔夫·罗伦（Ralph Lauren）以及加尔文·克莱恩（Calvin Klein）这样的公司打折直销自己产品的地方。在很多地方，这些折扣卖场并非以商场的形式出现，而是由各种品牌的折扣商店所占据的整个小镇。最著名的例子莫过于缅因州的弗里波特折扣中心了（Freeport），那里是L. L. Bean[1]的老家。

---

1 美国知名户外运动服装品牌。

去年夏天，我们全家去缅因州海滩的路上曾经路过那里。一直到现在，我一想起那段经历就禁不住害怕得发抖。去弗里波特的过程恒久不变：排着长长的车队开进镇里，花四十分钟找个地方停车，然后加入成千上万的人所组成的队伍沿着主街走过去，经过一个又一个曾经知名或者将要出名的品牌店铺。

所有店铺的正中央就是L．L．Bean的卖场，奇大无比。每天二十四小时营业，年中无休。如果你想的话，可以凌晨三点去那里买一个爱斯基摩人的皮船。想到居然有很多人做这样的事，我的头又开始痛起来了。

产品目录 邮递购物已经存在很长时间了，可是如今其无孔不入已经达到了令人叹为观止的程度。几乎从我们回到美国的那一刻开始，产品目录们就不请自来了，每天和邮件一起出现在我们的门垫上。现在我们家一周会收到一打，有时候还更多——有音像制品的、园艺工具的、内衣的、书籍的、露营和钓鱼装备的、让你的浴室更加时尚欢快的，你能想得到的都有。

有很长一段时间我把这些目录连同其他的垃圾邮件一起扔掉。其实我真的很笨，现在我明白了，这些产品目录不仅能带来几个小时的阅读享受，更能开启一个充满各种可能性的世界，填补我知识上的空白。

今天和开始提到的那个“裸体玛卡蕾娜舞”小册子一起到来的还有一本目录，叫作“严肃读者必备工具”。里面也就是常见的各种记事本、桌面收纳工具、床头灯和膝上托盘（lap tray）等。可是，特别吸引我眼球的是某种名为“公文包架”的东西——一只小巧的带滚轮车，离地面约四英寸高。

“公文包架”可供选择的颜色有黑樱桃木或自然樱桃木色，而且139美元的价格非常有诱惑力。它是专门为减轻当今棘手的办公存储问题而设计的，正如产品目录上所宣传的：“我们大多数人每天在家里或者在办公室里都会为同一桩烦心事而苦恼，那就是公文包该放在哪儿？因此我们设计了‘公文包架’，能使您的公文包不用落地，塞入和抽取东西会随着一天终结而更加方便。”

我特别喜欢那六个字：“随着一天终结。”有多少次我在一天工作结束的时候忍不住想：“哦！要是有一个带转轮的小巧包架，有原木色调可供选择，能够让我弯腰的时候省下最后那四英寸去拿公文包，我愿意付出任何代价！”

可怕的是，有时候这样一些产品描述写得如此艺术，以至于你差一点就上当了。有一次，我读到另外一本产品目录出售一种稀奇古怪的意大利厨房用品，叫作“纸卷泊”[1]，称其有“弹簧张力臂”“不锈钢导向装置”“手工黄铜顶饰”，还有“橡胶垫圈保证出色的稳定性”——只售49.95美元——我终于明白了，其实就是个卷筒纸托架。

显然，产品目录不可能说：“无论你从哪个角度看，那只不过是一个卷筒纸托架，谁买谁就是傻子。”因此它们必须想办法用异国

1　原文为意大利语。

特色和复杂的技术名词搅得你头晕眼花。

结果哪怕是产品目录上最普通的产品，都吹嘘自己的设计特色比起1954年的别克轿车来是有过之而无不及。我面前就有一本另外一家公司印刷精美的小册子，毫不掩饰其骄傲自负，宣称它的法兰绒衬衫有如下主要特色：手腕部纽扣、超长袖口开衩、四十支纱双层布料精制（“超级柔软毛感”）、后部复褶、受压点两重缝合、方便吊圈以及非粘补式衣领等。即使是袜子的介绍都是长篇大论，听上去很有科学的意味，不断赞美什么无缝结合啊，一对一纤维环啊，以及手工连接的纱线之类。

我承认自己有时候会听信这些极具诱惑力的鬼话买上面的东西，可是最终我发现，要从花37.50美元买一件“超级柔软毛感”的衬衫和小睡一会儿这两者中选择其一的话，我还是会选后面一个。[1]

不过，我在这里要说明，如果有人设计出“全裸玛卡蕾娜套筒扳手家用锻炼录像”，还带有不同颜色可供选择的方便吊圈，我就立刻下订单。

1 “柔软毛感”和“小睡”在英文中是一个词，即nap。

数字游戏

生命不息惊人不止的美国国会最近投票批准多拨款110亿美元给五角大楼，超出国防部先前要求的数目。你知道110亿美元到底有多少吗？你当然不知道，没有人知道。我们不可能想象得出这么巨大的一笔款项。

不管在哪里，说到美国和美国经济，你都会碰上一堆极其庞大的数据，故意不让人弄明白。就说几个随手从这个星期的报纸上选出来的数字吧：加利福尼亚州经济总量达到8500亿美元。美国今年的国内生产总值达到6.8兆美元。联邦预算为1.6兆美元，联邦赤字近2000亿美元。

这些数字到底有多庞大，很容易为我们所忽略。据《时代》周刊报道：上一次计算的美国累积债务比4.7兆美元略低，只有“毫发”之差。而准确数字是4.692兆，因此要驳倒这个说法很难，尽管其误差高达80亿美元——这在任何人的账簿上都应该是一根相当粗大的“毫发”吧。

我在英国一家全国性报纸的商业部门工作过很长时间，我知道即使是经验最丰富的财经记者在处理“十亿”和“兆”这样的名词时通常都会糊涂。引起这种状况有两个原因：一是一般他们中午都喝多了；二是这样的数字真的很容易让人糊涂。

整个问题就出来了：天文数字是我们无法把握的东西。纽约的第六大道上有一块电子公告牌，自称“国债钟”，也不知是谁竖在那里，还支付了它的日常开支。我上一次去那儿看到国债数字为4,533,603,804,000——也就是4.5兆美元——而且这个数字每秒增长10,000美元，增长之快以至于电子计数器最后三个数字总是模糊一片。可是4.5兆到底又意味着什么呢?

好吧，让我们首先来搞清楚1兆美元到底是什么概念。想象一下你身处一个充满一美元纸钞的阀门中，人家告诉你只要你能签上名的纸币都归你所有。此外为了避免争议，假定你每秒钟能在一张纸币上签上大名，而且你能够始终不停地一直这么干下去。那么你认为数到1兆美元要花多久呢？快点，逗我一下，猜一把。十二周，两年，还是五年?

如果你能每秒签一美元纸币，那么每17分钟你能得到1000美元。经过12天不中断的努力，你能赚到第一个一百万。然后你要120天以后才能累积到一千万，1200天后——大概是三年吧——你有了一亿。31.7年后你就家产十亿，1000年过后，你和比尔·盖茨一样富有。可是要数到1兆元钱，要等上31709.8年（可是直到那个时候，你的资产才只有美国国债的四分之一不到）。

这就是1兆美元的概念。

有趣的是，由经济学家们和政策制定者们随口抛出的大多数天文数字其实和真实情况相差甚远，这也是越来越明显的事实。就拿国内生产总值（GDP）这个现代经济政策的基石来说吧，这个概念源于20世纪30年代，由经济学家西蒙·库兹列茨（Simon Kuznets）提出。用GDP来衡量有形的东西非常有效，比如钢铁产量多少吨，木材产量多少板英尺[1]，土豆、轮胎等的产量，在传统工业经济环境下非常适用。可是如今几乎所有发达国家有相当大一部分产出都来自服务业和脑力劳动行业，如电脑软件业、电信业和金融服务业。这些产业的确创造了财富，可并不见得一定是甚至很少是那些你能搬上货盘然后运到市场上出售的产品。

由于这样的活动非常难以衡量和量化，没有人真正明白这些产业的总价值达到多少。现在很多经济学家相信美国的GDP增长率很有可能一直都被低估了，每年或者几年低估了两个到三个百分点左右。这个结论看上去没什么了不起的，可是如果真的如此，那么本来就已经庞大得惊人的美国经济很有可能比我们原先估计的要多出三分之一。换句话说，还有上百亿美元在国民经济中流动，只不过谁都没有想到过罢了。这真让人难以置信。

还有一个更加吸引眼球的想法：其实上面所说的根本不重要，因为在任何情况下GDP都是一个完全无用的量值。从字面上看，GDP指的是对某个特定时段内全国总收入未经分析的量值，就像教科书上所写的“是以货币来衡量完成了的商品和服务的价值”。

1 板英尺，board foot，英美国家的材积单位，1板英尺为144立方英寸。

任何经济活动都会增加国内生产总值，不管是好的活动还是坏的活动。比如说，有人估算过辛普森案[1]审判中的律师费用、庭审费用、媒体差旅费等，就为美国的GDP增长贡献了2亿美元。可是我并不认为很多人都会说这场代价昂贵的好戏让美国成为一个越来越伟大和高尚的国家。

实际上，糟糕的经济活动产生的GDP通常比良好的经济活动要多。最近我去了一趟宾夕法尼亚州的一家锌工厂，那里的废气中污染物含量极高，以至于旁边一座山原本郁郁葱葱的一侧如今已寸草不生，从工厂围墙到山顶那一大片看不到一丝绿色植物。但是从GDP的角度来看，这家工厂贡献太大了：首先，它数十年生产和销售的所有锌产品都促进了经济增长；其次，政府要治理工厂和恢复青山原貌必须投入上千万美元，这同样是增长；最后，工厂员工和附近居民由于污染患上慢性病得花钱治病，还是持续的增长。

从传统经济学度量的角度来看，所有这些都是增长而非损耗。因此，湖海中过度渔猎仍是增长，砍伐森林还是增长。简单点说，我们越是无情地榨干自然资源，GDP的增长幅度就越大。

正如经济学家赫尔曼·戴利（Herman Daly）所说："目前我国的会计制度将整个地球当成是一家公司在结业清算。"去年的《大西洋月刊》上，有三位卓越的经济学家发表文章冷漠地评说道："以GDP那古怪的标准来看，全国经济的英雄人物应该是一位正在经办

1　辛普森，O. J. Simpson，20世纪70年代美国著名黑人橄榄球运动员，1994年6月17日因被怀疑于5天前杀害白人前妻及男友被捕。1995年10月3日，这场历时474天震撼全美的"世纪大审判"以辛普森无罪释放而结束。

代价高昂的离婚手续的晚期癌症患者。”

既然这样，我们为什么还要死守这种荒谬的经济状况衡量标准呢？大概GDP是经济学家们所能想出的最好的东西吧。现在你明白了为什么人家把经济学叫作“令人沮丧的科学”[1]了吧。

1　“dismal science”是英国维多利亚时代著名历史学家托马斯·卡莱尔（Thomas Carlyle）批驳经济学家马尔萨斯（Malthuse）时给经济学起的名字，意在与尼采提出的“快乐的科学”（gay science）完全相对，后广为流传。一般译为“沉闷的科学”，也译为“忧郁的科学”“悲观的科学”“灰暗的科学”等。由于“沉闷的”容易与“枯燥的”相等，不免扭曲原意，故译者取此译。

垃圾食品之天堂

那天我决定给家里的冰箱来个大扫除，我们清理冰箱的频率并不高——每四到五年把它打包直接送到亚特兰大的疾病控制中心，上面贴张便条，对于里面任何貌似有点科学研究价值的东西，请那边的人随意自取。这次之所以决定自己动手，是因为我们家的某只猫几天未见了，然后我隐约记得在冰箱里的底层搁板上，靠里面的地方，看到过有个毛茸茸的东西（结果发现那只不过是一大块戈贡佐拉奶酪而已）。

因此我就跪在地上，忙着撕开保鲜薄膜，然后小心翼翼地朝特百惠容器里看过去，偶然发现了一样有趣的东西，名叫“早餐比萨”。我带着怜惜而又悔恨的感情仔细查看，就像看你自己的老照片里那身过时的打扮，完全不敢相信自己那时候怎么会有如此恐怖的衣着品位。你看，这“早餐比萨”就是我某次买东西时严重犯傻所残留下来的物证。

几个星期前，我对太太宣布下次她去超市购物时我陪她一起去，因为她老是买那些东西回家——我怎么形容呢？——那些不太符合美国式吃饭精神的东西。我的意思是，我们所生活的地方是个垃圾食品的天堂。这个国家把奶酪装在喷壶里卖给全世界，而我太太总是把那些健康的东西买回家，比如新鲜西兰花，还有瑞典黑麦薄脆饼干之类。

当然，这都是因为她是英国人，她并不理解美式烹饪那种油腻黏稠之浓郁感受，简直天下无敌。我向往人造培根片、貌似黄色种类不明的融化奶酪、奶油味十足的巧克力馅，有时候所有这些全部包含在一种产品当中。我喜欢吃的是那种你咬下去就会喷出汁来或者掉到你衬衫胸口上的东西，那奇大无比的一坨粘在那里，你只能带着十二分小心地慢慢起身离席，像跳林波舞[1]一样挪到水池边把自己清理干净。

好了，我陪着太太来到超市。她在那边捏捏瓜果，称称香菇，我就溜到垃圾食品部——其实剩下的都是垃圾食品部。噢！天堂啊！

光浏览一遍所有的早餐谷物类就能花掉差不多一早上，大概有两百个品种吧。凡是可能干燥、膨松和包上糖衣的东西估计都涵盖在内了。最具有直接吸引力的是一种饼干谷物叫作“饼干脆”，伪装成营养早餐，其实不过就是巧克力曲奇饼干，倒进碗里和着牛奶吃下去罢了。这点子真绝！

另外值得一提的还有“花生酱膨膨脆”“迷你肉桂小卷”和“朱古拉伯爵”（配“软糖恶魔”）。最忠于原味的一种叫作“燕麦饼干总汇”，里面有四种不同的饼干。以上每一种我都拿了一

1　林波舞，limbo，即舞者身体向后仰，穿过一根根水平杆，每一根都比前面的要低。

包，燕麦的那种拿了两包——我经常说："晨起没有一大碗热腾腾的饼干，枉过一天啊！"——然后我把它们全部抱着跑回购物车。

"那是什么？"我太太问话的音调怪怪的，也是她经常就零售事业与我探讨时的调子。

我没时间解释。"未来六个月的早餐，"我跑过她身边，气喘吁吁地回答，"想都不要想把它们退回货架上换你的格兰诺拉麦片[1]。"

我不知道垃圾食品市场是如何欣欣向荣起来的。每到一处，举目四望，全是保证让你痴肥的垃圾食品——弯月饼、转轮核桃卷、蜜桃圈圈糖、饮料纽扣糖、巧克力软糖陆战队，还有名叫"绒绒"的涂有起泡软糖的三明治。所有这些东西铺天盖地而来，足够让一个小婴儿在里面洗澡了。如今去超市购物的人可以选择的垃圾食品种类之丰富以及消耗量之大都让你难以想象。最近我读到一个数据：一位美国人平均每年要吃掉17.8磅——17.8磅啊——椒盐卷饼。而且记住，是平均数字，也就是说某些地方某些人除了完成自己的份额，还把属于我的大部分都吃进肚子里了。

第七号货架（"严重痴肥食品"）尤其高产，那里整片区域都完全由一种产品垄断。这种叫"烤箱小点"的东西品种十分丰富，光"烤箱果馅卷"就有8个不同品种。"果馅卷"到底是什么东西呢？谁在乎呢？反正就是裹了糖衣甜丝丝湿漉漉的那种东西吧。我又来了个双臂抱满。

1　低糖传统型早餐麦片。

我承认我有一点点饥不择食——可是这里东西如此丰富，而我又离开故土多年。

最后那个“早餐比萨”让我太太恼怒起来。她看了看盒子说：“不行。”

“请你再说一遍，亲爱的？”

“你不能把早餐比萨这种东西带回家。我让你买”——她一面伸手去购物车里拨弄那些“待检样本”——“饮料纽扣糖和烤箱果馅卷，还有……”她拣出一包刚才没注意到的，“这是什么？”

我从她肩头看过去，回答：“微波炉烤薄饼。”

“微波炉烤薄饼。”她重复着，不如我那么热情洋溢。

“非常科学、非常了不起，对吧？”

“你要把这些都吃完，”她回答，“你现在不肯放回货架上去你就得全部吃光，一点不剩。明白了吧？”

“当然了！”我的语气十分诚恳。

你知道她真的逼着我把这些都吃光了。我花了好几个星期在垃圾食品“交响曲”中跋山涉水。那些东西简直难吃得要命，我还吃得一点不剩，不知道是垃圾食品越来越差，还是我的味蕾已经成熟，可是就连我从小吃到大的甜食——上帝救救我吧，就连何丝蒂小杯糕——如今也无味粘牙，让人失望了。

最糟糕的就是那个“早餐比萨”了，我分三四次硬塞下肚，或在烤箱里回炉，或用微波炉转转，还有一次实在走投无路了，和着一片“绒绒”软糖三明治吞了下去。不管怎么处理，这比萨总是蓬松不起来，软塌塌的一副无精打采的模样。最后我完全放弃，把剩下的藏在冰箱最底层的特百惠容器“墓场”里。

这也是为什么有天我又看到那个盒子的时候，心情十分复杂。一开始我想把它扔掉，然后犹豫着打开盒盖，居然没有酸腐气味扑鼻而来——我想大概是里面的化学物质太多了，没地方给细菌生长吧——然后我想把它继续保存下来，时刻提醒我自己的愚笨，可是最后我还是扔掉了。扔完就觉得肚子饿，跑进食品储藏室看能不能找到一块朴实无华的瑞典黑麦薄脆饼干，或许再来根美味的鲜芹菜。

家居之乐

我太太认为美国生活中几乎方方面面都很棒。她喜欢让杂货商给她打包，热爱免费冰水和书夹式火柴（book matches），她认为速递到家的比萨是文明的核心标志。我还不忍心告诉她，美国的男女招待们总是追着每个人问好。

个人认为，虽然我非常喜欢美国，也感谢这里便利的生活，但是我并不是奴隶般地逆来顺受。就拿杂货商帮你打包来说吧。我喜欢这种姿态以及所有相关的一切，可是一旦你思考一下，除了站在那里袖手旁观别人给你打包那点闲暇时间以外，你还得到了什么呢？它给你带来了美妙时光吗？当然没有。

然而，在美国人的生活中有那么几件了不起的东西，我忍不住要和大家分享。毫无疑问，首先就是厨房垃圾处理器，它简直堪称节省体力的机器独一无二的典范。这机器轰隆轰隆，十分有趣而又极度危险，擅长本职工作到了让人眼花缭乱的地步，你几乎无法想象没有了它，生活该怎么继续下去。如果你18个月前问我：有没有想过，在不久的将来，我生活中最大乐趣就是把分类好的物品扔进厨房水槽下的一个洞里[1]？我想我肯定会冲着你大笑不止。可是实际上的确如此。

以前我根本没用过垃圾处理器，因此我一直通过一系列试验和失败来打探它的忍耐底线。筷子可能是造成动静最活跃的吧（当然不向读者推荐这个试验，可是现在这个时代各种机器层出不穷，你要自己搞清楚每种机器都能干些什么），而甜瓜皮的响动最丰富、最嘶哑而且下去得最快。大量的咖啡渣最有可能造就令人满意的“维苏威火山”效应。但是很明显，你最好不要尝试这种难度系数较高的把戏，除非你太太正好出门在外，而且拖把和梯子已经准备在你手边。

当然，最令人兴奋的垃圾处理事件是，它被堵住了，然后你得伸手进去清除堵塞。而你知道它随时都可能会“苏醒”过来，然后突然把你的手臂从一样有用的抓物工具变成一根尖头挖洞工具。绝不要亲自尝试，但如果你真这么做了，一定要告诉我命悬于刀锋边缘的滋味如何。

和垃圾处理器同样令人满意，也同样设计精巧的东西就是不太为人所知的壁炉灰坑。它只是一块金属板——一种活盖——嵌在起居室壁炉地板上，下面就是一个深深的、由砖头围起的坑。当你打扫壁炉时，你不用把灰都扫进桶里，然后拖着桶一路漏出整个房子，你只要把活盖挪到这个洞里，然后灰就永远消失了。真是够绝。

理论上壁炉灰坑是会被填满的，可是我们家的灰坑像是无底洞

1　厨房垃圾处理器安装在水槽之下，把垃圾全部绞得粉碎随水流冲走，不污染环境也省却了倒垃圾之苦。

一样。地下室的墙上有一扇金属小门，打开它你就可以看到灰坑的情况如何，我偶尔下去看看。其实也不是很有必要，可是这样我就有借口到地下室里去看看。我一直很喜欢这个借口，因为地下室就是除了垃圾处理器和灰坑之外，美国生活的第三大特色。它们实在是了不起，宽敞得让人觉得有点浪费。

我了解地下室，因为小时候家里就有一个，美国人家里的地下室全都一样：都有一根几乎从来不用的晾衣绳，都有不知从何而来的水滴，汇聚起来横穿过地面，还都散发着某种滑稽的气味——本来应该被放在室外的旧杂志和露营装备的混合味道，还有一只名叫"毛茸茸先生"的豚鼠的气味，它六个月前就逃入中央供暖炉里，之后便再也没人看到过它（现在大概应该改名叫"白骨精先生"了吧）。

地下室极大地超出了普通人家对于储藏空间的需求，实际上，人们很少下去，所以它通常变成了一种惊喜，让你猛然想起你居然有一个地下室。每一个到地下室去的父亲走着走着都会突然停下环顾四周，忍不住想：天哪，这么大的空间我们真的应该利用起来。可以弄个小吧台、一个台球桌，再来个自动点唱机、一个按摩浴缸和几台弹球机……当然了，这不过是你某天一时兴起想做的几件事罢了，就像学西班牙语或者学习在家理发，只不过说说罢了。

哦，很偶然的情况下，主要是在价格较低廉的起步房里，你会看到某些年轻而充满雄心壮志的父母亲把地下室改建成了孩子们的游戏天地。可是这明显是个错误，因为没有哪个孩子会在地下室做游戏。这是因为不论父母多么充满爱心，也不论孩子心底多么信任父母，孩子总是会有这样的念头：爸爸妈妈在楼梯口悄悄把地下室的门锁上，然后搬家到佛罗里达去了。所以地下室不能待，它总是让人无可避免地感到深深的恐惧——这也是为什么恐怖片总是青睐地下室吧，最常见的场景是：琼·克劳馥[1]扛着斧头的身影投射在远处的墙上。这大概也解释了为什么连父亲们都不太到地下室去吧。

我可以继续将美国家居生活中那些容易被忽视，且无人称颂的种种妙处编成目录——带冰水和冰块出口的电冰箱、走入式衣柜、正常运转的中央供暖系统——可是我想就此打住，因为已经写不下了，而且布莱森太太刚刚出门购物，我突然想起还没见过垃圾处理器怎么处理果汁盒的。我去观摩好了马上回来告诉你。

1　琼·克劳馥，Joan Crawford（1908—1977），美国女演员，好莱坞从影时间最长的明星，代表作有《现款已付》《欲海情魔》《简的孩子怎么了》等，1945年获奥斯卡最佳女演员奖。

北方森林传说

就在一年以前一个多雪的冬日，在新罕布什尔州我所居住的小镇旁的村子里举行了一个聚会，一位年轻的大学生喝得醉醺醺地道别，准备步行回到几英里外他父母家。那时天已经完全黑了，他做了个愚蠢的决定：从森林里抄近路走。就这样，他再也没有走出来。

第二天，他失踪的消息传开了，几百名志愿者走进森林去搜救，他们找了好几天却空手而归。直到春天到来，有人走进森林，一不小心绊到了那年轻人的尸体。

五周前，又发生了一起非常相似的事件：一架载有两名乘客的小型私人喷气式飞机，在恶劣天气下试图降落在我们当地机场，因为某些原因不得不取消行动，然后驾驶员打了个圈向东北方向飞去，想再次尝试降落，并通过无线电向地面控制塔传达了他的想法。

过了一会儿，机场雷达屏幕上代表那架飞机的小绿点就消失了。就在那边某处，不知为什么那架飞机突然一头栽进了那片森林。

接下来的几天，新罕布什尔州历史上最大规模的一次地面和空中搜救行动迅速展开，可是没能找到飞机。这个谜一般的故事里最重要的事实就是：有相当多的人——最后统计有275人——声称看到了这架飞机坠毁的全程。有的人说因为当时距离较近，他们都看到飞机里的两个男人从窗户里向外张望。麻烦的是：这样的目击证人两个州都有，相当分散，最远距离相隔175英里。很显然他们不可能全都在飞机坠毁之前看到过它，那么他们到底看见了什么呢？

飞机失踪几周后，有关那次要命飞行的各种消息浮出水面，流传开来。我听到的最骇人的一则是这么说的：一架飞机在新罕布什尔的森林中消失，并不是什么非同寻常的事。1959年，当地报纸就报道过两名本地大学的教授乘坐的轻型飞机在一次暴风雪中坠毁于这片森林。他们身后留下的笔记表明，坠毁后他们还支撑了至少四天。很不幸的是，那架飞机经过两个半月的搜寻都没有找到。两年后，又一架轻型飞机消失于这片森林中，同样历时六个月的搜索仍是没有飞机的踪影。第三架飞机坠毁于1966年，直到1972年飞机残骸才被发现，大多数人早就忘记这件事了。这森林似乎能鲸吞大量飞机残骸而又不排出什么。

即便如此，一架李尔（Lear）喷气机消失得无影无踪似乎也没法解释。首先，那是架18座大飞机，两翼张开来有40英尺宽。这么大的一样东西不可能人间蒸发不留痕迹吧，可是事实就是这样。如今的技术相比前几年又更加进步，我们有热传感器、红外线观测器、长距离金属探测器这样的东西，美国空军还借了颗探测卫星给搜救队，全都没有用处。整个搜救过程中没有发现任何零星四散的飞机残骸，树木间也没有任何坠毁滑行的痕迹。那飞机真的就这么蒸发了。

我不想暗示读者，我家住在这个镜花水月的人世间某个类似“百慕大三角”的边缘地带，我只想说新罕布什尔州的森林是颇为古怪阴森的地方。

首先，森林里到处都是树，我并非开玩笑。我曾经花了相当长的时间在新英格兰地区的森林里徒步旅行，我可以告诉你那里数量多得让你无法想象的东西就是各种各样的树。有时候森林变得十分令人不安，因为你所看到的是永无止境而又不断重复的景象：小路每转一次弯，你面前的场景都是一样，不论你走多远，你还是看到同样的场景。如果你不知道怎么搞的迷了路，你马上会发现自己——很有可能——彻底丧失了方向感，完全没救。

去年秋天我在离家两英里的地方散步，突然发现小路之外有一座我从来没见过的悬崖，悬崖下面是一座小小的幽谷，还能看到一座房子的屋顶。我想既然有房子就必然有条路或者小径通向那里，如果真有的话，那么我正好可以绕一圈回家。我偏离大路大概走了75码来到悬崖顶上，可是我根本看不到有路可以下去，于是我掉头返回老路。可是我还能找到来时的路吗？我找不到了。

我的头脑有点混乱，认真按照自己来时的脚印，大概仔细寻找了五六分钟。可是那条小路似乎就这么消失了。我站在那里抓自己的头，非常肯定我所熟悉的这条小路应该就在我站立的地方附近。就在这时，另外两个远足者从森林里走过，他们走的就是那条小路，但是离我站的地方有20码，而且和我刚才所想的方向完全不同。你看，森林就是这样，混乱得令人难以置信，而且完全没有参照物。

明白了这个，再听到某人无意走入森林，却很不幸地再也出不去了，或者是森林把飞机整个生吞了这样的消息，也不会觉得太过惊讶。新罕布什尔州和某些欧洲国家一样大——比如说威尔士——而且85%为森林所覆盖。这里森林太多，迷路也太容易了。每年都有至少一到两名行人失踪，有的连尸体都没有找到。

不过，有一点很值得注意：直到大约一个世纪以前，在某些地方比这个时间还要短，如今的大部分森林根本就不存在。几乎整个新英格兰的农村——包括新罕布什尔州我们居住的这部分周边所有地区——全是开阔的草原农场。

当我们镇议会把一份日历作为新年礼物送给我们的时候，我才比较清楚地明白了这一点。日历里都是从我们小镇档案里选出来的老照片。其中有一幅山顶全景摄于1874年，上面的景象我总觉得似曾相识，不过又说不出在哪儿见过。照片上有一角是达特茅斯学院的校园，还有一条灰扑扑的马路伸向远方的山脚，其余全是开阔的农田。

我盯着照片看了好几分钟，才发现这张照片就是后来我家附近的景象。这种感觉很怪异，因为我们现在的街道看上去是传统新英格兰式的，楔型板材打造的房屋掩映在高大而美观的树木之下。可是这一切都是20世纪20年代早期的事，比照片上的时间晚了半个世纪。照片拍摄者所在的小山如今已是20英亩的森林，从我们家房子背后到远处的山边，几乎所有的风景全都为浓密而成熟的森林所遮蔽。而1874年的时候，那里几乎一棵树都没有。

由于农民向西部，比如伊利诺伊州和俄亥俄州更加肥沃的土地迁移，或者搬到赚钱更多且更有保障的新兴工业城市，农场也就消失了。他们所遗弃的农场——有的时候是养育过他们的整个村庄——便没入大地逐渐变成荒野一片了。整个新英格兰地区你随便去哪片森林里散步，都会看见旧时石墙、遗弃的谷仓和农舍的遗迹，躲在森林地表上那些蔓生的蕨类植物下面。

那条我差一点就找不到了的小路，从前就是一条18世纪的邮政驿道，大概是因为它很长吧。这条长达18英里的小路就在黑暗、混乱且貌似原始的森林里蜿蜒，但是还有活着的老人记得从前那片地方全是草场。离开古老的邮政驿道，离这里4英里左右曾经有一座叫作“昆宁镇”的小镇。从前那可是个热闹的小地方，有磨坊、学校，还有几条街道和房子。这小镇，或者说其遗迹，至今还藏在森林里的某个角落。

我路过的时候，去找过“昆宁镇”好几次，可是就算有幅好地图，想找到那地方也是难于上青天，因为森林里根本没有什么明确的标志性建筑物。我认识一个人，他花了很多年不停地去找“昆宁镇”，仍一无所获。

上星期我决定再去试试。刚刚下过雪，森林的雪景总是令人赏心悦目。当然我心里还晃过一个想法：有可能一脚踢到失踪飞机的某块残骸哦。我其实真的并不指望能找到什么东西——我离本地报纸上报道的出事地点有七八英里远——可是从另一方面来讲，飞机就在森林里某个地方，很有可能有一块地方是搜救人员所遗漏的。

因此，我走进了森林，脚不停地踩踏着地面。我呼吸了大量健康的新鲜空气，也得到了锻炼，在柔软的白雪装点下，森林美得让人惊叹。想想在这样一片广袤的静谧中，居然会有一个曾经热闹非凡的小镇的遗址，真的很奇怪；而再想想在某个地方陪着我一起的居然是一架未找到的坠毁飞机残骸，还有两具尸体，感觉就更奇怪了。

我真的想告诉你，我找到“昆宁镇”或者失踪的飞机了，或者两者都找到了。可是……唉！我什么都没找到。有时候生活就是不给你一个明确无误的结局。

恐怕，这篇专栏文章也是一样不了了之吧。

后记：1998年圣诞平安夜，本书正要付梓之时，飞机失踪事故两周年纪念日静悄悄地过去了，有关飞机到底怎么样了没有任何新的消息。一种理论认为当时那两个人搜寻空旷地区降落，结果迫降在一座湖上，可是飞机撞破了薄薄的冰层沉入湖底，然后晚上湖面重新结冰，早上又覆盖上了新下的雪。为了证实这个猜想，1997年附近的湖泊都被潜水员和空降金属探测器查了个遍，只找到几辆废旧汽车和扔掉的冰箱，丝毫不见飞机的踪影。

杯托革命

我保证这个故事真实不虚。

有个人打电话给他的电脑求助热线，抱怨他个人电脑上的杯托掉下来了，他想知道怎么修好。

“杯托？”接听热线的人愣住了，“对不起，先生，我被你搞糊涂了。你这个杯托是在电脑展览会上买的，还是促销时送的纪念品？”

“不是，它就是我电脑里的一个标准配件啊。”

“可是我们的电脑里不配杯托。”

“哦，对不起，朋友，可是我这儿就有，”这人有点生气了，“我现在就盯着我的杯托在看。你按一下机箱上的某个按钮，杯托就马上滑出来了。”

原来这个人一直把电脑上CD光驱托架当成咖啡杯的杯托。

讲这个故事就是为了引出本周的话题：杯托。它们正在占领整个世界。

如今，杯托在汽车产业中极其重要，怎么说都不算言过其实。

《纽约时报》最近就对十几辆家用轿车进行的测试刊发了一篇长文。文章就十种重要性能对每一辆车进行评分，比如引擎尺寸、车厢空间、操作手感、悬架质量，还有就是杯托数量。我们有一个熟人做汽车买卖，他曾经告诉我们来现场看车的人首先提到、问到还去拨弄的东西之一就是杯托。人们就冲着杯托来买车。几乎所有的汽车广告都会在文本的显著位置提到杯托数量。

有些车，比如新款道奇捷龙（Dodge Caravan）杯托数量高达十七个，而最大的捷龙能载七名乘客。你不是核物理学家，甚至就算还没睡醒，也算得出来平均每个乘客拥有2.43个杯托。你忍不住动脑筋想了，为什么每个乘客需要2.43个杯托呢？问得真好。

事实是美国人所消耗的液体总量大得令人咋舌。我得到确切消息：我们镇上的某个加油站就出售一种叫作Slurpee的调味饮料，最大容量60盎司一瓶。可是即使坐在车里的每个家庭成员人手一瓶Slurpee和一瓶氧化镁乳液以防肠胃不适，那也还有三个杯托空着。

美国人在车内装上许许多多小型工具和舒适装置是由来已久的传统，我认为杯托的泛滥就是这种传统的副产品。

美国人需要让车内变得无比舒适是因为他们其实以车为家。几乎有94%的美国人出门都要用车。美国人不光开车去商店，从一家商店到另一家商店也要开车。大多数美国商家都有自己的停车场，因此某人出门一趟办六件事情，必然要一一开车前往，哪怕这两个地方只不过隔街相望而已。

美国的汽车总数高达2亿——占世界汽车总数的40%，而人口总数才占世界总人口的5%——而且每个月新增上路的新车为两百万辆

（当然每月还有很多车退休）。今天，美国车辆总数比二十年前翻了一倍，公路数量多了一倍，里程也长了一倍。

正因为美国人车多，而且跟车在一起的时间也长，所以他们希望在车里享受各种各样的舒适感觉。可是车的内部空间有限，不可能把所有你想要的各种特色都装进去。那么到底装什么比到处都装上娇俏可爱的杯托要好呢，特别还是人们如此疯狂追捧杯托的时候？我的理论如下：

首先可以肯定，车里不安杯托是大错特错。几年前我读到一篇文章讲，沃尔沃公司的车就是因为没有杯托，被迫对它投向北美市场的所有汽车进行重新设计。该公司的工程师非常愚蠢地认为汽车买主看中的是可靠的引擎、侧面防撞钢梁和加热座椅。然而其实买主们所渴望的只是能放Slurpee饮料瓶的小托架。因此一堆名叫尼尔斯·尼尔森和拉尔斯·拉尔森[1]的家伙受指示去将杯托融入到整个设计体系当中，沃尔沃公司这才从“饮料之耻”事件中挽救了自己，如果财政上的损失不算太致命的话。

讲了这么多，我们现在可以得出一个重要结论：不论你多么努力，也不可能只讨论杯托问题就凑满一篇专栏文章的字数。

所以，我来告诉你我是怎么知道那些在沃尔沃公司工作的人名叫尼尔斯·尼尔森和拉尔斯·拉尔森的吧。

几年前我在斯德哥尔摩，有一天晚上百无聊赖（晚八点以后，当地人就早早上床睡觉去了），只好一页页翻看当地电话号码簿，

1　这些都是常见的北欧人名，因沃尔沃是瑞典公司，作者在此幽默一下。

我统计各种名字来度过睡觉前的无聊时光。我之前曾听说瑞典人的姓只有几十个，看来的确如此。我数了一下，姓埃里克森、斯文森、尼尔森和拉尔森的就分别超过2000人。电话簿上其余人的姓氏都被杨森、约翰森以及其他相似变体姓氏所垄断。的确，这里的姓氏少得出奇（或者可能是瑞典人闷得要死吧），因此很多人把名和姓重复使用。在斯德哥尔摩就有212人名叫埃里克·埃里克森，117人名叫斯文·斯文森，126人名叫尼尔斯·尼尔森，还有259人名叫拉尔斯·拉尔森。我把这些数字抄在纸上，这些年一直在琢磨什么时候能派上用场。

我相信从这里我们又可以得出两个结论：其一，写满无用信息的纸片千万不要乱扔，总有一天你会庆幸还好当初没有扔掉；其二，去斯德哥尔摩的话别忘了随身带饮料[1]。现在恕我告辞去找瓶Slurpee畅饮一番。

1　大概是瑞典的汽车不设杯托，所以瑞典人不爱喝饮料，美国人去了只怕适应不了。这也是作者的幽默。

公事公办

那天我经历了一场完全出乎意料的骇人之事，弄得我把一杯饮料全洒在了自己的T恤上。（说是这么说，但其实用不着某件怪事来害我，我就能把饮料泼在自己身上，我就想喝口水而已。）造成这场“倾泻”事件的源头就是我拨打了某个政府部门的电话——具体来说，是美国社会保障局——居然有真人接电话了。

我本来是准备平心静气地等待录音电话告诉我：“我们的工作人员现在全忙，请稍等，我们会给你播放吵死人的音乐，每15秒中断。我们所有的工作人员现在全忙，请稍等，我们会给你播放吵死人的音乐……”一直就这样到晚饭时间。

所以当嘟声响了270遍之后，一个真人的声音响起，请你想象一下我的惊讶程度。他问了我个人的具体情况，然后说：“抱歉，比尔，有电话进来，请稍等。”

你发现了吗？他叫我“比尔”，而不是“布莱森先生”，不是“先生”，不是“伟大的纳税人”，而是“比尔”。两年前我还认为直呼人家名字有点无礼，可是现在我发现我爱上这样的称呼方式了。

有的时候，美国人生活中的某些不拘礼节和亲切热情还真考验我的耐心。去餐厅吃饭，侍者会告诉你，他的名字叫鲍伯，今晚由他为你服务，这时我拼命抑制自己不要脱口而出：“鲍伯，我就要个奶酪汉堡包，我不想和你拉关系。”可是，现在我已经喜欢上这种方式了，因为我想这似乎是某种基本理念的象征。

你看，在美国下级见了上级不用行礼致敬，这里所普遍认同的观点是人人都一样，没有谁比谁好这回事。我认为这是自豪心理的表现。来我家收垃圾的叫我比尔；我的医生叫我比尔；我孩子学校的校长也叫我比尔。他们都不对我行礼，我也不对他们行礼。我想这才是真正的相处之道吧。

旅居英国的时候，我十多年来就没换过会计。我和那位女士的关系十分友好，但只限于工作范围之内。她从来都称呼我为“布莱森先生”，而我也一直叫她“克雷斯维克太太”。我刚搬回美国的时候，曾和一位会计师通过电话约好时间会面。当我走进他办公室的时候，他对我说的第一句话就是：“啊！比尔，非常高兴你能自己找过来。”我们俨然已经是好兄弟了。现在我每次看到他总是会问他的孩子如何。

美国人的相处之道也表现在其他方面。我们所居住的汉诺威镇是个大学城，本地的私立达特茅斯学院是一所相当贵族化的大学，可是你永远猜不到的是，大学里的所有运动场地全部对居民开放，不像英国的牛津或者剑桥，学校所有的产业并不真正对公众开放，然而这些令人肃然起敬的大学其实是公立大学，归整个国家所有。你可以试试在那极短的对外开放时间之外进入牛津大学，去图书馆里转转，或者是随便哪个学院的四方形院子里散散步，然后就有好戏看了。

而达特茅斯学院则与之形成了鲜明对比，它为整个小镇提供的服务和便利简直无微不至。我女儿就在学院的溜冰场溜冰，我儿子的高中田径队大冬天就在学院的室内田径场训练。学院的霍普金斯中心是行为艺术馆，经常放映电影或者上演现场表演，欢迎公众参与。昨天晚上我还和孩子一起去那里的大屏幕上看了场《西北偏北》[1]，散场后我们又去学生餐厅喝了杯咖啡，吃了块奶酪蛋糕。所有这些事情都不需要你出示身份证或者持有特别许可证，更不会有人让你感觉自己在这里是私闯禁区或者不受欢迎。

所有这一切使得美国人的日常交往带上了一些坦荡磊落和人人平等的意味，对此我非常仰慕，因为它把古板沉闷的气氛从生活中驱走。不过有一点是这种风气解决不了的，那就是当你太太的社会保障号码被搞丢了以后，想办法再去要回来的时候。由于填写税务表格急需她的社保号码，等刚才那个工作人员回来继续接我的电话时，我给他解释了原因。毕竟他刚才称我为“比尔”，所以我有理由相信这问题应该能解决。

“对不起，”他开口了，“但是我们只允许将这个信息透露给特定个人。”

“你的意思是，社保卡所有者？”

“正确。”

1 《西北偏北》，*North by Northwest*，又名《谍影疑云》，1959年出品，悬念大师希区柯克代表作之一。

“可是她是我太太啊。”我气急败坏。

“我们只允许将这个信息透露给特定个人。”

“那你的意思是，”我回答，“如果我就是我太太，你就会在电话里把她的号码告诉我？”

“正确。”

“可是，如果有人假扮成她来打电话呢？”

短暂的犹豫：“我们通常假定致电咨询的个人就是那个特定个人所代表的个人。”

“那请稍等一下。”我思考了一分钟。我太太出门了，所以没法叫她来，可是我实在不想再经历如此漫长的等待。然后我又拿起话筒，用自己正常的声音说：“你好，我就是辛西娅·布莱森，请您将我的卡号告诉我，好吗？”

电话那头传来收敛的笑声。“我知道是你，比尔。”那个声音说。

“不是，真的不是。我就是辛西娅·布莱森。我能要回我的号码吗？”

“我不能给你。”

“那如果我学女人的声音说话，你会改变主意吗？”

“恐怕不会。”

“我来问你，我就是有点好奇。我太太的号码是不是现在就在你面前的电脑屏幕上？”

“是的。”

“可是你还是不告诉我？”

“恐怕我真的不能告诉你，比尔。”他听上去很严肃认真的样子。

多年的经验告诉我，美国政府雇员去徇私枉法这种事根本不可能，所以我没有强求，而是问他知不知道白T恤上沾了草莓汽水汁怎么去掉。

“发酵粉，”他想都没想就回答我，“浸在溶液里一晚上，马上就没了。”

我向他道谢，然后挂了电话。

当然如果他真的把我要的信息告诉了我，我会更高兴。不过，至少我也算交了个朋友，而且他说的发酵粉的方子很管用，我那件T恤简直焕然一新。

邻人友善

这个星期我本来打算写点现代美国生活令人痛恨的方面，或者其他什么。这时候，布莱森太太（恕我直言，她是位受人尊敬的女士）给我端来一杯咖啡，顺便读了读电脑屏幕上的头几行，然后嘟囔着“可恨、可恨、可恨”，然后拖着步子转身走了。

“请再说一遍，我带露的英伦玫瑰。”我叫她。

“你老是在那个专栏里抱怨。”

“可是这个世界的问题需要纠正，博阿迪西亚[1]的女儿，我那甘美诱人、脸泛桃花的美人儿，”我又平静地添了一句，“还有，抱怨就是我的工作。”

“你也只会抱怨。”

对不起，这话可说得不太对。我相信在这些专栏文章里我曾经赞扬过美国的厨房垃圾处理器，而且我清楚地记得表扬过镇上邮局，因为在它“顾客回馈日”给我提供免费点心。可是她的观点也

1　博阿迪西亚，Boadicea也作Boudicca，是凯尔特人神话传说中东英格兰部落女王，曾反抗罗马统治，失败后，以服毒自尽告终。

有点道理。

美国人的生活中有很多精彩的东西值得称赞，比如我能想起的就有《权利法案》[1]《信息自由法案》[2]以及免费续杯这三点——可是这三样没有哪一点比美国人的热情友善更加显而易见。

我们刚搬来新罕布什尔州这个小镇的时候，居民欢迎我们的那种热情架势让我们觉得，好像以前他们的生活中就是因为没有我们而一直郁郁寡欢一样。他们送给我们蛋糕、馅饼还有美酒。不止一个人对我们说："你们就是花大价钱买下史密斯房子的人吧。"我想这大概是新英格兰传统欢迎辞吧。我们的隔壁邻居得知我们要外出就餐时，便提出异议，他们声称搬到新家的第一个晚上就去餐馆吃饭实在让人看不下去，然后坚持让我们去他们家吃晚饭，似乎喂饱多出来的六张嘴简直不费吹灰之力一样。

那时我们的家具正在集装箱里，从利物浦漂洋过海经埃及塞得港、肯尼亚蒙巴萨岛以及厄瓜多尔的加拉帕戈斯群岛一路运往波士顿途中，因此我们暂时没有睡觉的床，没有坐的椅子，也没有吃饭的餐具。当这个消息在镇上传开的时候，就不断地有热情友好的陌生人（有些人自那以后我就再也没有见过）从四面八方川流不息地把东西搬上门，给我们送来椅子、台灯、桌子，甚至还有一台微波炉。

---

1 《权利法案》，*Bill of Rights*，美国宪法的第一到第十条修正案，由1789年美国第一届国会批准通过，保障了美国人民的宗教信仰、言论、携带武器、诉讼审判等方面的自由。

2 《信息自由法案》，*Freedom of Information Act*，规定政府如果拒绝提供信息，必须说明理由，否则公众可以向法院起诉政府，该法案1966年在美国通过。

这简直让人惊讶万分，而且一直都如此。今年圣诞节我们去英国待了十天，回到美国家中已是深夜时分了，肚子饿了打开冰箱一看，居然有位好心的邻居给我们准备好了必需品和糖果，花瓶里还添了水换上了新鲜的花。这种事情从未间断过。

不久前我和孩子去达特茅斯学院看篮球比赛，我们到的时候比赛正要开始，售票窗口前排起了长队，我们跟了一条队伍。一会儿，有个人走到我跟前说："你是排队等买票吗？"

"不是，我站在这里是让队伍显得更长。"我的第一反应是这个回答，不过我当然不能这么说，于是我说，"是的。"

"你把这个拿着吧。"他说着就塞了两张票给我。

我总是对时势做出愚蠢的错误理解，长此以往，我的第一反应就是：这里面肯定有鬼。"多少钱？"我警惕地问。

"不是，不是，你就拿着吧，是免费的。我们看不了比赛，你看。"他指了指外面的车，已经发动起来了，有位女士坐在乘客座位上。

"真的吗？"我说，"那太感谢你们了！"然后我突然想起一个问题，便追问："你们特地开车到这里来送出两张票吗？"

"不这样的话，票就浪费了，"他带点歉意地说，"好好欣赏比赛。"

我们镇上最为特别的一点就是没有犯罪事件，我是说，一起罪案都不曾发生过。大家会随意地把价值500美元的自行车斜靠在树下就去购物。如果有人真的偷了车，我想车主肯定会跟在贼后面边跑边喊："用完之后，麻烦请你还到威尔逊大街32号好吗？注意第三挡——有点不太活络。”

这里没有人给任何东西上锁，我第一次到这里来的时候着实被吓了一跳。房产经纪人带我去看房子，停车时她从不锁车门；甚至是我们去餐馆用餐，她还是不锁，还把手机留在司机座位上，后座上还有几个购物袋。

看某座房子的时候，她发现带错钥匙了，然后自信地说：“后门应该没锁。”果然如此。我后来才意识到在这里所有这些都再正常不过了。我们认识的有些人出去度假根本不锁大门，也不知道他们家的大门钥匙在哪儿，甚至根本搞不清他们究竟还有没有大门钥匙。

现在你可能会动脑筋想，为什么这地方没有成为盗贼的天堂呢？我想原因有两个：首先，这里没有可以销赃的地方。如果你在新罕布什尔州悄悄走近某人问：“要汽车音响吗？”那人一定会盯着你看，仿佛你是个疯子，然后回答：“不要，我已经有汽车音响了。”接着他们会向警察报案——第二点就是——警察会跑过来向你开枪。

当然，这里的警察不会朝人开枪，因为没有罪案他们犯不着开枪。这就是良性循环的一个例子，尽管罕见，但令人内心温暖。我们也慢慢习惯了这一切，不过刚搬来不久，我曾经对一位在纽约大都市长大，却在这里住了二十年的女士感叹这里的友善宁静。她用手扶住我的胳膊，似乎要分享一个大秘密一般对我说：“亲爱的，你已经不在真实世界里了，你在新罕布什尔。”

人人心忧

告诉你一个事实：据《华盛顿邮报》报道，1995年电脑黑客成功入侵美国国防部的安全系统共计161,000次，也就是说平均每小时发生18次非法入侵，每3.2分钟一次。

哦，我知道你要说什么，这种事发生在任何一个掌握世界命运的庞大防御机构身上一点都不稀奇，这毕竟是个囤积了大量核武器的机构，人们想要进去瞅瞅也是很自然的事情，想搞清楚所有那些标有“引爆”和“红色代码”的按钮到底是什么意思，只不过是人的本性使然罢了。

再说，反正五角大楼手头上的材料已经够多了，它还想要找回自己在海湾战争中丢失的那些记录材料。我不知道你有没有读到有关报道说五角大楼将长达200页的多份官方报告放错地方了——实际上是再也找不回来了——报告只剩下36页，记录的是它自己那短暂而又激动人心的沙漠历险。那些丢失的部分中似乎有一半都是由一位军官在海湾战争总指挥部里给删除掉的，原来是这位军官使用军方电脑错误地下载了某些游戏程序而造成的（我真希望这是我捏造的，可是它千真万确）。

这些失踪文件的另外一部分确实失踪了。我们所知的就是两套文件被发送到佛罗里达州的中央司令部，可是谁也找不到它们在哪儿（大概又是那些清洁女工拿走了吧），另外第三套文件不知道怎么在马里兰的基地“于保险箱中遗失”，考虑到文件所处环境，听上去颇为可信。

不过，对五角大楼公平一点，它现在的注意力已经完全投入到那令人不安的消息当中：中央情报局（CIA）向它输送的重要情报已经不是那么可靠了。我指的是最近的新闻，尽管中情局每年花费20亿美元监视苏联的动向，它仍然没能完全预见到苏联的垮台。这件事自然很让五角大楼里的高官们坐立不安。我想说的是，如果从战场上得到的消息都不可靠的话，你不可能指望我们的战争记录清楚无误，不是吗？

再来说中情局，它同样为这些新闻焦头烂额而无暇自顾——让我再次提醒大家，以下事件都属于事实，绝非捏造——比如，联邦调查局（FBI）多年来一直在追踪拍摄中情局的一名特工奥尔德里奇·艾姆斯（Aldrich Ames）的行动，拍到了他带着鼓囊囊的文件袋走进华盛顿的苏联大使馆，然后空手出来，不过还没有搞清楚他在搞什么鬼。联邦调查局知道艾姆斯是中情局雇员，知道他有规律地造访苏联大使馆，也知道中情局正在寻找合适的“卧底”人选，可是它就从来没有试过让想象力奔放一回，把这些极具诱惑力的部分拼接在一起。

艾姆斯最后被捕，以泄露信息罪被判入狱N年，可是中情局并不感谢联邦调查局。不过说实话，那时候联邦调查局自己也是个重灾区，只要是它经办的事情全都搞砸。首先是起冤案，FBI逮捕了理查德·朱厄尔，并指控这位保安涉嫌制造了去年亚特兰大奥运公园的爆炸案。联邦调查局称，该嫌犯把炸弹埋在现场并用手机向官方发出警报，然后他一分钟内飞奔了几英里路就是为了及时赶到现场扮英雄。即使没有一丝证据证明该保安和炸弹有关，即使完全可以证明他不可能打了那个电话之后，再于那么短的时间内赶回现场，联邦调查局还是花了几个月才搞清楚自己抓错了人。

然后四月份又有消息传来，联邦调查局的法医学实验室常年以来一直在搞砸、遗失、打翻、污染、破坏大部分重要的原始证据，偶尔那些特工还捏造出点什么。在某一事件中，一名实验室工作人员根本没去显微镜下查看，就根据所谓显微镜检结果写了份“有罪报告”。感谢实验室孜孜不倦而又富有创造力的工作，至少有1000起或者可能更多起判决不得不进行代价昂贵的重审和上诉。至于FBI其他的一些持续性“成就”包括：它还没有找到亚特兰大爆炸案的凶手；没有查出南方地区一系列教堂爆炸案的幕后黑手；没有逮捕任何一个与1995年亚利桑那州神秘而惨烈的客运列车出轨案有关的嫌犯；没有抓住那个“邮包炸弹制造者（Unabomber）”[1]（那人是被其弟弟告发的）；直到现在它还没能解释去年的TWA800航班坠

1　指美国臭名昭著的恐怖分子西奥多·卡辛斯基（Theodore Kaczynski），此人于20世纪70年代到90年代早期持续寄送邮包炸弹至美国多所大学校园及飞机航班，造成20多人死伤，此人于1996年4月被捕，后判终身监禁。其代号Unabomber来自FBI行动代号，指的是“大学及航班爆炸案制造者”。

毁[1]到底是案件还是事故，抑或是别的什么。（后来传说一位FBI官员请“通灵人”检查坠毁现场和残骸。所以不要再抱怨我们纳的税都没花在刀刃上了。）

很多人从中得出结论：联邦调查局及其特工太不称职，这样很危险。当然这么说也对，不过FBI的低落士气和糟糕表现和别的部门比起来还不算最差的——比如说，去年我们就发现还有比FBI更加无能得令人瞠目结舌的一帮家伙。我指的是美国的县级治安局。

专栏篇幅有限，由不得我细数美国各县治安官们独一无二的“成就”，来一个详尽的调查了。我这里就举两个例子吧。其一，有消息称洛杉矶治安局去年创造了一项该部门内部，也很有可能是全国性的记录：它们错误地释放了至少23名囚犯，其中某些相当危险，有暴力倾向。释放完第23名囚犯之后，一名督察向记者解释，因为某文职人员收到一份文件。文件下令把这些窃贼和色狼押送到俄勒冈州去继续把牢底坐穿。不过人都是会犯错误的，这名文职人员把文件理解错了，以为是要把囚犯们的个人物品归还给他们，把他们送到门口，然后向他们推荐附近一家不错的比萨店。

1　环球航空800号班机（TWA800）是一班从美国纽约肯尼迪国际机场起飞，中途停留在法国巴黎戴高乐机场，目的地为意大利罗马—菲乌米奇诺机场的环球航空班机。1996年7月17日，班机搭载着212名乘客及18名机组人员前往法国巴黎，在起飞后约12分钟在纽约长岛对出的大西洋上空爆炸解体，坠入海中，机上全部人员罹难。第二日有报道称可能是恐怖袭击导致飞机坠毁，于是联邦调查局（FBI）加入调查。16个月后FBI宣布，没有证据表明这是一宗恐怖袭击，并停止关于恐怖袭击这个方向的调查。此次空难的调查历时4年，最终的调查报告在2000年8月23日公布。该报告总结客机坠毁的原因有可能是由于油箱内的燃油气雾被电线短路所产生的火花所点燃而导致爆炸；爆炸的冲击力破坏油箱附近的机身结构，最终导致飞机解体。——编者注密尔沃基的代理治安官则更棒，他们接到命令带一队嗅探犬去当地机场执行爆炸物检查任务。这些家伙把一包尚未引爆的五磅重爆炸物藏在机场的某个地方，然后——我太喜欢这个情节了——居然忘记具体藏在哪里了。不用说，这队嗅探犬自然也没找到。那是二月份的事了，他们到现在还在找。这是密尔沃基治安部门第二次设法将爆炸物“丢失”在机场的某个角落了。

我可以这么不停地讲下去，不过这里我要打住了，因为我想去试试能不能进入五角大楼的电脑。你可以说我是个恶魔，不过我一直渴望去炸掉一个小国，那简直是完美的犯罪。中情局不会注意这个，五角大楼会注意到，不过它总会遗失档案的，联邦调查局会花上18个月调查此案，然后逮捕埃德先生，也就是那匹会说话的马，不过洛杉矶治安局会放它走。不出什么意外的话，整件事情会吸引大众注意，让他们暂时忘记那些不得不去操心的事情。

危险因素

有件事情对于我来说实在太不公平。就因为我是美国人，我所遭受偶然性致命伤害的可能性比英国人大一倍。我是从自己正在阅读的书里知道这件事情的，书名叫《危险之书：生活中令人惊叹的风险概率》，作者拉里·劳丹极其用功，整理了大量统计数据。

全书满是各种有趣而有用的表格、图表和事实分析，大多数都与生为美国人这个无可补救的失败有关。这样一来，我就知道如果我今年开始去农场劳作，那么比起我安安静静地坐在家里，我失去一条胳膊或者大腿的风险就会猛增三倍，被毒药毒死的风险则增加一倍。现在我明白了，在接下来的十二个月内，我遭到谋杀的概率差不多为一万一千分之一；被噎死的概率为十五万分之一；死于水坝坍塌事故的概率为一千万分之一；被天上掉下来的东西砸中脑袋死掉的概率为两亿五千万分之一。即使我待在家里，远离窗户，似乎一天结束之前我被什么东西弄死的概率也有四十五万分之一。我觉得这的确让人十分担忧。

可是，我发现最最骇人听闻的是，只因为我是一名习惯于立定对星条旗行注目礼，而且以棒球帽为主要行头的美国人，我死于因车祸而扭曲变形的汽车里的概率，就是以菲利普亲王[1]或者高贵辣妹[2]为代表的英国人的两倍。如果问起我的看法，我觉得这样来定人生死绝不公平。

劳丹先生没有解释为什么美国人所遭受的风险比不列颠人要大一倍（这也太让人难过了），可是我为此想了很多，然后你可以想见我的答案是——其实很明显，一会儿就能想出来——美国是个极其危险的地方。

想想这个吧：每年在新罕布什尔州都有至少十几人因为开车与驼鹿相撞而死亡。如果我说错了，请指正，不过在英国，人们不太会撞上这样的厄运吧。当然，我们还可以确切地认为那里不可能有人被灰熊或者山狮给吃掉，被野牛给顶晕过去，被一条不安的响尾蛇给咬中脚踝，或者是在突如其来的恐怖自然灾难中丧生，如龙卷风、地震、飓风、山体滑坡、雪崩、山洪暴发，还有让人动弹不得的暴风雪。所有这些事件每年都要造成，不说几百个，也有几十个我的同胞丧生。

最后也是最重要的一个问题就是枪支问题。美国有2亿支枪，而且我们也非常喜欢开枪。每年有4万名美国人死于枪伤，大部分死于走火事故。更直观一点就是：美国每10万人中就有6.8人因枪伤而死，而英国的数字绝对小，每十万人中只有0.4人。

简而言之，美国是个相当危险的地方。可奇怪的是，我们所担

1　英国女王伊丽莎白二世的丈夫。

2　英国女子组合“辣妹”成员之一，即维多利亚·贝克汉姆。

心的全都不在点子上。在汉诺威镇上的卢氏咖啡馆里随便偷听一段别人的谈话，你就会发现内容全是什么胆固醇指标和钠含量水平，乳房X光片还有静止的心率等。大多数美国人面对一只蛋黄都会恐惧地缩成一团，然而最明显而又最容易避免的风险他们却很少操心。

我国有40%的人仍然不系安全带，我觉得非常讶异，因为扣上安全带又不花费任何成本，而且很明显它能防止你像超人那样冲出挡风玻璃飞出去。（仔细记录这类事件的州不多，佛蒙特州就是其中之一。据其记录，1998年的头十个月，该州公路上有81人死亡——其中76%的人没有系上安全带。）更为奇怪的是，由于报纸上铺天盖地报道有关轻微车祸中幼童被安全气囊窒息而死的事情，人们纷纷将安全气囊关闭，完全不顾所有这样的事故中幼儿死亡都是由于他们坐在不该坐的前排，而且几乎所有死去的孩子都没有系安全带。安全气囊拯救了成千上万的生命，可是很多人仅凭古怪的主观臆测认为它们很危险就将其关闭。

这种因统计数据而得出的毫无逻辑的结论同样也适用于枪支问题。40%的美国人把枪藏在家里，特别是床头柜的抽屉里。放在这里的枪被拿出来射向罪犯的概率根本就在一百万分之一以下，而这把枪被拿出来射向家庭成员——基本上是孩子们闹着玩——的概率至少是上一个数字的二十倍。但是一亿以上的人下定决心忽略这个事实，甚至有时候还威胁说：如果你老是就这个问题叽叽歪歪不停的话，就要亲手给你吃颗枪子。

不过，近年来种种最为鲜活的事件把人们面对风险所表现出的非理性一面展现得淋漓尽致，其中之一就是：被动吸烟。四年前，环境保护局发布一份报告称，35岁以上不吸烟但经常暴露在他人的烟雾之中的人，每年罹患肺癌的风险为三万分之一。此消息立即引起令人震惊的反响：举国上下马上开始在工作场合、餐馆、购物场所和其他公共场合禁烟。

这场轰轰烈烈的运动中所忽略的就是吸“二手烟”的风险其实真的太微不足道了。听上去三万分之一似乎很严重，可是实际数字根本达不到这么多。从统计学上看，一周吃一块猪排让你患上癌症的概率比定期坐在满是瘾君子的房间里还要大，同样每七天吃一根胡萝卜，一个月喝一杯橙汁，或者两年吃一根莴苣也比吸“二手烟”更危险。从你的宠物长尾小鹦鹉那里染上肺癌的概率也比吸“二手烟”高五倍。

我很赞成因为污染环境、冒犯他人、对吸烟者的健康有害以及烧焦地毯这几个原因而禁烟。我要说的就是，一面高兴地让那些愚蠢的老顽固拥有枪支或者不系安全带开车到处跑，一面却以公共安全为借口大搞禁烟，这似乎有点奇怪。

但是，这些事情当中很难有逻辑可循。我记得好几年前跟我兄弟去买彩票（赢彩票的概率：一亿两千万分之一），然后上了车没系安全带（在任何年份出严重车祸的概率：四十分之一）。当我指出这种矛盾的时候，我兄弟盯着我看了一会儿，说：“那么你认为我在离家四英里的地方把你扔下车的概率有多大呢？”

自那以后，我一直把这些风险数字藏在心里。你看，风险小很多吧。

反毒品战

近来，我从艾奥瓦州的一位老朋友那里得知，在我的家乡如果你被查出拥有一剂麦角酸二乙基酰胺（LSD）[1]，你将入狱七年，强制执行不得保释。

哪怕你刚满18岁，风华正茂且一贯品行良好；哪怕你的一生会毁于一旦；哪怕让你蹲大牢州里一年得花掉2.5万块；哪怕有可能你根本不知道自己有LSD——可能是某个朋友放在你车里的手套箱中却没告诉你，或者是聚会时警察破门而入一把塞进你手里，你却还没反应过来；哪怕是任何可以原谅的情况。这就是20世纪90年代的美国，只要和毒品有关，便没有任何挽回余地。对不起，法律就是如此规定。下一个。

美国现在惩治毒品的严厉程度几乎已是无可复加。在美国的十五个州里，拥有一株大麻就会判终身监禁。众议院发言人纽特·金里奇最近提案称，任何携带哪怕两盎司大麻进入美国的人将判处终身监

1　即Lysergic Acid Diethylamide，一种麻醉药物。

禁，不得保释；携带超过两盎司则处以极刑。

1990年的一项研究结果显示，90%的毒品初犯被联邦法庭判处平均五年以上徒刑。然而，暴力罪行的初犯被处以徒刑的频率没那么高，而且平均服刑四年。也就是说，就算你把一位老太太绊倒从楼梯上滚下去，比起拥有一剂非法药物，后者更有可能送你进监狱。你可以说我太温和，可是在我看来这样确实失之偏颇。

请注意，我完全没有为毒品开脱的意思，我知道毒品会把人害得很惨。我的一位老同学大概在1977年因为服用LSD“逍遥”过度，之后就一直坐在他父母家门廊上的一架木马上，看着自己的双手傻笑度日。我明白毒品有多害人，我只不过不太同意将做了一件蠢事的人处以死刑，我觉得这样不太合适。

没有几位我的同胞会同意我的看法。大多数美国人怀有清楚而狂热的愿望：把吸毒者关进监狱，而且为了实现这一目标，他们几乎不惜任何代价。得克萨斯州的民众最近投票反对州政府发行7.5亿美元债券用于兴建学校，却一边倒地支持发行10亿美元债券兴建监狱，大部分是用来关押与毒品有关的罪犯。

自1982年以来，美国的监狱总人口翻了一番还不止，已达到163万，仅次于全国三个最大城市[1]的人口数。60%的联邦罪犯服刑的原因都不是暴力犯罪，大多数与毒品有关。美国的监狱里人满为患，犯的都是那些与暴力无关的次等罪行，他们的问题只不过是自身软弱，抵制不了非法毒品的诱惑。

1 纽约740万人口，洛杉矶360万，芝加哥270万（1996年统计数据）。

因为大多数毒品犯必须强制服刑，不得保释，当局不得不提前释放其他犯人，腾出空间给所有如潮水般涌入监狱的毒品初犯。结果导致如今在美国入狱的谋杀犯平均服刑不到六年，而强奸犯才五年。还有，一旦谋杀犯和强奸犯出狱，他们立即可以享受社会福利、救济粮票以及其他联邦救助。而一个曾被判刑的吸毒者，不论他的处境如何凄惨，终其一生都不得享受以上种种待遇。

更惨的还在后面。我艾奥瓦州的一个朋友就因为毒品问题在州立监狱里蹲了四个月大牢，那是差不多二十年前的事了。他坐满四个月出来后就洗心革面，再也没有碰过毒品。最近他去美国邮政局应聘一份临时工，做节假日换班邮件分拣员。结果他不但没得到那份工作，而且一个星期后他还收到一封以挂号信形式寄来的宣誓书，威胁要控告他，就因为他没有在工作应聘表上如实填写自己曾犯过涉毒重罪。

对于来应聘分拣邮件的临时工，邮政局都会不辞辛劳地调查其与毒品犯罪有关的背景，那么这种调查明显是一项例行公事——不过只查毒品犯罪。假设我那老同学二十年前杀死了他的祖母还强暴了他的妹妹，那么现在他很有可能能够得到那份工作。

事情越来越令人吃惊了。如果你的不动产曾经参与和毒品犯罪有关的活动，即使你浑然不知，政府也有权将其没收。近期的《大西洋月刊》上登载了一篇文章说：在康涅狄格州，一位叫莱斯利・C.欧塔的联邦检举人出了名，因为她把几乎所有和毒品犯罪，哪怕有那么一点点关联的人的不动产全部没收——包括一对八十多岁的老夫妇的房子，只因他们的孙子在卧室里卖大麻。那对老夫妇根本不知道孙子房里藏有大麻（恕我重复一遍：他们已是八十高龄了），当然也和大麻一点关系都没有。不管怎样，他们的房子没了。

最让人悲哀的就是这种狂热的报复性举动根本没有任何作用。美国每年花500亿美元与毒品作战，可是吸毒者还是继续存在。政府面对挫败只得颁布更加严厉的法律，如此下来，我们发现自己的处境极其可笑，众议院发言人居然严肃地提出处决他人的提案——把他们绑在床上，吸走他们的阳气——人家只不过弄了点植物，达到喝下两瓶伏特加酒那样的效果而已。最可怕的是，没有任何地方的任何人去质疑这种法律。

我的解决方案分两步走。首先，像纽特·金里奇这样的人就一定要被判有罪，这样做不会减少毒品犯罪，但是能让我感觉好很多。然后，我会把每年500亿政府拨款中的大部分投入到戒毒和预防吸毒当中。还可以拿一部分钱出来组织年轻人去艾奥瓦州参观我那个傻坐在父母家门廊上的老同学。我相信他们中的大多数人就不会去动尝试毒品的念头，而且这样做比把年轻人关起来，监禁终身，要不那么残忍，也不那么无聊。

消亡的口音

我们这里有一位名叫沃尔特的人，偶尔在我家附近做点木工活。他看上去大概有112岁了。不过，天哪，他居然还能使得动锯子和锤子。他在我们镇做手艺活至少有50年了。

沃尔特住在佛蒙特州，和我们小镇隔着康涅狄格河相望。他是个正宗的新英格兰人——诚实、勤勉、生来就珍惜时间，简朴节约，也不善言辞。（他谈起话来就像是有一天人家会根据他讲话多少找他收钱一样。）最重要的是，他和所有的新英格兰人一样起得很早。天哪，新英格兰人真是很喜欢早起。我们有几个英国朋友几年前移居到此，刚到住的地方，一位女士就打电话和牙医约时间，牙医告诉她第二天六点半到。结果等她第二天晚上六点半到那里，发现诊所里黑灯瞎火，这才恍然大悟人家说的当然是早上六点半。我想，如果牙医约沃尔特六点半去看牙，他肯定会问人家可不可以再早一点。

有一次，他到我们家的时候七点还差几分，他便道歉说来晚了，因为诺维奇的交通很“野蛮”。这句话里有趣的地方不在于诺维奇的交通很“野蛮”（fierce）这个说法，而是他把“诺维奇”发成“诺里奇”（Norritch），就像英国的某个城市名一样[1]。这独特的口音让我惊讶了一下，因为任何住在诺维奇市或者周边数英里内的人都把这个城市叫作“诺维奇”【也就是发出w的音，就像读“三明治（sandwich）”这个词一样】。

我就问他了。

“唉呀！（Ayuh）”他说。这是个新英格兰地区的通用感叹词，说的时候懒洋洋慢吞吞的，伴随着脱帽以及若有所思地抓抓头这类动作。它的意思是“我可能要说点什么……可是我可能又不说了”。他给我解释说，直到20世纪50年代，这村子还被念作“诺里奇”，后来从纽约和波士顿搬来了很多外来人，结果不知道出于什么原因，外来人开始修正本地发音了。现在实际上所有比沃尔特年轻的人，其实也就是剩下的所有的人，都把这地方叫作“诺维奇”了。在我看来，这是件很让人伤心的事：只是因为外来人口太不注意保护当地口音，这种传统口音马上就消失了。不过，这个词的发音变化只不过是这股大潮上所浮起的几朵浪花而已。

三十年前，四分之三的佛蒙特人都是在当地出生的，而今天这个比例已经下降到一半还不到，有些地方甚至更低。因此，如今你已经不太可能像从前一样听到佛蒙特人把“cow”（牛）说成“kyow”（油），把“so don't I”（我也不会）说成“so do I”（我也会），或者是使用多姿多彩，甚至有点隐秘的表达方法，很多州

1　英国著名的格林威治（Greenwich）城在英国英语中的发音为['grinidʒ]，即将w辅音略去不发音，因此又译为“格林尼治”。

当时因此而远近闻名。我现在立即能想到的就是“heavier than a dead minister”（比死牧师还沉）以及“jeezum-jee-hassafrats”这两个。唉，不过现在很多佛蒙特人已经不再说了。

如果你到佛蒙特州更加边远的地方，到一家普通小店里去转转，你很有可能会听到两个老农民（那里的人说“农民”这个词通常不带卷舌音[1]）要“a frog skin more”（青蛙皮多）杯咖啡，或者说“Well，wouldn't that just jar your mother's preserves”（哦，那岂不是把你妈做的果酱装起来了），可是你更有可能听到一位从城里来此隐居的人在L. L. Bean服装店里问店主人有没有“guavas”（番石榴）。

同样的事情全国各地都在上演。我刚读完一篇有关北卡罗来纳州离岛奥克拉科克（Ocracoke Island）方言的学术文章。奥克拉科克岛是一长串名为“外围堤坝”的堰洲岛的一部分，那里的居民曾经操一口非常浓重而神秘的方言，使得来访者有时候认为他们闯入了某个伊丽莎白一世女王时期英国遗留下来的前哨基地。

当地居民——有时候被称为“霍伊-托伊德人（Hoi-Toiders）”，因为“高潮（high tide）”这个词他们的发音就是那样——有一种奇怪而活泼的口音还包含了很多古旧的词汇，如“quammish”（意思是感觉恶心不舒服），“fladget”（一片/块东西）还有“mommuck”（意思是麻烦，打扰）。这些词自从莎士比亚放下他的鹅毛笔之后就没有人听到过了。当地人在海边生长，所以他们对于航海词汇的

1　美国英语口音最大特色是词汇中出现的r字母要相应地发一个卷舌音，而英国英语中则完全没有。

使用非常特别，比如说“顺风航行（scud）”这个词意思是升起一小片帆顺着大风行驶，也被用来形容陆地上的动作，因此某个奥克拉科克岛居民可能会邀请你乘他的车“顺风航行”。最后，岛上居民为了让外来人彻底迷惑，还吸收了不少非英语词汇，如“pizer”指“门廊”【明显来自意大利语piazza（广场）】，还有听他们发“lot”（空地）的音让我想起林格·斯塔尔[1]模仿多塞特[2]口音说话。总而言之，这方言有趣极了。

下面的剧情你可能已经猜出来了，所有这些都“顺风疾驶”传承下来，直到1957年联邦政府修建了一座奥克拉科克大桥连接小岛和大陆，从游客们踏入小岛的那一瞬间开始，奥克拉科克方言就逐渐消亡了。

这些方言资料都是由北卡罗来纳州立大学的语言学家们搜集录制下来的，他们半个世纪以来定期到岛上进行实地考察，每一次考察都记录下这种脆弱俗语确确实实又似乎十分致命的衰落。然后，出乎所有人意料的是，奥克拉科克方言开始复兴了。研究者们发现中年人——20世纪50或者60年代，就是旅游业首次成为岛上生活重心的时候成长起来的一代——不仅仅回归了从前的说话方式，而且口音比他们的长辈还要重。研究者们所推测出的解释就是“岛上的居民夸张了他们的方言特征，不论是有意还是无意，都是因为他们不想要出任何差错，这样他们就是‘真正的’奥克拉科克人了，而

1　林格·斯塔尔，Ringo Starr，出生于利物浦的英国著名歌手兼演员，曾为“甲壳虫”乐队鼓手。

2　多塞特郡，Dorset，位于英格兰西南部，英吉利海峡边。

不是游客或者近来从大陆上搬过来的新居民。”

类似的情况在别的地方也有。对玛莎葡萄园岛[1]方言进行的研究表明：这里某些传统的发音，如house和mouse这类词中的ou[au]元音发音很平，类似于hawse和mawse中的[ɔː]，在几近消亡之前来了一阵复兴，谁也没有想到。结果发现推动复兴的力量来自那些离开小岛居住在外多年又返乡的本岛人，他们又拾起原来的语言习惯，将自己和大批非本岛人区别开来。

那么这是否意味着浓重而又硬邦邦的佛蒙特口音会一样复兴呢？是否我们又可以期待听到那里的人说“要在你从来没有疼过的地方让你痛”（would give you a pain where you never had an ache），或者是“摸上去比船的尾巴还硬”（felt rougher than a boar's rear end）呢？可叹的是，事实并非如此。从上述例子可以看出，那些方言的复兴只发生在小岛上或者是仍然相对与世隔绝的环境当中。

那么情况很有可能是这样：当老沃尔特最终收起了他的锯子和锤子的时候，不论是谁来接替他的工作，即使是生于斯长于斯，都不可能说一口老式佛蒙特方言了。我只希望那个人不要起得那么早。

1 Martha's Vineyard，马萨诸塞州东南部岛屿。

低效报告

有一天，我们地方报纸上有篇报道引起了我的注意，说这里机场的控制塔和相关设施将私有化。机场一直在亏损，所以联邦航空管理局想削减开支，准备把飞机降落服务承包给运营成本更低的私人来做。最吸引我注意的是深藏在文章里的一个句子："联邦航空管理局纽约市分局的女发言人阿尔琳·萨拉克没有提到要承包控制塔的那家公司的名字。"

听到这样的消息真让人放心。也许是我过度敏感，不过我时常乘飞机，对于机场能否以较为正常的方式让飞机降落有着特别的兴趣，所以我真的想确认机场的控制塔没有被像是"新英格兰滚筒毛巾公司"或者"坠毁服务（巴拿马）有限责任公司"之类的企业给买下；而且下一次我坐飞机降落时，不会是由一个站在梯子上挥舞扫帚的人来指挥。我只能希望：至少联邦航空管理局应该知道要把控制塔卖给谁吧！你可以说我挑剔，可是这种事情在我看来确实应该记录备案。

需要说明的是FAA[1]并非效率最高的企业。最近有一份报告，声称该机构常年为电力中断、设备陈旧故障、员工加班过度导致压力过大、无效培训项目以及因指挥系统分崩离析而导致的管理不善所困扰。有关设备标准问题，该报告发现“有21个互不相干的办公室发出了71条命令、7项标准以及29项细则”。其结果是，FAA根本就不知道它自己到底拥有些什么设备，设备该如何维护，甚至就连该轮到谁来煮咖啡都不知道。

更为不祥的是，据《洛杉矶时报》报道：“如果FAA按照计划及时更新了机场交通控制设备的话，至少有三起飞机事故是可以避免的。”

我之所以提到这个是因为今天我们的话题就是：在美国大规模存在的渎职现象。我不想说目前美国渎职现象特别突出，可是当你发现身边存在这类情况时，它就真的会越来越引人注目。有可能是因为美国是个大国，大国都会催生出庞大的官僚机构，那些官僚机构又催生出许多部门，每一个部门都颁布许多法规和准则，由此产生出一个必然的结果：有了这么多部门，左手不但不知道右手在做什么，而且似乎连右手的存在都不知道了。冷冻比萨就是这样一种有趣的例证。

在美国，冷冻奶酪比萨由食品与药品监督管理局来管理，但是冷冻辣香肠比萨则由农业部来管理。对于食品内容、标签等等，每个管理部门都有自己的标准，也有自己的检查小组和配套法规，要求生产

1 Federal Aviation Administration，联邦航空管理局的缩写。

商提供执照、纳税证明以及其他各种费时费钱的书面证明。所有这些只不过是管理冷冻比萨。有人估算过，每年全国花在应付庞杂的联邦法规上的所有开销为6680亿美元，平均每个家庭花费7000美元。这项守法的开销也太多了点吧！

然而，我们对于过度节俭由衷的热爱，反而助长了全美国这种低效现象的气焰。有一种值得关注的短期行为主义，特别是在官僚圈子里盛行。我们可以参考一下国税局的例子。

有人估计每年有约1000亿美元税款——比很多国家的国民生产总值还要高——既没有申报也没有缴纳。1995年，国会尝试性地增拨给国税局1亿美元，要求其清查漏缴的巨额税款。当年年底，国税局就查出并收缴了8亿美元税款——只是冰山一角，但是多花了1亿美元成本就能收回8亿美元进账。

国税局非常自信地预计如果这项计划继续进行下去，下一年它们能为政府堵住至少120亿美元逃漏税款，然后接下去的一年还要更多。不过国会没有将项目继续下去，而是将其砍掉。注意了，是作为联邦赤字削减项目而砍掉的。你明白我是什么意思了吧？

再来看看食品检疫吧。现在，我们有各种高科技小发明来检测肉类有没有受到诸如沙门氏菌和埃布氏菌这类微生物感染。不过政府却吝惜在这方面的投资，因此联邦食品检疫员一直都用肉眼来检查在流水线上滚过的肉类。现在你可以想象一个工资不高的联邦食品检疫员每个工作日是怀着怎样的心情全神贯注地观察1.8万块一模一样的去毛鸡肉从他面前的传送带上溜过了吧。你可以说我把人想得很坏，可是我非常怀疑这样的工作干个十几年，这个检疫员是否还会想："嘿，又来了几块鸡肉，可能会很有意思。"不管怎么说，微生物是肉眼看不见的，某些人现在应该想到这一点了吧。

因此，政府部门自己承认有20%的鸡肉和49%的火鸡肉都受到微生物污染。至于说造成的医疗成本，大家就去猜吧，不过据说每年有8000万人因工厂污染的食品而患病，给国民经济摊上了50亿到100亿美元的医疗成本，还削减了生产力等。每年在美国还有9000人死于食物中毒。

这些例子又把我们带回到老而弥坚的联邦航空管理局身边。（其实并非如此，只不过我得回到这个例子中来。）FAA不见得一定是全美国最低效的官僚机构，但是毫无疑问，当我在离地面32,000英尺的高空飞行时，它是唯一掌握我性命的官僚机构。因此当我得知它要把控制塔交给它连名字都记不住的那些人来管理时，你可以想象我的忧虑和不安。

据我们这里的报纸报道，移交将于下个月底前完成。完成后的第三天，我得从那个机场起飞去华盛顿赴约，风雨无阻。现在我谈及这个话题，主要是防止大家过几个星期发现我的专栏一片空白而感觉诧异。

不过也许等不到我走到那一步，因为我刚问过我太太晚饭吃什么。

"火鸡汉堡。"她回答。

懒得走路

加州大学伯克利分校的一位研究者最近对美国人的步行习惯进行了研究，发现每年美国人平均步行里程不到75英里——差不多每周步行1.4英里，一天不到350码[1]。我也经常偷懒，但还不至于懒到如此吓人的地步，我在家到处找电视遥控器所走的路也比这个长。

据伯克利分校的那项研究，我们85%的美国人“基本”处于久坐状态，35%的人则“完全”处于久坐状态。我们变成了一个坐和驾的民族。

当时我和我太太决定回美国定居，目标之一就是选择一个大小适中的小镇居住，步行就能到达中央商业区。我们定居的汉诺威就是一个小巧的典型新英格兰小镇，安静宜人而又紧凑。这里有一大片中央绿地，周围是达特茅斯学院那历史悠久的建筑，一条装点精致的主街，还有浓荫掩映的住宅区街道。简而言之，在这里做任何事情只须步行，轻松而方便。不过，据我了解，几乎没人在街上走。

1　英美长度单位，1码约合0.9144米。

我在家的时候几乎每天都步行去商业区、邮局、图书馆或者书店。有时候，如果我觉得特别开心，我会在“罗兹杰克斯咖啡馆”小坐，喝杯卡布奇诺。偶尔在黄昏时分，我太太和我会漫步去“金矿石剧院”看电影，或者去“墨菲酒吧”喝杯啤酒。这些都是我生活中的重要部分，我从没想过用别的方式代替步行去做这些事。镇上的人都已经习惯了我这种奇怪而又与众不同的行为，可是刚搬来那会儿，有熟人驾车从我身边驶过，还是会在路边放慢速度问我是否需要搭车。

“可是我就是和你一个方向啊，”我礼貌地表示拒绝后他们仍然坚持，“真的不麻烦。”

“真的，我很喜欢步行。”

“好吧，既然你这么坚决。”他们会这么说，然后很不情愿地开走了，甚至还带点内疚，就像是肇事后匿名逃离现场一样。

美国人做任何事情都以车代步，已然成为习惯。他们从来都没有想过伸开双腿看看下肢还能做些什么。值得一提的是，美国人现在有93%的户外活动都要以车代步。

大多数新英格兰小镇都是为从前的交通状况设计的，汉诺威就并非汽车的天堂。几乎每一次开车进去都要花很长时间到处找停车位。为了缓解这一状况，当地政府将道路永久拓宽以加快车流，还兴建了新的停车场——达特茅斯学院近来就拆毁了一座相当古老的医院，只是为了在校园中心地区塞入几英亩麻木而毫无灵魂的停车场——他们完全不明白，就是因为没有这些汽车文明的特征，才使得整个小镇如此引人入胜。

可是也不能光责怪那些政府部门，毕竟到哪里都喜欢随身携带两吨钢铁的是我们自己。我们这个时代，大学生换个地方上课要开车，父母们去三条马路之隔的朋友家接孩子要开车，就连邮递员在一条街上挨家挨户送信也要开着车。我们为了少走20英尺，宁可不厌其烦地去发动汽车。

有时候，事情简直到了滑稽可笑的地步。有一次我在邻近的埃特纳小镇等着接我孩子上完钢琴课回家，然后一辆车开到镇上邮局门口停了下来，和我年纪相仿的一个男人从车里钻出来，冲进了邮局（车没熄火——我心里不知怎么担心起来）。他在里面待了三四分钟，出来以后，再次钻进汽车，开了正好16英尺（我当时无事可做就步量了一下距离），停在隔壁的杂货店门口，又进了杂货店，车还是没熄火。

不过这个男人看上去身材很好。我敢肯定他一定经常长距离慢跑、打壁球，还做各种非常有益健康的运动，不过我也肯定他这样开车办事肯定是发疯。我们的一个熟人那天也抱怨在镇上的健身馆外面找不到地方停车。她每周都要去好几次，为了能在跑步机上运动，那健身馆离她家大门最多只要步行6分钟。我问她为什么不步行过去，然后在跑步机上少跑6分钟。

她看着我，似乎为我的头脑简单感到悲哀，“可是我在上跑步机训练课，它会记录我的跑步里程、速度还有卡路里消耗值，然后我可以调整跑步机的难易程度。”我还没有意识到自己在这方面简直是粗心大意、欠缺考虑。

近期的《波士顿环球报》有一篇忧心忡忡、略带恐惧的社论，称美国每年高达250亿美元的高速公路预算，只有不到1%花在人行设施方面。实际上我吃惊的是：真的花了这么多钱照顾行人吗？随便到哪个近三十年开发的郊区去，你根本找不到一条人行道，也很难找到行人过街的斑马线。

去年夏天我才真正理解了这一点。那时候我们开车穿越缅因州，在1号公路上想停下来喝杯咖啡。沿线全是一望无际的购物广场、汽车旅馆、加油站还有快餐店，如今这些东西如雨后春笋般蹿出来，遍地开花。我突然发现街对面有家书店，于是决定不喝咖啡了，进去翻翻书。正好我手头上做的事情需要一本书，而且我觉得这样能给我太太一个机会和四个难以控制、热情过剩的孩子共同享受相伴好时光。

尽管我离书店也不过70或者80英尺远，但我发现根本不可能步行过去。那里有一个为汽车设置的交通出口，却没有出口给行人，而且你也不可能轻易步行穿过公路，因为要不停地躲避六车道上飞快驶过的汽车。最后我不得不钻进汽车开过公路，这就是唯一的办法。那时候这么做看上去很荒谬气人，可是后来我才意识到：可能我是唯一一个想尝试步行穿过那个十字路口的人。

事实上，在这个国家，我们不但不再走路去哪里了，而且我们再也不愿意走路去哪里了，甚至还诅咒那些想让我们多走点路的人，就像新罕布什尔州的拉科尼亚镇的设计者们一样，为此付出了重大代价。几年前，拉科尼亚花了500万美元把它的商业区变成步行街，想创造更加舒适的购物环境。从美学的角度来看，这个改造很成功——城市规划师们从全国各地跑来交流并拍照学习——可是从商业上来说这简直是个灾难。由于从停车场到步行街有一街之隔，购物的人难以忍受这种步行距离而遗弃了拉科尼亚商业中心，改在郊区购物广场购物。

1994年，拉科尼亚敲碎了漂亮的人行道地砖，拿掉了长凳，搬走了一盆盆天竺葵，挖走了装饰性的树木，重新恢复了街道最开始的样子。现在人们又可以直接停车在商场门口了，于是拉科尼亚商业中心又开始灯红酒绿。

如果这个例子不让人觉得悲哀，我就不懂什么才让人悲哀。

大地广阔

人生在世要记住这样几条经验：丹尼尔·布恩[1]是蠢人；花一天时间从汉诺威镇开车到相邻的缅因州得不偿失。容我来解释解释。

有天晚上我掂了只地球仪玩，然后有点惊讶地发现，我所在的汉诺威镇距离我们在英国约克郡的老房子比距离美国其他地方还要近。真的，从我坐的位置到阿图岛，也就是阿拉斯加最西边的阿留申群岛，大约要4000英里。也就是说，伦敦的某人距离约翰内斯堡[2]比我距离我国最远的边疆地区还要近。

当然，你可以说拿阿拉斯加来比较实在失之偏颇，因为从这里到阿拉斯加根本就隔着好多别国领土。可是退一步说，即使你只着眼于美国本土大陆，其幅员也够辽阔的。从我家到洛杉矶的距离相当于从伦敦到拉各斯[3]。简单说来，这一距离可是相当长。

---

1 丹尼尔·布恩，Daniel Boone（1734—1820），美国著名探险家。

2 约翰内斯堡，Johannesburg，南非首都。

3 拉各斯，Lagos，尼日利亚首都。

说起增长规模，还有一样引人注目的事实。在过去的二十年中（记录显示的时间段之内，我可是在别的地方生儿育女），美国的人口增长数几乎恰好和英国的人口相等。我觉得这很令人惊讶，大概是因为我不知道这些新增长出来的人现在生活在哪里吧。

如果你在像英国一样地少人多的地方住过很长时间，你会发现美国有一点非常显著的特征，那就是地方如此辽阔，而人烟却如此稀少。想想看：蒙大拿州、怀俄明州，还有南、北达科他州面积是法国的两倍，可是总人口比伦敦南部人口还要少。阿拉斯加面积还要大，可是人口更少。即使是我现在的家乡新罕布什尔州，位于人口相对稠密的美国东北角，也有85%的地方为森林所覆盖，其余的地方大部分是湖泊。你可以在新罕布什尔州开车开很长时间，只看到树和山——没有一座房子、一座村庄，甚至是没有另外一辆汽车，这种情况经常发生。

我就经常吃这样的亏。不久以前，有几个英国朋友过来玩，我们决定开车到缅因州西部的湖畔去。那天的天气不错，非常适合外出，我们只需要穿越新罕布什尔州——毕竟它是美国第四小的州——越过州界再走一点点路就进入了缅因州，这个可爱的地方位于我们东面，常有驼鹿出没。我想，开车也就两小时吧，最多两个半小时。

当然，你已经预计到故事的高潮马上就要到来。六小时后，我们筋疲力尽地把车停在朗吉利湖（Rangeley Lake）边，拍了两张照，互相大眼瞪小眼，一声不响地坐回车里开回了家。这种事一直在发生。

让人好奇的是：很多美国人不是这么去看自己的国家，他们认为美国拥挤得不得了。因为人满为患而十分危险，国家公园和自然保护区一直在准备限制游客人数。这些公园里的某些地方确实是太拥挤了，那是因为98%的游客都是驾车而来，而他们中有98%不愿离开他们的“金属子宫”百步之遥。但是在公园里的其他地方，你可以一个人拥有一座大山，甚至是在最繁忙的节假日在最热闹的公园里也是如此。不过，我很快发现很多自然保护区禁止徒步旅行，除非你有远见，知道人潮会蜂拥而来，几星期前就提前预约。

更为不幸的是，越来越多的人相信要解决这种潜在的危机，最好的办法就是把大多数外国人给赶走。有一个组织，我把名字给忘了（大概是“小肚鸡肠的危险反动分子振兴美国运动”），定期在《纽约时报》《大西洋月刊》和其他有影响力的重要刊物上刊登热忱而理由充分的广告，建议终止移民政策。它的某则广告原话是，移民“毁了我们的环境和生活质量”。在别的地方它还说：“主要是因为移民，我们正以极其危险的高速奔向环境和经济的双重灾难。”哦，拜托你们这帮人省省吧！

我想，你可以举经济上或者是文化上的例子来支持终止移民政策的观点，可是你不能说取消移民是因为我们国家地方不够用了。反对移民势力的观点非常投机取巧地忽略了一个事实：美国每年已经驱逐了上百万移民，那些人在这里大多从事最肮脏、薪水最低，或者是我们美国人最不想做的工作。赶走移民并不会一下子多出大把就业机会给那些在美国出生的人，唯一的后果就是剩下很多盘子没人洗，很多床铺没人整理，很多水果没人采摘。取消移民就更不会奇迹般地创造出更多畅快呼吸的空间给我们剩下的这些人了。

在发达世界中，美国的移民占人口总数比例已经是最低的国家之一了。只有6%的美国人是在外国出生，相比之下，英国的比例是8%，法国是11%。无论美国是不是会遭受环境和经济的双重灾难，就算果真如此，也肯定不是因为我们国家每一百人中有六个在别的国家出生。

大概没有什么行为比把普通问题的根源归咎于少数民族身上更加愚蠢，更加头脑简单，更加误入歧途，更有可能导致草率的罪恶行径的了。然而，如今谈到移民问题，这种观念似乎还很有市场。两年前，加利福尼亚人投票一边倒地赞成187号议案，否决向非法移民提供医疗和教育服务。几乎就在议案刚通过的那一刻，州长彼得·威尔逊立即下令卫生部门，停止向任何不能证明其滞留合法的女性提供产前医疗服务。不过，就因为其父母的行为就危害一个未出生婴儿的健康，是不是残酷——甚至是野蛮——了点呢？如果我错了，欢迎纠正。

同样令人吃惊的是，联邦政府最近开始向合法移民开刀，开始取消他们的基本权利。实际上我们等于对移民们说："谢谢你们多年来为我国经济付出的忠诚服务，可是现在情况有点困难，所以我们不准备帮助你们了。还有，你们的口音很滑稽。"

我并不主张毫无限制的移民政策，你要明白，我主张的是在对待那些已经来到我国的移民们时把握点平衡。事实上美国已经是地球上最不拥挤的国家之一了，每平方英里上才住了68人，而法国是256人，英国则是600多人。总的说来，美国只有2%的土地可以称为"建筑物林立"。

当然，美国人总是会从不同的角度看待这些事情。著名的丹尼尔·布恩某天应该就是从自己的小木屋窗口向外张望，看见一股炊烟从远处山峦上的农舍里升起，然后就激发了自己要向前进发的雄心壮志，并且苦苦抱怨自己住的地方人太多了吧。

这就是为什么我说丹尼尔·布恩是个蠢人的原因。我只不过不想看到我国的其他地方重蹈覆辙罢了。

偷窥肆虐

如果你在百货商店或者其他什么卖东西的地方使用试衣间，你一定要记住了：在你试衣的时候，店家监视你的行动是完全合法的，甚至这种做法是明显的例行公事。

我之所以知道这个，是因为手头上正在读一本题为《隐私的权利》（*The Right to Privacy*）的书，作者是埃伦·阿尔德曼和卡罗琳·肯尼迪。书中写满了各种令人提心吊胆的故事，说的都是商家和店员如何刺探顾客的隐私，而且还乐此不疲。

监视试衣间行为于1983年被曝光，当时有一位顾客在密歇根州的一家百货商店试衣服，他发现一位店员居然爬到梯子上通过试衣间的金属通气孔窥视他。那位顾客当然极其愤怒，以侵犯隐私为由把商店告上了法庭。结果他输了官司，州法庭认为商店以监视的形式来防范偷窃，无可厚非。

这位顾客应该不会太惊讶，如今在美国，几乎每个人都处于某种形式的监视之下。有了各种新技术、偏执狂的老板和对财富的贪婪，也就意味着成千上万美国人的生活已经被各种监视方式所渗透，这些方式在十几年前根本是天方夜谭，完全无法想象。

更糟糕的是，现在还有一大批“信息经纪人”——电子隐私调查员——靠在互联网上挖掘个人信息换钱来谋生。如果你曾经去登记投票，这帮人就能够得到你的地址和生日，因为投票登记表在大多数州都属于公共记录。有了这样两条信息，他们就能够（卖8块钱或者10块钱）提供你想知道的任何人的任何个人信息：法庭记录、医疗记录、驾驶记录、信用历史、嗜好、购物习惯、年收入、电话号码（包括没有在黄页上登记的号码），你想知道什么，他们就能挖出什么。

以前大部分个人信息也能查到，可是要花好几天去各类政府部门去打听。现在几分钟就可以在网上搞定，而且完全匿名。

很多公司就利用这样的技术便利，不择手段地提高自己的生产力。据《时代》周刊报道，马里兰州的某家银行将其贷款客户的医疗记录查了个遍——当然不违法了——找出那些患有重大疾病的，并且依据这个信息取消对他们的贷款。还有些公司不仅仅关注顾客，更关注自己的员工——比如说，调查员工们在吃什么处方药。一家著名的大型公司和一家制药公司合作对员工的医疗记录进行梳理，想知道谁有可能从抗抑郁药中获益。这个双赢的点子能让这家公司的员工更加安详恬静，也能让制药公司获得更多顾客。

美国管理协会称美国有三分之二的公司通过某种方式对员工进行监视：有35%监听电话，有10%录下电话内容，有空再听。接受调查的公司中有四分之一承认浏览过员工的电脑文件且阅读过他们的电邮。

还有一些公司仍然秘密地监视员工工作时的一举一动。马萨诸塞州一所大学里的秘书发现，一台隐藏式摄像机每天24小时不停地对准她的办公室拍摄。天知道校方想知道些什么，他们所得到的不过是每晚这位女士换下工作服，穿上跑步装，准备下班跑步回家罢了。这位秘书正在打官司，估计能得到巨额赔偿。可是别的地方法院已经表示支持公司监视员工的权利。

1989年，一家大型日资电脑产品公司的某位员工发现公司定期阅读员工的电邮，而且表面上还对员工信誓旦旦说没有这么做。她向大家发出警报，立即就被开除。她以不正当解雇为由将公司告上法庭，结果还是输了官司。法庭不仅支持公司浏览员工私人通信的权利，而且还支持公司对此撒谎。哇！真是开了眼界。

公司老板们同样把毒品视为洪水猛兽。几年前我的一个朋友在艾奥瓦州一家大型制造业公司找了份工作。公司街对面有一家酒馆，下班后大家经常去玩玩。某天晚上我那朋友正和同事们一起喝啤酒，某位女同事过来，问他知不知道谁能搞得到大麻。我朋友说自己不吸大麻，但是给了她一个偶尔卖大麻的熟人的电话号码把她打发走，因为她不得到答案不肯走。

第二天，我朋友就被解雇了，原来那位女同事就是公司雇用的间谍，专门清除公司吸毒员工。要知道，他根本没向她提供大麻，也没有怂恿她去吸大麻，而且还强调过自己不碰大麻。不管怎么样他还是被解雇了，理由是怂恿教唆使用非法药物。

现在已经有91%的大公司对员工进行药物测试，我觉得简直匪夷所思。有几十家公司引入了一种“烟酒药”（TAD）规则——TAD

是“烟草、酒精及药物”的缩写——禁止员工在任何时候接触其中任何一种，即使是下班回家后。还有的公司甚至禁止员工在任何时候抽烟、喝酒——哪怕是一瓶啤酒，哪怕是周日晚上也不行——而且还要求员工提交尿液样本来检查规则的执行情况，信不信由你。

可是还有比这个更加险恶的。两家电子产品方面的领头企业合作研发出一种叫作“活性徽章”的东西，任何员工被强制要求佩戴上以后，他的行踪就尽在老板掌握之中了。这个徽章能每十五秒向中央电脑发出红外信号，这样就可以将每位员工现在和刚才在哪里、和谁在一起、去了几趟洗手间、去冷水机那里打过几次水全部记录下来。简单点说就是，把他们工作日里的每一个行动都记录成日志。如果这不叫危险的话，我不知道还有什么是恶兆。

不过，我很高兴地告诉大家，目前有一点进步使得所有监视的努力有了点意义。新泽西州的一家公司为某种设备申请了专利，它能够探测出餐馆招待们用过洗手间后有没有洗手。这个东西我举双手赞成。

烂片当道

每年的这个时候，我都会做一件有点傻的事，那就是把我家的小孩子们纠集起来去看暑期大片。

暑期电影在美国可是笔大生意。在今年的“阵亡将士纪念日”[1]和“劳动节”[2]之间，美国人会花掉20亿美元去看电影，还要花10亿左右买些东西，一边把它们塞进嘴里嚼，一边睁大眼睛盯着大屏幕上代价极其昂贵的杀戮镜头。

当然，暑期电影几乎都是烂片，不过我想今年的暑期电影应该是有史以来的烂片之最。我之所以能自信地得出这个结论，是因为看到《纽约时报》上《生死时速2：海上惊情》的导演简·德·邦特大肆吹嘘影片最火爆的镜头——一艘失控的游轮载着桑德拉·布洛克一头扎进了一座加勒比海小村庄——说是他在睡梦中想出来的。他骄傲地透露：“整个电影剧本就是从这个镜头开始往前写的。”就

1 Memorial Day，美国每个州都不尽相同，基本上在5月30日。

2 Labor Day，九月的第一个星期一。

凭这句话，你就能知道今年暑期电影的平均智力水平如何了。

我经常忠告自己，不要把期望值设得太高，暑期电影只不过是游乐场电动玩具的电影院版而已，没有人期待过山车能提供令人满意的情节主线。可是，暑期电影也实在太烂了——烂到了家——让人无法忍受。不管投资了多少钱在这些电影里——值得一提的是，这个暑假上映的电影里，至少有8部预算超过1亿——总是让人觉得非常不真实，然后你就开始怀疑这剧本是不是开机前一天晚上在沙发上凑合而成的。

今年夏天我们去看的是《侏罗纪公园II：失落的世界》。它基本上和上一部《侏罗纪公园》大同小异：一样轰天动地的脚步声，还有不管暴龙在哪里即将出现，地上的小水坑表面就会颤抖；一样苦苦求生的人从门边往后退，而背后是猛冲过来的速龙[1]（最后发现一只长牙怪兽从背后扑将过来）；一样有汽车在丛林悬崖边危险地晃来晃去，主人公们命悬一线的场景。除去以上种种，恐龙还是强大无比，前一个钟头就有十几个人被踩死或者吃掉。这才是我们想来看的！

之后这电影就开始一塌糊涂了。结尾的一幕是一只霸王龙以完全不可能的方式从船上逃走了，冲进圣地亚哥[2]的闹市，踩扁汽车，捣毁加油站，然后突然莫名其妙地独自来到了沉睡中的近郊生活区，却完全没有人注意到。那么你认为一个6500万年前就从地球

1　速龙，velociraptor，也译作迅猛龙。

2　圣地亚哥，San Diego，加利福尼亚州南部城市。

上消失了的高达20英尺的史前生物在商业闹市区制造混乱，然后溜进住宅区而没有人看到，这种事情有没有一点点可能？圣地亚哥市中心挤满了人，过各种各样的夜生活——排队进电影院，手牵手逛街——而同时住宅区的马路上就悄无声息，每个人都睡得死死的，有可能吗？这应该不算是鸡蛋里面挑骨头吧？

然后电影继续，警车四处飞驰，无助地撞到一起，男女主人公想办法自己找到了那条暴龙，接着——在这个奇怪的城市里大家都没长眼睛，都没发现恐龙——诱惑它走了好几里路回到船边，然后恐龙就等着被送回它的热带家园，自然是为下一部《侏罗纪公园III》做好铺垫，那又会是个皆大欢喜的赚钱大片。

《失落的世界》情节粗糙破绽百出，它整个预算超过1亿美元，大概真正精彩的部分只花了两块五毛三分。当然这样的电影肯定会刷新各项票房纪录，它第一周上映就收入9270万美元。

但是，我真正想说的并不是针对《失落的世界》或者任何其他暑期大片。我早已过了那个年龄，不再期待好莱坞能够在炎炎夏日给我一场真正的精神盛宴。我的问题主要是新罕布什尔州西黎巴嫩的索尼六号电影院，以及成千上万座类似的郊区电影城，它们就像斯蒂文·斯皮尔伯格[1]的暴龙大闹圣地亚哥一样，把在美国看电影这种美好体验完全破坏殆尽。

20世纪60年代或者之前成长起来的人，都会记得去看电影就意味着到一幢装有屏幕的房子里面去，这房子很大，一般位于市中

1　斯蒂文·斯皮尔伯格，Steven Spielberg，美国著名导演，《侏罗纪公园》系列为其代表作。

心。在我的家乡得梅因，那时候最热闹的电影院（在我想象中它就叫“得梅因电影院”）是个金碧辉煌的场所，灯光魅惑，装修风格让人想起古埃及地下墓穴。我那个年代以前，那电影院简直就是垃圾堆——我敢肯定里面某个地方有一匹死马，而且直到蒂达·巴拉[1]的黄金时代，它才被清理走——不过就算坐在那里，在周围四方空间的黑暗中独对一大片银幕，实在是极具诱惑力的体验。

除了几个大城市，几乎所有像那样的闹市区电影院都消失了。（得梅因电影院1965年也消失了。）如今你只有去那些郊区多功能电影城，有很多带有小屏幕的小影厅。尽管《失落的世界》是现在最热门的影片，我们也是挤在一个小得可笑的影厅里看，连九排座椅都装不下，椅子的护垫减到最少，互相摩肩接踵，我坐在上面感觉膝盖都快挂在我耳朵上了，像是坐在天文馆里。音响效果也很差，画面还经常“抽风”。电影正式播放之前，我们还得忍受长达30分钟的广告。爆米花、糖果和软饮料都贵得要命，而且售货员像是安装了程序一样，总是企图把你不想要的东西卖给你。简而言之，这电影城的每一处细节似乎都是精心设计出来让你深深失望的。

我不想接着把这些缺点编成册子，让你同情我的不幸遭遇，尽管如果你想要表示同情，我始终欢迎。我要说的是：这种电影城已经日益成为美国的标准电影院模式。影音质量略有瑕疵我都不介意，可是我不能忍受看电影的那种魔力被人夺走。

那天我和大女儿谈起这个，她认真地倾听，然后满怀同情地说

1　蒂达·巴拉，Theda Bara，美国女演员（1885—1955），其黄金时期为1915—1919年。

了句让我伤心的话。“爸爸，”她说，“你要明白大家上电影院可不是去闻那匹死马的味道哦。”

当然我女儿说得对。不过如果你问我怎么看，我想说，他们不懂得自己错过了什么。

妇唱夫随忙园艺

我得快点说，因为今天是星期天，天气棒极了，布莱森夫人刚制订出一个雄心勃勃的庞大园艺计划。更糟糕的是，她脸上浮现出那种表情，被我胆战心惊地称为“耐克式表情”——就像耐克广告里说的：“放手去做吧！”（Just do it.）

不要曲解我的意思，布莱森夫人可是个难得的可爱的人，而且（谢天谢地）知道我的生活需要安排和指导，可是当她拿出纸笔然后写下“要做的事”（还用力地画几条强调线）的时候，你就知道要等很长时间以后，可能要到下周一才有下文。

我喜欢摆弄花花草草——有时候你可以一边漫不经心，一边不断地挖出些虫子来，这非常适合我的个性——不过坦率点说，我并不会痴迷于和太太双双在花园里劳作。你知道，问题就在于她是英国人，这就很让我害怕了。她嘴里可以蹦出这样的句子：“你有没有修过石竹的茎节呢？”“你记得去检查丛生福禄考的西奎斯特林水平吗？”

我发现所有的英国人都会这一套，让我感觉很糟糕，甚至觉得有点恐怖。直到现在我还记得，多年以前我第一次收听曾经十分流行的BBC广播节目《园艺家》的“问题时间”部分时，那种惊愕和诧异，然后在平静的恐惧中，我才意识到自己居然身处这样一群国民当中：他们不仅知道且懂得诸如粉状霉菌、桃树卷叶病、最佳pH水平，以及轮叶金鸡菊和大花金鸡菊的区别，而且还很关心这些东西——实实在在地认为参与长篇大论而且生动有趣的相关讨论能让人心满意足。

我所生长的环境是：如果你能在窗台上养活一株仙人掌，人家就认为你是园艺高手了，所以我个人种花养草的方式一直都不那么科学。不过我的方法一直还颇有效，那就是凡是到了八月还没开花的都当作野草，其他的每种都撒点骨粉、除蛞蝓药，还有能在盆栽棚旁边找到的所有东西。每年夏天我会从贴着骷髅旗商标的瓶子里倒点出来装进喷雾罐，给每种植物来个一两次快乐的“淋浴”。这个做法并不正宗，而且我承认偶尔我得跳着逃命，因为某棵大树对“淋浴仪式”毫无反应，最后还是轰然倒下了，可是一般说来还算成功，而且我还收获了一些有趣而新奇的变异效果，比如说有一次我把一根栅栏柱变成了水果。

很多年来，特别是孩子们还很小，很会变着法子淘气的时候，我太太总把我留在花园里干活。她偶尔会走出来问我在干什么，于是我得坦白说，我在给看上去像杂草一样的东西涂上某种未知的粉末状物质，那东西是我在车库里找到的，我确信不是氮肥就是水泥灰。通常这个时候，某个孩子会跑出来宣布小吉米的头发着火了，或者是类似但更加让人精神错乱的消息，然后我太太飞快地跑开，留下我一个人安静地继续我的试验。这样的安排不错，我们的婚姻也很成功。

然后孩子们长大了，可以自行解决头发着火的问题了，我们就把家搬到了美国，现在我发现布太太又陪我一起忙园艺了，或者这么说吧，我又陪她一起了，因为我好像总是配角，主要负责推着手推车来回跑。我以前是个了不起的花匠，现在沦落成了“三轮车夫”。

无论如何，这里的园艺也和英国不同。美国人根本没有花园，只有院子，而且院子里也不种花。他们搞的是“院艺”，居然还乐此不疲。

在英国，大自然肥沃而温和，整个国家真的就是座花园。而在美国，大自然天生就是蛮荒一片——当然也很壮观，不过更难被征服。这里最常见的是科幻小说里描写的巨型三裂植物似的野草，从每个空隙里爬出来，你得一直用马刀和弯刀把它们砍回去。我敢肯定，如果我们把房子空着关上一个月，等回来时就会发现野草已经俘虏了整座房子，正要把它拉回树林里去慢慢享用。

美国式的花园大多数是草坪，而且相当大，也就是说你这辈子都得不停地用耙子耙草。秋天到来，黄叶“嗡”的一声响从树上落下——仿佛是植物在集体自杀——然后你得花两个月时间把它们耙成堆，但秋风还拼命把它们拖回原来的地方。你得耙啊耙，把落叶装在车里推进树林，然后挂起铁耙进屋，七个月后再来。

可是等你刚刚转身，叶子就又开始往回爬了。我不知道它们怎么搞的，可是等你春天出门一看，它们全都回来了，整个草坪上都是，可以淹没你的足踝，堵住带刺灌木的呼吸，塞满下水道。于是你得再花好几个星期把它们耙起来，再用小车运回到树林里去。最后，等你终于把草坪弄干净，又开始响起巨大的嗡嗡声，你会发现秋天又来了。这的确让人意志消沉。

除开以上这些，我亲爱的太太突然对整个家庭园艺事务有了发号施令的兴趣。我得承认这是我不好。去年，我把草坪喷雾器里灌满了我自己的发明——主要是化肥、除苔藓剂、兔食（一开始是拿错了，不过我想，“管他什么鬼！”然后把剩下的都倒了进去）还有少量叫什么buprimate和triforine的东西。两天后，门前草坪上喷薄而出的鲜艳的橙色条状物，十分醒目且不易去除，连马萨诸塞州中西部的人都慕名前来参观。于是我被勒令停职，永久查看。

说到这个，我不得不就此打住，因为我才听到园艺手套发出坚硬而冷静的噼啪声，还有金属工具从架子上被拽下来的不祥金属碰撞声。接下来我迟早会听到：“天哪！把手推车推过来——快点啊！”可是你知道我最痛恨的是什么吗？就是得戴上那愚蠢的苦力帽。

炎炎夏日

一位朋友最近给我解释，在新英格兰一年只分三季：冬天刚走、冬天要来，还有就是冬天。

我知道他指的是什么，这里的夏天一向很短——从六月第一天开始到八月最后一天结束，剩下的日子里你最好搞清楚自己的连指手套在哪里——可是这三个月里气候温暖宜人，几乎总是阳光灿烂。最棒的是，温度也一直保持在十分舒适的水平，不像我的家乡艾奥瓦州，夏天一到，温度和湿度就一天天稳步攀升，到了八月中旬就已经闷热不可当，连苍蝇都面朝天躺在那里大口喘气。

那种闷热让人受不了，在艾奥瓦的八月，出门走不到二十秒，你就会体验到医学上称为“排汗无节制”的状态。天气是那么热，你发现连百货公司假人模型的腋下都在出汗。我之所以对于艾奥瓦的夏天有这么清楚的印象，是因为我父亲是中西部地区最后一位购买空调的人，他认为空调违背自然。（他认为任何价格超过30元的东西都违背自然。）

你唯一能乘点凉的地方就是半封闭门廊[1]。到20世纪50年代，在美国几乎每家每户都有半封闭门廊，不过现在似乎越来越难找到了。半封闭门廊非常棒，能让你同时身处室内和室外。一想到夏天，我必然会想起它和玉米穗上的玉米、西瓜、半夜里的蟋蟀嗡鸣，还有我父母家邻居派伯先生开完会深夜回家，在他家垃圾筒的帮助下停车的声音，然后还为太太唱两段《塞维利亚的玫瑰》，再去草坪上打个盹。

所以当我们搬回美国安家的时候，我对房子提的唯一要求就是要有半封闭门廊，然后我们找到了一座这样的房子。我就在门廊里过夏天，现在我就在门廊上写这篇文章，往外看就是洒满阳光的花园，聆听着小鸟的欢唱和邻人剪草机的轰鸣，微风拂面，那感觉怎一个“爽”字了得啊！我们今晚还要在这里吃晚饭（如果布太太不会再端着托盘时被皱起来的地毯绊倒的话，保佑她！），然后我会懒洋洋地躺在这里读读书，直到就寝，听着蟋蟀的谈话，看着萤火虫那粉红色的小灯笼一闪一闪。如果没有这些，似乎就不算是夏天。

我们刚搬进这座房子我就发现门廊贴着地板的一角松开了，我家的猫把它当成了猫洞，钻进来爬到我们搁在那里的一张旧沙发上睡大觉，于是我就随它去了。搬进来一个月后的一天晚上，我看书看到非常晚，眼角瞥到我的猫从那个“洞”里钻了进来。不过不对啊，我家的猫已经和我在一起了嘛。

我定睛一看，原来是一只臭鼬，而且还站在我和门廊唯一的出

1　即用玻璃或其他透光材料将开放式的门廊封闭起来，类似我国的封闭式阳台。

口之间。它直奔桌子而来，我发现它很有可能每晚这时候都来检查一下，看有没有什么吃晚饭时落在地板上的东西。（我们家经常有吃的掉在地上，主要是趁布莱森太太去接电话或者添点肉汁时，我和孩子们就开始玩“蔬菜奥林匹克”的游戏。）

被臭鼬喷一身骚肯定是人生中最恶心的事，尽管你不会因此而流血或者住进医院。如果你闻到远处传来臭鼬的气味——那味道还不算糟糕，带点怪异的甜味，还有点好闻，但严格来说并不具有诱惑力，可是也不让人反胃。第一次闻到远处传来的臭鼬气味的人都会想：“呃，气味还行嘛，不知道大家为什么要大惊小怪。”

可是一旦你凑近一点儿——更糟糕的是给它喷了一身——相信我，在很长很长一段时间内都不会有人邀请你共舞。臭鼬那气味不仅强烈刺鼻，而且根本无法去除。很明显，最有效的土方就是浑身上下用番茄汁擦洗，但是即使涂上几加仑番茄汁，也最多只能把气味稍稍压下去一点。

有天晚上臭鼬跑进我儿子同学家的地下室去喷了一把，这一家几乎所有的东西都被毁了，所有的窗帘、寝具、衣服、软装饰——所有能吸收味道的东西——全都被投进篝火里烧掉，然后整座房子剩下的东西全部用番茄汁擦洗。我儿子那同学根本没靠近那只臭鼬，他立即离开家，然后用番茄汁和硬板刷把自己连洗了一个星期，可是仍然有好几个星期没人愿意和他走在街道的同一侧。因此我忠告你不要被臭鼬喷到，要相信我，这是你绝对不想有的体验。

所有这些在我脑海中闪过，而我坐在那里兴奋地看见那只臭鼬离我大概8英尺远，在桌子下面嗅来嗅去嗅了30秒，然后平静地拉长步子从进来的地方踱了出去。它走出去后还转身回头看了我一眼，那表情仿佛在说：“我知道你一直待在那里。”可是它并没有喷我，至今我仍然感激涕零。

第二天我就把门廊松开的一角给钉紧了，可是为了表示我的感激之情，我在门口台阶上放了一把猫粮饼干，午夜时分那臭鼬果然跑来吃掉。自那以后，连着两个夏天我都会定时在门口放点干粮，然后那臭鼬总是跑来搬走。今年臭鼬没有来，大概是前不久在小型哺乳动物当中流行狂犬病，造成臭鼬、浣熊甚至松鼠的数量急剧减少。很明显，这种事情每十五年发生一次，似乎是大自然的周期循环。

就这样，似乎我那只臭鼬已经挂了。大约需要一年的时间，臭鼬的数量就会恢复，然后我就有可能再领养一只新的。我很期待，因为身为臭鼬有一点遗憾，那就是没有很多朋友。

就在这期间，大概是出于尊重或者是因为布太太在某个不恰当的时间看到了一只臭鼬，我们不再玩“食物奥林匹克竞赛”了。不过，不瞒你说，金牌基本上已是我的囊中之物。

海边一日

每年的这个时候，我太太会轻拍我的脸叫醒我，然后说："我有个主意，我们开三小时车去海边，脱得光光的，坐在沙滩上晒一天。"

"为什么？"我警惕地问。

"好玩啊！"她坚持己见。

"我不觉得，"我回答说，"我到公共场合去把衬衫脱了会影响大家的心情，也影响我的心情。"

"不会的，会很好玩的。我们头发里都会沾满沙子，鞋子里也会是沙子，三明治里是沙子，然后我们嘴里也会是沙子。我们会被太阳晒、被海风熏，坐累了就跳进海里，水冷得让你发抖。一天结束之后我们会和其他37,000人一起出发回家，碰上交通堵塞，直到半夜才到家。我会敏锐地观察你的车技，孩子们在后座互相用尖东西刺来刺去消磨时间。真是太好玩了。"

不幸的是，我太太是英国人，所以任何原因都动摇不了她，她总觉得咸咸的海水怎么都是好玩的。坦率地讲，我从来就没搞懂过英国人对海边的那种迷恋。

我生长在艾奥瓦，离海边1000英里远，因此对于我来说（我相信大多数艾奥瓦人也这么认为，尽管我没有一个个做过调查），“海洋”这个词意味着令人警惕的东西，比如激流和回头浪。（我想提到“玉米地”和“县集市”，纽约人也怀有差不多的恐惧吧。）我是在阿夸比湖（Lake Ahquabi）学会游泳和晒黑的，那片湖虽然没有科德角[1]那么浪漫，也没有缅因州岩石山脊构成的海岸那么壮观，但是在湖里你绝对不会被海浪卷走，然后无助地漂到纽芬兰[2]去。在湖里这种事不会发生，在我看来，你仍可以和在海洋中一样，享受与其中每一滴水嬉戏的感觉。

于是上周末当我太太提议开车到海边去的时候，我坚决反对：“决不！绝对不去！”所以三个小时以后，我们最终来到缅因州的肯纳邦克海滩。

你可能觉得难以置信，我这一辈子像风一样到处闯荡历险，可是美国的海滩我却只去过两次——一次是我12岁在加利福尼亚，由于错误估计了退潮的时间（大概只有艾奥瓦来的人才会这样），我一头扎进了光光的沙滩里，差一点把鼻子里和胸口里所有的皮肤都刮出来（这是真事）；还有一次是在佛罗里达，那时候上大学放春假，喝得醉醺醺的根本没有留意海洋那微妙的景致。

因此我没法假扮权威在此发言，我所能说的就是：如果缅因州

1 科德角，Cape Cod，著名消暑胜地，位于波士顿以南海边。

2 纽芬兰，Newfoundland，加拿大最东端的一个省，包括纽芬兰岛。

的肯纳邦克海滩在美国比较具有代表性的话，那么美国的海滩和英国的海滩完全不同。首先，这里的海滩没有码头，没有散步场所或者是带拱廊的街道；也没有令人难以置信的“一镑店”，里面每样东西只卖一镑；没有地方买漂亮的风景明信片或者时髦的帽子；没有茶室和炸鱼薯条店；没有算命的，也没有宾果游乐场里传来空洞的声音，那是奇怪的叫号吆喝声：“37号——教区牧师又进灌木丛了。”或者类似的什么话吧。

的确，这里的海边完全没有商业气息——只有一条街道，两边都是宽敞的度假屋，一片开阔的海滩，阳光闪耀，前面是无垠而又无情的大海。

但并不是说海滩上的人——成百上千了吧——就两手空空，因为他们把所有可能需要的东西都带来了：吃的、喝的、遮阳伞、防风设备、折叠椅，还有光滑的充气艇等。亚孟森[1]当年去南极的时候带的装备比这里大多数人少多了。

我们家的悲惨状况和他们形成了鲜明对比。除了比老头的腰白一点以外，我们带到海滩来的装备就只有三条沙滩浴巾、一只酒椰纤维袋子（按照英国传统里面装了一罐防晒霜）、取之不尽的湿纸巾、每个人的备用内裤（以防去急诊室的路上出“车祸”），还有一小包三明治。

我们最小的孩子——我一直叫他吉米，以防他某天成了诽谤律师找我麻烦——仔细检视了这些东西，然后说：“好吧，爸爸，有

1 罗尔德·亚孟森，Roald Amundsen（1872—1928），挪威探险家，于1911年成为第一个达到南极的人。

一个问题。我想要一个圆筒冰淇淋、一个充气沙发、一对豪华小桶配铲子、一个热狗、潜水设备、棉花糖、一艘带马达的ZODIAC充气船、我自己的滑水板、双份奶酪的比萨，还有卫生间。”

“可是这里没有这些东西，吉米。”我哧哧笑起来。

“我真的要去洗手间。”

我向太太报告这一情况。“那你就得带他到肯纳邦克港上去。”她从一顶夸张的遮阳帽下面看过来，平静地指示我。

肯纳邦克港是一个古老的小镇，坐落在十字路口，在人们发明汽车以前很久就有了，离海滩不过数英里。小镇被四面八方来的车给挤满了，我们不得不把车停在离镇中心十万八千里远的地方，然后一路走着找洗手间。就在我们找到之前（其实就在一家药店背后——千万别告诉我太太），小吉米说他又不想去了。

于是我们又返回海滩，几小时以后等我们回到那里，我发现每个人都跳进海里游泳去了，三明治全啃得只剩一半。我坐在浴巾上拿起一块三明治小口小口地咬。

“哦，看哪，妈妈，”几分钟后他们从冲浪中爬起来，我的二女儿开心地叫着，“爸爸在吃小狗吃剩下的三明治。”

“告诉我这不是真的。”我自言自语。

“别担心，亲爱的，”我太太安抚我，“那是只爱尔兰塞特犬，这种狗很干净的。”

后面的事情我不太记得了，我只记得打了个盹，然后醒过来发现吉米把我埋了起来，沙子覆盖到了我胸口，这也就算了，不过他是从我的头开始埋的，于是我给晒伤了。接下来一个星期，皮肤科医生邀请我去克利夫兰参加学术会议，把我当成活生生的教材。

我们先是找车钥匙就找了两小时，那只爱尔兰塞特犬又跑过来偷了一条沙滩浴巾，还咬了一下我的手，因为我吃了它的三明治，然后我的二女儿头发里粘了沥青。换句话说，这真是具有代表性的海边一天啊。我们午夜时分才到家，因为无意中开车绕到加拿大边境去了——但至少这给了我们穿越宾夕法尼亚州的漫长旅途增加了一点谈资。

“太有意思了，”我太太说，“我们过一段时间还去哦。”

让人心碎的是，她真的是这个意思。

长子离家求学

这个故事有点令人伤感，实在抱歉。可是昨天黄昏时分我在写字台前工作，我最小的儿子走过来，肩上扛了根棒球棍，头上戴了顶帽子，问我想不想跟他一起去打会儿球。我想赶在去长途旅行之前把某些重要的工作搞定，所以差一点就准备遗憾地拒绝他了，可是转念一想，他再也不会是七岁一个月零六天的孩子了，所以我们最好尽力抓住机会。

于是我们来到了屋前的草坪上，事情就从这里开始伤感起来。那种最寻常却又最精彩的体验中常常蕴含着一种美，恕我无法用言语来表达——看夕阳的余晖洒落在草坪上，儿子摆好姿势透出热诚的渴望，这不就是最典型的父子交流吗？和他在一起，我感到无比的心满意足——我真不敢相信，自己之前还觉得写完一篇文章或者一本书或者做点别的什么事情会比这个更加重要、回报更高。

突然让我一下子如此感触的是，一两周以前我们送长子到俄亥俄州一个规模较小的大学去上学。他是我们四个孩子里第一个“逃走”的，现在他人去房空——长大了，翅膀硬了，飞走了——我一下子才回过神来，原来他们成长得那么快。

“一旦他们上大学走了，就再也不会真正地回来了。”那天我的邻居郁闷地对我们这么说，她就是这样“失去”了她的两个孩子。

我可不想听到这样的话，我想听到的是他们经常回家，只不过这次他们自己挂起衣服，仰慕你的聪明才智，而且再也不想在自己头上、脸上打出奇怪的洞眼，镶上钻石了。不过我的邻居说得对。他真的走了，房子里空空荡荡即是明证。

我从来没有想到事情会是这样，因为过去好几年他在家的时候，其实并不真正住在这里，你懂我的意思吧。就像大多数青少年一样，他并不真正住在我们家里——更多的是一天路过几次，看看冰箱里有什么东西，或者每间房间里转转，腰上系条毛巾大声叫道：“老妈，我找不到……”具体来说就是“老妈，我找不到我的黄T恤了”或者“老妈，我找不到除臭剂了”。偶尔我能看见电视机前的安乐椅上冒出他的头顶，津津有味地看亚洲人互踢对方的头。可是，大多数时候，他住在一个叫作“外面”的地方。

送他去读大学，我所扮演的角色不过是支票签发——大把的支票——然后随着支票数目的攀升，脸色相应地惨白一点、惊讶一点。如今送一个孩子去念大学的开支简直令我瞠目结舌。可能是因为我们住的地方很看重这些事情，可是我们这里几乎所有即将上大学的孩子，都会看上半打甚至更多学费高昂的学校。然后是交大学入学考试的考试费以及所申请每所大学的申请费。

可是这些费用和大学学费相比简直小巫见大巫。我儿子的学费是19,000美元一年，人家还告诉我这个现在算便宜的。有些学校的学费甚至高达28,000美元。然后还有一年3000美元的住宿费、2400美元的伙食费、700美元的书本费、650美元的健康保险费，以及710美元的“活动费”。别问我是什么“活动费”，我只知道签支票就行了。

还没完呢，每年感恩节、圣诞节、复活节要买票把他从俄亥俄州接回来，再送回去。此外，还有比如零花钱和长途电话费等零星开支。我太太已经开始每隔一天就给他打个电话，问他钱够不够，实际上我认为这话应该是他问我们才对。最后还有，明年我们的大女儿也要上大学了，所以所有这些钱我都要付双份。

当我告诉你这持续不断的财政支出淡化了儿女离家时我的感受，我希望你能谅解。等到我们把儿子送到他的大学寝室，把他扔在乱糟糟的纸盒和箱子当中迷惑茫然不知所措，而那斯巴达式简陋的房间怎么看怎么像监狱牢房，这时候我才真的意识到，他从我们的生活中消失了，开始了他自己的生活。

等我们回到家的情况就更糟糕了。电视上没了拳打脚踢，走廊后面没了鬼鬼祟祟的脚步声，听不到楼梯上传来“老妈，我找不到……”这样的叫喊声，没有一个和我一般高的人叫我“笨蛋”，或者对我说：“老爸，衬衫很靓，你是不是从划船的人那儿打劫来的？”实际上我现在才明白，我以前都错了。即使他那时候不在家里，他也总是在家里的，你懂我的意思吧。不过现在他真的是完全不在家里了。

他的运动衫揉成一团塞在汽车后座背后，他吐出的口香糖扔在不该扔的地方。其实只需要这些最简单的东西就能让我睹物思人，想要独自痛哭一场。这时，布莱森太太不需要借助任何外部事物，已经独自大哭起来。

上星期整整一周，我就在房子里上上下下漫无目的地走来走去，看着那些稀奇古怪的东西——他的篮球、赛跑奖杯，还有一张度假的老照片——一边想着它们所代表的那每一个昨天，全都被我们漫不经心地抛在脑后。让我感到最难过也最意外的就是，我意识到，儿子不仅离开家了，而且是永远地离开我们了。我愿意付出任何代价挽回这一切，当然毫无可能。生活的脚步匆匆，孩子们长大离家，如果你还不知道这个道理，相信我，这一切来得比你想象中要快。

如果你能体谅我，那么我要就此停笔了，我要去门前草坪和小儿子打会儿棒球，在那里还有机会等着我去把握。

公路娱乐

我父亲和所有父亲一样，似乎总在为参加“世界最无聊男人”竞赛不断演练。我还是个孩子的时候，他就习惯于在高速公路上驾车旅行时辨认所有我们碰到的车是从哪里来的，然后品头论足一番。

“嘿，这又是一辆从俄勒冈州来的，”他会这么说，“这是今天早上碰到的第三辆了。”或者：“嘿，密西西比来的。你们说他大老远开到这里来干吗？”然后他会环顾四周，希望看到某人愿意说几句或者猜测一下，可是没人搭理他。他可以一天都在那里滔滔不绝，有时候他的确做到了。

我曾经写过一本书叫作《失落的大陆》（*The Lost Continent*），在书里我描写了我父亲驾车时很多有趣而又非同寻常的才能——在比小型高尔夫球场大不了多少的小镇里肯定会迷路；反复进出通向遥远群岛的大桥收费站；单行道上逆向行驶多次，最后路边小店主们得守在自家门口严加提防。我有个十来岁的孩子最近第一次读到这本书，捧着走进厨房，我太太正在里面做饭。他像发现了新大陆一样叫起来：“可是，这不就是老爸吗？”那意思当然是指我了。

我得承认我越来越像我父亲了。我现在连车牌都要去读，当然我真正的兴趣在于车牌标语——伊利诺伊州是“林肯的土地”，缅因州是“度假胜地”，新泽西州的“情迷海岸”比较俏皮但流于空洞。我喜欢对这些东西来点插科打诨的点评，比如说看到这样一则标语：“你的朋友在宾夕法尼亚。”我喜欢对车里其他乘客用受伤的语调说：“那么为什么他不打电话给我呢？”但是，只有我一个人觉得这是打发长途旅行饶有趣味的一种方法。

颇为有趣的是，很多州为自己挑的标语完全没有意义，也许这并不有趣，不过事实就是这样。我从来就没有搞明白俄亥俄州为什么要称自己为“七叶树州”，还有印第安纳州为什么叫自己“乡巴佬州”。此外纽约州把自己叫作“帝国州”也让我觉得莫名其妙，据我所知，纽约州那毋庸置疑的荣耀之中好像不包括海外征服吧。

当然我没资格批评这些，因为我所住的州的车牌标语是全国最让人无语的，就是那个怪异而又好斗的“不自由，毋宁死”。也许是我太拘泥于字面意思了，不过我真的不喜欢开着车的时候还顶着一块言之凿凿的誓言，一旦出了问题，立马自尽。说实话，我更喜欢意思比较暧昧，不要那么极端的——“不自由，毋宁生气”或者是“不自由，毋宁向每个愿意听的人大肆抱怨”。

以上这些都是迂回战术，目的是引出今天这个重要话题：现在驾车长途旅行是多么无聊啊！如果大家一直看我的专栏（如果没有一直看，那又为什么不看呢），你会记得上周我讲到，最近我们从新罕布什尔开车到俄亥俄送我大儿子去上大学吧。未来四年，那里给他提供房子和教育，其费用和登月旅行相差无几。

上次我没说这段旅程简直是噩梦般的经历，之所以上次不说，是因为我不想在度假后第一次见面就让你觉得闷。现在请你理解我和其他人一样喜欢我太太和孩子，不论每年给他们买鞋和任天堂游戏机（非常多的钱）要花掉我多少钱，可是这并不意味着，我愿意和他们一起在密封的金属盒子里，奔驰在美国的高速公路上并过上一个星期。

我一定要及时说明，问题不是出在我的家庭成员身上，而是美国的高速公路。天哪，高速公路实在太无聊，原因之一是它们太长——从新罕布什尔到俄亥俄中部就有850英里，而且我本人可以证明，回程也一样长——可是更重要的原因是，一路上没有什么东西能让人兴奋起来。

过去可不是这样。我还是个孩子的时候，美国的高速公路上随处可见解闷的地方，尽管不是每个地方都很好，可是质量好坏并不重要，重要的是有那样一个地方。

每天到了某个时候，你肯定马上能看见一块大型广告牌，上面写着："敬请参观举世闻名的原子石——真的会闪闪发光！"接下来再走几里又会有一个广告牌，写着："来看让科学迷惑不解的奇石吧！前方仅65英里处！"上面还配了一个表情严肃的科学家，脑袋边上吐出一个大泡泡写着："真的是大自然的鬼斧神工！"或者是："我百思不得其解！"

前方几英里处还能看到："体验原子石的力场——如果你胆大的话！前方仅44英里处！"这块牌上会有一个人被某种奇怪的辐射力量狠狠地弹出去，他长得和自己的爸爸一模一样，很有意思。然后有一行小字算是警告："小心：幼儿不宜。"

大概就是这样吧，我大哥、大姐和我一起挤在后排座位里已经穷尽了所有可寻的乐子，比如说把我按住，在我脸上、手臂上和肚皮上用毡笔画上生动的几何图形等。这时候他们会哭着喊着要去看这个举世闻名的奇观，我也在旁边虚弱地叫上两声凑热闹。

那些设立这几块广告牌的人真的很了不起，当之无愧是我们这个年代最出色的市场营销天才。我猜他们准确地知道要多远的距离（精确到英里），才能让一车孩子最终瓦解父亲反对浪费时间金钱去参观的坚定决心。不论情况如何，最终的结果就是我们去定了。

那块"举世闻名"的原子石当然和广告上所宣传的奇观相去甚远，它比广告上画的小，怪里怪气而且完全不发光。周围还设有围栏，很明显是为了围观者的安全起见，围栏上写有警告："小心：力场危险！不可靠近！"可是总会有某个小孩从围栏下爬进去摸那块石头，真的是抱着那块石头爬上去，根本没有被弹到外面或者惨遭什么可见的不幸后果。通常情况下，我身上鬼画符的毡笔文身总是能让人们产生更大的兴趣。

于是我父亲怒气冲天地把我们几个拎回车上，发誓再也不上这样的当了。然后我们就一直开，过了几个小时又看到一块广告牌，写着："敬请参观举世闻名的会唱歌的沙子！前方仅97英里！"然后上述故事又重演一遍。

一路向西在那些闷得出奇的州，比如内布拉斯加和堪萨斯，人们会竖起广告牌，上面写着你想也想不出的东西："请看死牛！一家人将度过有趣的数小时！"还有："硬木板！前方仅132英里！"

我能回想起这么多年来参观过恐龙脚印、油漆过的沙漠、石化的青蛙、地上的一个洞、据说是世界上最深的一口井，还有一座完全用啤酒瓶搭出来的房子。实际上，我们一家去度假至今我还记得的就只有这些了。

这些参观总是很令人失望，可是这并不重要。你并不是花75分买个体验，你花75分是向这些想象力丰富的人致谢，毕竟是他们帮助你兴奋异常地开过127英里平淡无奇的高速公路，而且，对我来说是让哥哥姐姐们停止给我文身了。我父亲从来就不理解这些，而且我很遗憾的是，现在我的孩子也不理解这些。上次我们开车穿越宾夕法尼亚，这个州太大，要花整整一天才能跑完，路上看到一块广告牌，写着："请参观举世闻名的路边美利坚！前方仅79英里处！"

我完全不懂"路边美利坚"是什么玩意，而且那地方也不顺路，可是我坚持弯到那里去看看，因为现在这些东西很难见到了。现在你在高速公路上想看见的最激动人心的东西无非就是麦当劳的欢乐套餐。所以像"路边美利坚"这种东西，不管它是什么，的确应该虔诚地去珍惜。可是最讽刺的是，车里除了我谁都不想去。

结果"路边美利坚"是一个庞大的铁路模型，有小村庄和小隧道，有农场和迷你奶牛绵羊，还有很多火车不停地转着圈跑。模型有点灰扑扑的，展厅里的灯光也不够亮，可是很吸引人，有点自1957年以来就没人动过的样子。那天我们一行是唯一的参观者，很有可能是好几天以来唯一的顾客吧。我很喜欢这东西。

"这难道不好玩吗？"我对小女儿说。

"老爸，你简直太可悲了。"她悲哀地回答，然后跑了出去。

我满怀希望地转向小儿子，他连忙摇摇头然后跟着跑出去了。

我自然很失望，孩子们完全没有为这种体验所感动。可是我知道下次我该怎么做了，我要把他们按住两小时用毡笔在他们身上画个遍。然后，相信我，他们会喜欢任何一种高速公路旁边的消遣。

新英格兰之秋

啊！秋天来了！

每年到了这个时候，在很短的时间内——最多一两个星期——这里会发生让人叹为观止的事情：整个新英格兰迸发出缤纷的色彩；所有的树生长了几个月，形成遮天蔽日的绿色屏障，突然间色彩斑斓，熠熠生光，整个乡野就像弗朗西丝·特罗洛普[1]所描述的那样，“变得壮丽辉煌”。

昨天我借口要做重要的调查，驾车到佛蒙特州，款待我那惊呆了的双脚一顿登山盛宴——攀登海拔4235英尺的基灵顿峰。它挺拔壮丽，是格林山脉的主峰。昨天简直就是梦想中完美的秋日，空气里充满了秋天特有的浓烈而清脆的麝香气味；天空瓦蓝清澈；田野是浓墨重彩的绿；树叶的颜色千变万化微微含光。展现在你眼前的景致真的让人目瞪口呆：风景中的每一棵树都独具一格，每一条蜿蜒盘旋的高速公路和每一座丰润的山坡都突然被大自然泼上了无限

1　弗朗西丝·特罗洛普，Frances Trollope（1780—1863），英国小说家，小说家安东尼·特罗洛普的母亲。

种明朗亮丽的色彩——火焰般燃烧的深红、光泽莹润的金色、活泼跳跃的朱红、炽热暴烈的橙色。

如果我的感情太过于奔放，请谅解，不过不用这些空洞的词汇似乎无法描述这样壮观的美景。伟大的博物学家唐纳德·库尔罗斯·皮阿提（Donald Culross Peattie）文章向来写得十分枯燥，枯燥得你都可以用来当抹布了。可是他想描绘新英格兰的秋日美景时，也着实不知道该怎么办才好。

在他那经典的《北美洲东部及中部的树木自然史》中，皮阿提用一种说得好听点叫“工匠式”的语言唠叨了434页（典型段落如下：“橡树一般是沉重且枝叶繁茂的树种，树皮呈鱼鳞状或犁沟状，嫩枝几乎呈五角状，因此树叶也呈五层”），可是最后他注意到了新英格兰的糖枫及其秋日的盛装，那文字风格简直就像是可可中被人掺了烈酒。他堆砌着让人喘不过气来的比喻描述枫叶的颜色：“像千军万马在咆哮……像烈焰的赤舌……像前进有力的乐曲驾驭着交响乐之海上翻滚的浪尖，和着它叫喊的欢歌，给乐队里每一个精心编排的不和谐音都赋予了意义。”

“是啊，唐纳德，”你都可以听到他太太在说，“该吃药了，亲爱的。”

我完全能理解了他为什么在接下去两个激昂的段落中，继续这样的风格，然后突然回过头去讲下垂的叶轴、鳞状芽体，还有下垂的小枝。当我站在基灵顿峰之巅，呼吸到宛如天堂般的清澈空气，放眼皆是浸透在秋日光辉中的美景时，我发现自己所能做的就是不要张开双臂，放声歌唱约翰·丹佛[1]的歌曲大串联。（出于这个原因，最好和有经验的人一起登山，然后随身携带配备齐全的救生箱。）

偶尔你会读到某些学界人士出版的一份科学版的色彩图，上面严肃宣布一项科学上的发现：密歇根州的枫树或者是奥扎克[2]的橡树的颜色变深了。可是这种发现完全无视新英格兰的某些特质，正是这些使得这里的秋日美景举世无双。

首先，新英格兰的树木山水的底子是北美洲任何一个地方都无法与之相比的。那阳光下洁白的教堂、带顶盖的桥梁、整洁的农场，还有抱成一团的村落都为大自然那丰富、朴实的色彩锦上添花。此外，这里树种极其丰富，其他地区望尘莫及：有橡树、山毛榉、白杨树、漆树、四种不同的枫树以及其他数不胜数的品种，它们所形成的强烈对比会让人眩晕。最后也是最重要的一点，这里的秋天气候完美，很容易平衡。白天阳光灿烂、温暖宜人，夜里清凉如水、略带寒意，有利于所有落叶树木一起进入色彩迸发的高潮。所以千万不要错过时机，在每年十月份那几个"壮丽辉煌"的日子里，新英格兰绝对称得上是地球上最可爱的地方。

更让人惊奇的是，没有人知道为什么这里的秋天会如此绚烂。

你可以回想一下学校里的生物课（也许你这门课没及格，栽在"巫师先生"的手上），秋天是树木为进入冬天漫长的睡眠做准

1 约翰·丹佛，John Denver（1943—1997），美国著名老牌乡村歌手。

2 奥扎克，Ozark，密歇根州的别名。

备的时候，它们会停止分泌让叶子变绿的叶绿素。叶绿素没有了，其他一直存在的色素如类胡萝卜素就稍显眼一点。类胡萝卜素使得桦树、山胡桃树、山毛榉，还有一些橡树和别的树呈现出黄色和金色。好了，有趣的是，为了让金黄色持续鲜艳下去，这些树必须不断地为叶子提供养分，即使那些叶子除了挂在那里好看以外，实际上已经没有任何用处了。只有当一棵树应该储备起所有能量留给来年春天的时候，它才会耗费大量精力喂饱那些色素，然后把欢乐送到每个普通人的心底，可是这样做，对于树来说却没有任何好处。

更加神秘的是：某些种类的树它们的厉害之处在于，更宁可牺牲自己也要分泌出另一种叫作花青素的化学物质，造就出新英格兰最具代表性的壮观的橙色和深红色。并不是因为新英格兰地区的树产生的花青素更多，而是新英格兰的气候和土壤正好为这些颜色的独特绽放提供了完美的条件。在气候更加湿润或者温暖的地方，这些树还是不厌其烦地做同样的事——它们几百上千年如一日地这么做——可就是达不到这么美的效果。没人知道为什么这些树在没有什么明显回报的情况下，愿意耗费极大的精力去喂饱那些色素。

可是最大的秘密还在后面。每年有几百万人不远千里驱车来到新英格兰赏秋，当地人亲切地统称其为“偷窥树叶者”。这些人周末就在旅游景点的手工艺品商店里或者别的什么名为“诺亚古董”或者“藏品”的小店里晃荡。我估计大概只有0.05%的人会走到偏离他们爱车150英里远的地方。他们已经接近了完美的边缘却又转身离去，这是多么奇怪而又令人费解的不幸啊！

他们错过的不光是户外那令人陶醉的欢乐——清新的空气、丰富而天然的气息、漫步于干燥的落叶堆成的“地毯”上那无法言说的快乐——还错过了聆听山峰里有人高唱《带我回家吧，乡间小路》[1]这种独一无二的享受，你还能开心地辨认出歌者半英国式半艾奥瓦式的口音和浓重鼻音呢[2]。个人认为，这绝对值得你下车去听听哦。

1 “Take Me Home，Country Road”，约翰·丹佛的代表作之一。

2 作者暗示他自己在高歌。

感恩佳节

如果我今天看上去有点浮肿呆滞，那是因为刚过完感恩节，我还没怎么恢复过来。

我对于感恩节有种特别的喜爱，因为除开别的不谈，在我成长的过程中，感恩节是一年之中唯一一次我们在家吃大餐的日子，其他时间我们基本上只是把食物放进嘴里填肚子而已。要知道，我妈妈的厨艺可不太好。

不要误会我的意思，我妈妈是个了不起的人——和善，高尚，总是乐呵呵的——她死了以后肯定直接进天堂。可是相信我，那儿没有人会说："哦，感谢上帝，布莱森夫人，你来了。你能给我们弄点吃的东西吗？"

这也不能完全怪她，公平地说，有好几件事情妨碍我母亲练就一身厨艺。首先，即使她想成为一个好厨师，她也没法做到，因为她有自己的事业，你看——她在我们镇上的报社工作，也就是说她总是在晚饭开饭前两分钟飞奔进家门。

此外，她老是有点心不在焉。她最拿手的就是煮那些还带着包装袋的东西。我直到成年以后才知道“莎纶”食品保鲜膜（Saran Wrap）不是什么类似口香糖的可以嚼的东西。她总是慌里慌张、忘这忘那，再加上操作厨房用具不太熟练，基本上她在厨房里忙活肯定会有黑烟滚滚而起，偶尔会再来点小型爆炸。我们家的第一条规矩就是：消防队离开时即为开饭时间。

奇怪的是，我父亲对此完全适应，他吃东西的品位说得好听点叫作“尚未发展完全”。他的味蕾真的只对三种味道有反应——盐、番茄酱和烧焦的东西。他称之为真正的佳肴的东西就是棕黄色不明物、绿色不明物和炭黑状不明物堆在一个盘子里。我敢肯定，如果你小火慢烤，比如说，一只微波炉手套，然后上面浇上足够的番茄酱，他默默地咀嚼一阵后会宣称：“嘿，这东西非常好吃。”长话短说，上好的佳肴给他吃真的是浪费，我母亲辛勤劳动多年，发现他从来没有对饭菜失望过。

可是感恩节那天不知道撞上了什么奇迹，我母亲会全力以赴超越自我。她会把我们都召集到餐桌边上，我们会发现从来没有见过的各种美味堆满了桌子——一只巨大的金黄色火鸡、几篮子玉米面包，还有派克卷[1]、亮晶晶的蔬菜，每个品种都能辨得真切，一盆盆肉汁和酸果蔓酱，超级松软的土豆泥盛在碗里，重得要两只手才能端起来，还有两种馅料以及很多其他的东西。

我们吃起来就像是饿了几年肚子一样（其实我们真的很久没吃

1　派克卷，Parker House Rolls，美国传统感恩节食品，牛奶面包卷，19世纪末由波士顿的派克屋酒店（Parker House Hotel）首创，因此而得名，至今仍有供应。

上像样的饭了），然后妈妈会端上整个宴席中最好吃的东西[1]——一大块饱满的酥皮南瓜饼，饼面上堆起的掼奶油像马特洪峰[2]一样高耸。完美的大餐让人宛若置身于天堂。

这样的美馔使得我对于这个最精彩的节日满怀最深沉的欢乐和感激——因为感恩节是最最棒的节日，从来不会出差错。

我想，每一个美国人都会认为庆祝感恩节是从十一月的第四个星期开始，然后每年就一直这么过下去，永远不停止——或者至少比任何其他美国特色的东西要更长久。

实际上，在1621年，乘"五月花"号船来到美洲大陆的清教徒们举行过一次著名的宴会，感谢当地的印第安人帮助他们度过了最艰难的一年，还教他们怎么做爆玉米花，等等（对于这一点我直到现在都心存感激），不过这宴会具体何时举行却不见于史册。考虑到新英格兰的气候，大概不会是十一月底吧。不管怎么说，在接下去的242年当中，感恩节这个节日几乎没有人知道。直到1863年，官方才正式举行庆祝活动，那时候是在八月份。第二年亚伯拉罕·林肯总统下令把感恩节定在十一月的第四个星期四——没人能想得起来当初为什么选星期四，为什么选择这么晚的月份——自此以后，感恩节就成了传统。

各种各样的原因使得感恩节非常精彩。首先，值得表扬的是，它把圣诞节拖后了一点。在英国，如今的圣诞节购物潮大概从八月

1 原文为法语pièce de résistance。

2 马特洪峰，Matterhorn，阿尔卑斯山的山峰之一，海拔4481米。

份的银行节过后就开始了，而美国则因为有了感恩节，圣诞节热潮大概要到十一月的最后一个周末才开始。

其次，感恩节至今仍然纯净自然，没有受到商业化的污染。过这个节不用寄送卡片，不用砍树，不用在抽屉和橱柜里翻来翻去找装饰品。过感恩节你要做的就是坐在桌边，尽量把胃塞成沙滩排球那么大，然后去看电视上的橄榄球赛，这就是我的感恩节。

可是，也许感恩节最美好也肯定最高贵的一面就是给你一个正式的机会，对那些你应该感谢的所有事情表达谢意。我觉得这个主意棒极了，我简直不敢相信很多其他的国家还没有采纳这个节日。就我个人而言，有很多事情都让我心存感激：我为之疯狂的妻儿，我身体健康，各部分器官还管用（尽管并不总是同时管用），我生活的时代和平繁荣，罗纳德·里根不可能再当总统了，所有这些我都感激不尽，而且很开心地把它们记录下来。

唯一的不足之处就是，感恩节一过就标志着跑不掉的圣诞节攻势开始了。从今天起，我亲爱的太太随时都会出现在我身边，宣布该是时候挪挪我那渐长的肚子，把节日装饰品拿出来了。我很怕做这件事，原因很充分，因为这是个体力活。歪歪倒倒的梯子、一触即发的电流、钉子和锤子，然后再加上亲爱的老伴非常合作地指手画脚，所有这些都能对我造成永久的严重伤害。我有种可怕的预感：今天就是这个日子了。

不过到现在一切都还照旧，当然对此我也要最最诚挚地感恩上帝了。

圣诞装饰

上篇文章结尾的时候我表达了某种令人不安的不祥预兆：我太太随时会走进来宣布该去把圣诞装饰品拿出来了。

好了，又一个星期过去了，离圣诞节还有18天，眨眼工夫就快到了。我太太瞟都没有瞟我一眼。我不知道这样提心吊胆还能撑多久。

我讨厌布置圣诞节装饰，因为首先，你得跑上阁楼，而阁楼当然是又脏又黑又令人难过的地方，你总能找到那些你不想找到的东西——被咬得面目可憎的电线，房顶上的条条裂口可以看到阳光，有时候还碰了你的头，装满乱七八糟东西的纸盒，你把它们打包扔上阁楼的时候肯定脑子有毛病。当你爬上阁楼探险的时候，光这些东西就足以让你头撞横梁至少两次，脸上缠满蜘蛛网，而且还找不到你想找的东西。

我小时候的朋友鲍比·汉森家的橱柜里有个秘密楼梯通向阁楼，我那时候觉得那东西简直太高级了，现在还这么认为，特别是住在我们新罕布什尔的房子里。这房子就像我所住过的其他房子一样，只有一个舱盖口通向阁楼，所以你每次得搬个梯子过来才能上去。可是，把梯子直接架在打开的阁楼舱盖下面有一个问题，那就是等你想要下来的时候，你会发现梯子被某股神秘的力量支配着，朝走廊楼梯那边偏过去了四英尺。我不知道这到底是怎么一回事，可是这种事经常发生。

结果就是你得从舱口把双脚给放下去，然后在看不见的情况下用脚去够梯子。如果你把右腿伸到最远，也只能刚好用大脚趾碰到梯子，之后就再也无能为力了。最后你发现如果你来回晃动双腿，就像双杠上的体操运动员一样，你就能够把一只脚放到梯子顶上。不过这也并非重大突破，因为你现在身体已呈六十度角支撑在那里，没法再动一下了。你只得轻轻嘟囔两句，试着用脚把梯子拉过来，可是你最终能做到的就是一脚把它踢倒，听到惊天动地的一声响。

现在你真的是骑虎难下了，你想挣扎着回到阁楼，可是又没有那么大力气，所以你只能用双手撑着。你哀伤地叫太太过来，可是她听不到，简直让人不只是泄气，而是有苦说不出。一般情况下你太太总能听到其他地球人都听不到的东西：她能隔着两个房间听到一瓶草莓酱轻轻跌落在白色地毯上；她也能听到你用漂亮的洗澡毛巾鬼鬼祟祟擦掉泼出来的咖啡；她还能听到干净的地板上鞋子走过留下灰尘的声音，以及你正想去做什么不该去做的事情的声音。可是，一旦你被困在阁楼舱口，她好像突然被转移到了隔音房间里面一样。

因此，到最后，过了一小时左右吧，她经过楼上的走廊看见你的腿在那儿晃荡，便大吃一惊：“你在干吗？”她终于开口了。

你斜朝下瞟她一眼：“阁楼舱口有氧操。”你的回答里略带点讽刺意味。

“你要梯子吗？”

“哦，这个办法好。你知道吗？我在这里晃了几小时就在想，到底我需要什么呢，然后你一来就解决这个问题了。”

“你要还是不要？”

“我当然要。”

“那么要说‘请’字。”

“别无聊了。”

“说‘请’字。”

你犹豫了一会儿，估量一下自己的处境——坦白点说，并不占优势——然后说了“请”字。

“谁是宇宙中最可爱的人？”

“哦，别这么对我，”你乞求着，“我在这里晃了太久，我的胳肢窝都长草了。”

“谁是宇宙中最可爱的人？”

“你啦。”

“比你可爱无数倍？”

“无数倍。”

你听到梯子被扶起来的声音，然后感觉你的腿被拉到梯子顶上。这么吊着晃了半天明显对你有好处，因为你突然想起来圣诞装饰品不在阁楼上——从来就不在阁楼上——而是在地下室里，在纸箱子里，就是那里！刚才没有想起来真是笨死了！然后你就冲下楼去。

两小时后，你发现装饰品藏在几个旧轮胎和一辆破婴儿车后面。你把盒子拽上楼，然后花了两个多小时解开缠绕在一起的小灯电线。等你把电源接上，很自然它们肯定不亮，只有一条线上的灯亮得特别吓人，亮到不行，然后“噗”的一声，把你吓得翻了个跟斗，撞到后面的墙上。只见火花乱窜，最后它们彻底玩完。

你决定放弃小灯，先把圣诞树从车上拿进来。那棵树奇大无比，上面的刺扎得死人，怎么抓都让人痛不欲生，还遮挡住前面的视线，走起路来跌跌撞撞。那枝叶刺到你眼睛里面，松针扎进你的面颊和下巴，树上分泌出的液体不知怎么搞的跑到你的鼻子里面。你赤手空拳把它弄到后门口，一跤摔进屋子里，爬起来继续走，又摔倒了，再爬起来继续走。你扛着棵树继续在屋子里前进，一路把墙上的画给钩下来，把桌面上的小摆设给扫光，把看不见的椅子给踢倒。你太太最近原本都不太出现，又没跟你交代一下到哪里去了，现在却突然出现在各个角落，大声嚷嚷着令人迷惑却又生动的指示：“当心东西！不是那个东西——那个东西！哦！当心啊！朝左！朝左！不是你的左边——我的左边！”最后，她声音柔和起来，“你还好吧，亲爱的？难道你没看见台阶吗？”

等你终于走到起居室，那棵树看上去像是被酸雨腐蚀过一样，你也是一副差不多的样子。

这个时候你才意识到，你根本不知道圣诞树底座扔到哪里去了。于是，你只能叹了口气，跑到镇上的五金店再买一只。你知道在接下来的三个星期内，你这辈子所有买过的圣诞树底座——一共有25只吧，每一只都代表你成年后的一个圣诞节——将会陆陆续续自动现身，基本上都是当你埋头在橱柜底找来找去的时候，从高处的架子上落到你头顶，也有的是在漆黑一片的房间中间或者是走廊楼梯的最上面一级。如果你还不明白的话，这就告诉你：圣诞树的底座就是魔鬼的把戏，它们就想把你玩死。

你到五金店去，还买了两条小彩灯串。当然它们也不会亮。

最后，身心俱疲的你想办法把树给立起来，点亮小灯，挂满装饰品。你以卡西莫多[1]的姿势站在那里，心里多少怀着点厌恶。

"哦，简直太可爱了！"我太太叫起来，陶醉地张开双手托住腮帮，"我们现在开始装饰室外吧，"她突然宣布，"今年我准备了一个惊喜给你——真人大小的圣诞老人站在屋顶上。你去拿那个40步的长梯，我去开箱子。哦！简直太开心了！"然后她一溜烟跑开了。

也许你会跟我讲道理："为什么硬是要去忍受这个活地狱呢？为什么明知装饰品不在，还硬要爬上阁楼呢？为什么凭着几十年的经验，知道那些小灯肯定不会亮，还要辛苦去解开缠在一起的电线呢？"我给你的回答就是你必须这么做，这就是仪式的一部分，没有这些圣诞节就不叫圣诞节了。

这就是为什么我现在决定开始动手了，即使布莱森夫人不命令我去做。生活中有些东西你必须面对，不管你想还是不想。

如果你需要我帮什么忙，我还是继续挂在阁楼舱门上晃着吧。

1　卡西莫多，Quasimodo，法国著名作家雨果的名著《巴黎圣母院》中的钟楼怪人。

雪中寻趣

我八岁的时候，不知出于什么原因，父母送给我一对滑雪板作为圣诞礼物。我跑到室外，把它们绑在脚上，摆好比赛中那种下蹲的姿势，可是什么都没有发生，因为艾奥瓦州是一马平川。

我到处寻找有坡度的地方，最后决定从我家后门廊的楼梯上滑下去。那里只有五级台阶，可是就滑雪运动看来，那个下坡角度陡峭得让人害怕。我从那个台阶上滑下去的速度大概有每小时110英里吧，撞到地面的力量极其猛烈，滑雪板都死死地卡在那儿了，而我却直直地继续向前滑，以一道高高的曼妙弧线穿过后院。在前方二十英尺远的地方，我家车库的墙向我逼过来。我本能地取了个“展翅雄鹰”的姿势以达到最大冲击力，然后在靠近房顶的地方一头扎了进去，就像砸到墙上去的食物一样顺着垂直的墙体滑了下来。

就在那一刻我决定与冬季运动绝缘。我把滑雪板收了起来，三十五年都没去想它。然后我们搬家到新英格兰，那里的人们都很期待冬天，刚下第一场雪，他们就欢快地大叫，然后扎进橱柜里去找雪橇和滑雪杖。他们浑身开始洋溢着一种怪异的活力——出门融入银白色世界里，以极快的速度大无畏地从高处直线滑下来。

我周围全是活跃的人，包括我家所有家庭成员，这让我感觉有点落单了。因此几周前，我为了找点乐子打发冬天，去借了双溜冰鞋，然后和我两个最小的孩子去镇上热门的奥可姆溜冰场溜冰。

“你真的会溜冰？”我女儿很紧张地问。

“当然了，我的小花瓣，”我让她放心，“我有好多次在溜冰场上和别的地方被人家当成佩姬·弗莱明[1]呢。”

其实我真的会溜冰，只是我的腿多年不动了，面对那滑溜溜的冰面有点过于兴奋罢了。我刚一踏上冰面，我的双腿就立即决定要从多个不同的角度，把溜冰场的每个角落都逛个遍。它们一会儿这样，一会儿那样，有时交叉，有时分开。有的时候它们分开来有12英尺远，但还不断在积聚能量，直到最后它们在我身下飞出去，我一屁股坐到地上，那冲力之大，搞得我的尾骨都顶上牙床了，害得我只能用手把食道给挤回去。

“哇哦！”我吃力地爬起来，那受惊的屁股叫开了，“这冰可真硬啊！”

“嘿！让我看看！”我的头也嚷嚷着，然后我很快又倒下去了。

接下来的半小时就是这样，我身体的各部分——肩膀、下巴、鼻子，还有一两个更加危险的内脏器官——秉承探索精神挑战极限，不断地把自己摔在冰上。我想从远处看，我肯定像是被一位无形的角斗士给海扁了一顿。等到我已经浑身青紫，我爬上岸去让人

1　佩姬·弗莱明，Peggy Fleming（1948—），美国著名女子花样滑冰选手，有“冰上皇后”的美誉。

家给我裹条毛毯，这就是我尝试溜冰的经历。

接下来我又尝试了滑雪，那个我提都不想提，只想说一句：那男人非常照顾他的狗，把所有的事情都考虑好了，街对面的那位女士如果当初没关车库门，说不定我们就不会那么麻烦了。

就在这个节骨眼上，我的朋友丹尼·布朗奇弗劳尔进入了我的脑海。丹尼是达特茅斯学院的经济学教授，非常聪明的一个人。他写的书里，句子都是这样的："同期输入全规格5.7栏，每雇员利润系数为0.00022及T统计数2.3。"而且一点也没有开玩笑。我想，这句子可能有什么意义吧。正如我所说，他真的很聪明，但除了一件事，那就是他痴迷于雪上汽车。

我心目中对于雪上汽车的定义就是撒旦设计在雪上奔驰的火箭船。它时速高达70英里每小时——你可以说我胆小如鼠，我并不介意——对我来说就是疾驰在巨石遍布且蜿蜒狭窄的林间小道上。

丹尼烦了我几个星期，要我加入他们那疯狂的雪上汽车比赛。我尝试向他解释，自己对于户外运动，特别是下雪天的户外运动有点儿心理障碍，而且我并不觉得一只强劲而危险的机器有可能将我解脱出来。

"胡说！"他叫了起来。长话短说，接下来我知道的就是自己站在新罕布什尔州森林的边缘，身着防护服和头盔，我所有的感觉全部被藏了起来，只剩恐惧。我紧张地坐在那里，骑在一个光滑而又类似怪兽般的运输工具里面，它的引擎有力地吼叫，期待载着我冲向所有的大树。丹尼递给我一份该机器操作的简要说明，就我的理解看来，那很有可能是从他写的某本书上节选来的，然后他跳上了自己的车。

“准备好了吗？”他大声问我，力图盖过引擎的声音。

“没有。”

“太好了！”他一边叫着一边出发了，车屁股后面留下一串火焰。两秒钟不到，他就变成远处那颗发出噪声的小黑点了。

我叹了口气，轻轻拉下了节流阀，只听一声受惊的惨叫和短暂的后轮独立特技，以《猫和老鼠》卡通片里才有的速度飞了出去。车每跳一下我就歇斯底里地尖声惊叫，膀胱还跟着放水，减轻重量，我感觉穿越森林就像是骑在法国飞鱼反舰导弹上。树枝拍打着我的头盔，驼鹿惊得用后脚站立起来，然后逃跑，身边的风景急速向后奔跑，仿佛是嗑了迷幻药后精神错乱了一样。

最后，丹尼在十字路口停了下来，红光满面，机器轰鸣。“怎么样，感觉如何？”

我动了动嘴唇可是说不出话来，丹尼以为我在表示赞许。

“既然你爱上这个了，那么我们是不是应该再加快速度呢？”

我用嘴唇说出了这几个词：“求求你，丹尼，我想回家，我想要我妈妈。”可就是发不出声音。

然后他就出发了，接下来的几小时，我们以疯狂的速度在无边的森林里竞赛，跃过小溪，跳过大石，为避开倒下的树木而高高飞起。最后这个白日噩梦终于结束，我从机器里走出来的时候，腿上全湿了。

后来，为了庆祝我们奇迹般完好地生还，我们跑到镇上最火爆的墨菲酒吧去喝啤酒。等女招待把杯子放在我们面前的时候，我才灵光一闪，发现最后还有一件我能在冬日做的事：喝酒。

我感受到了自己内心的召唤，尽管我对此还不太在行，离期待值还有距离——三小时后我的腿仍然疲软——可是我正在做大量耐力训练，期待明年的冬天会更刺激。

圣诞之谜

我刚到英国那会儿想要解开的小谜团之一就是：当英国人高唱“我们要去阿瓦塞”[1]的时候，他们到底是要去哪儿？到了那儿以后又要干吗呢？

我在美国土生土长，每个圣诞节我都听到这首歌，每次我都找不到一个人来给我稍微解释一下，到底怎么到那个晦涩难懂、像谜一样的“阿瓦塞”去。这首圣诞颂歌轻快活泼，歌者也都是群体齐唱。听到它，我那朝气蓬勃的想象力会联想到装饰着冬青树的大厅里，大家纵情享乐，面泛桃花的村妇抬着一大壶酒站在圣诞节的原木形蛋糕前。一想到这个，我便诚挚地期待在英国过的第一个圣诞节。在我家里过圣诞节，你唯一能期待的放纵享受就是一块圣诞树形状的曲奇饼干。

我在英国过的第一个圣诞节来了，又走了，不仅没有“阿瓦塞”可以看，而且我问过的人没一个比我聪明，都对这个神秘而古老的秘

1　原文为“A-Wassailing We'll Go”。

密表示不解。这下你能想象我有多失望了吧。实际上，我在英国待了二十年，从来没有发现有人去“阿瓦塞”的，至少我没听说过；而且我在的那段时间也没有碰上过一次圣诞节面具游行，更不要提“壶登节”[1]了（一群人组织起来乞讨硬币，再拿去最近的酒吧买酒喝。在我看来这主意太绝了），也没有简·奥斯丁和查尔斯·狄更斯小说中圣诞歌曲里所明确承诺的那些英格兰特色的圣诞节传统习俗。

直到有一天，我碰巧得到一本T. G. 克里平1923年在伦敦出版的学究气十足的经典著作《圣诞节与圣诞百科》，我才发现原来那个“阿瓦塞”最开始是问候语，来自古老的北日耳曼语ves heil，意思是“身体健康”。克里平称，在盎格鲁-撒克逊时代[2]，敬酒给某人时习惯说：“瓦塞！”（Wassail），接酒的人要回答：“干杯！”（Drinkhail）然后两人重复以上程序，直到喝倒为止。

从克里平的大部头著作中可以很清楚地发现，1923年的时候许多古老而又令人愉悦的圣诞风俗仍然在英国十分普遍。可是现在，它们似乎永远消失了。

即使这样，英国人仍然把圣诞节过得有声有色，原因自然也多种多样。首先，英国人把节日里的放纵享受（吃、喝、送礼、又吃、又喝）都打包集中在这一个节日里过，而我们美国人则分摊到三个独立的节日里过。

在美国要说到能大吃大喝的节日，那肯定就是感恩节了。感恩

1　壶登节，hoodenin，又称hodening，英国东肯特地区的传统节日。

2　公元7世纪到9世纪，英国的封建时代，又称“七国时代”。

节是个伟大的节日，如果你征求我的意见，可能是美国最棒的节日了。（为了照顾那些不熟悉感恩节起源的人，这里略提一下：感恩节是纪念清教徒来到美洲大陆后获得的第一个丰收，他们和印第安人坐在一起感谢印第安人的帮助，并且告诉他们："哦，顺便提一下，我们刚刚决定我们想要整个国家。"）这是个伟大的节日，因为不需要送礼或者寄卡片或者做除了吃以外的任何事情，吃到你看起来就像充气过头的大气球。

可问题是感恩节距离圣诞节还不到一个月，因此每年12月25日，我妈妈又拿出一只火鸡的时候，我们不再兴奋地大叫："火鸡！耶！"而是："呵，老妈，不会又是火鸡吧？"这样的先后顺序，必定让圣诞大餐沦为高潮的反面。

此外，美国人过圣诞节通常也不喝那么多酒。其实，我怀疑大多数美国人认为，圣诞午餐前如果喝点儿比雪利酒[1]更厉害的东西有点不合规矩。我们把痛饮一场的机会留给元旦前夜，而英国人则认为把不醉不休的机会留到圣诞前夜的午餐时间那才叫棒呢。

可是英美两国圣诞节的最大差异——也是英国的圣诞节无与伦比的原因——就是众所周知的12月26日节礼日。

奇怪的是，尽管这个节日一直为人尊崇歌颂，却没人知道它是怎么来的或者为什么叫这个名字。这似乎是一个相对出现较晚的节日——伟大而高贵的《牛津英语词典》将这个词追溯到1849年——不过，正如许多圣诞传统一样，它的根却扎得更深。这个节日的来

1　雪利酒，sherry，一种葡萄酒兑白兰地而调和成的酒。

源可能和教堂装救济品的盒子有关，这些盒子于圣诞节打开，然后把里面的东西分发给穷人。可以确定的是，早在16世纪，也许更早，仆人、学徒、店主以及所有从事服务性行业的人都能从他们服侍了一年的主顾那里得到年终奖金。这点小小的赏钱被放在一个叫作“盒子”的陶罐里，圣诞节的时候摔破打开，受赏的人可以拿去小小地享受一把奢侈。

因为大部分仆人圣诞节还得服侍主人们，所以他们的圣诞庆祝得推迟到第二天。就这样，12月26日成为他们打开盒子的一天，也就是“节礼日”。

不论起源如何，节礼日几乎与它前面的圣诞节一样深受英国人的重视。其实我们中有些人甚至认为节礼日比圣诞节还要好，因为你不用趴在地板上就着中文说明书，花很长时间都不知道怎么把玩具屋或者三轮车给组装起来，也不用向琼姨妈虚情假意地表达感谢和快乐之情，就因为她送了你一件手工编织的毛衣，那花纹看起来就像是狠狠地揉搓自己的眼睛后看到的一片昏乱一样。简单点说，这一天拥有圣诞节的大部分好处（众多美食，所有人善意亲切，白天还能有机会在沙发椅子里打个盹），却没有那些不足随之而来。

现在，虽然我们不住在英国了，我们家仍然保留了英国的圣诞风俗。我们吃薄脆饼干和李子布丁，配白兰地黄油和肉馅饼，还有圣诞原木形蛋糕，一边开怀畅饮。最重要的是，我们还过节礼日。

圣诞节真的很开心。不过我还是希望能找到谁一起到“阿瓦塞”去。

寒带生活

每年的这个时候，我喜欢做的一件大胆的事就是出门不穿大衣、不戴手套，也不备其他任何御寒的东西，走上差不多30码，到门前路边的小邮箱里取回当天的报纸。

你可能会说这听上去根本不算什么大胆的事，你有可能是对的，特别是去拿报纸再进屋大概只要20秒，可是你不要忘了非常重要的一点：有时候我跑出去只是想看看自己到底能在天寒地冻中撑多久。

我不想让你觉得我沾沾自喜或者傲慢自负，可是我花了很多时间精力去测试人体对于极端体验的忍受程度，而且经常把自身的危险置之度外。比如说，看电影的时候让一条腿完全"熟睡"，然后突然起身拿爆米花，看看有什么反应；或者是把一根橡皮筋缠在我的食指上，看看我能不能让它断掉。通过这样的实验，我取得了一些重大的突破，特别是发现，非常烫的东西表面看上去并不见得很烫；还有，把头猛地撞在打开的抽屉底下或者橱柜门下面肯定能引起短暂的失忆现象。

我想你的第一反应就是把我的这些行为看成鲁莽愚蠢吧，可是我来提醒你注意这些：你自己把一根手指伸进一小朵火焰里，就是想知道会发生什么事（到底发生了什么呢？）；你先单腿立定，然后换另一只腿立在滚烫的热水当中，等待放进来的冷水慢慢中和水温；或者静静地坐在厨房桌子前，专心致志地将融化的蜡烛油滴到你的手指上。我还能列举很多很多。

至少当我做这些事情的时候，完全本着严肃的科学探究精神。这就是为什么我喜欢将蔽体的衣物减到最小程度，然后一大早出门去拿报纸的原因吧！尽管这遭到布莱森太太极力反对，也有悖社交法则。

今天早上我出门时室外温度是零下19华氏度[1]，就像有句谚语说：冷得可以冻死猴儿了。除非你从非常寒冷的地方来，或者是躺在卧式冷冻柜里读这篇文章，不然你可能很难想象这么极端寒冷的天气。所以让我来告诉你有多冷吧——非常冷。

这种天气你一走到室外，第一秒就让你觉得浑身收缩起来，十分可怕——和跃入冰冷的水中差不多，像是把你身体上的每一颗活细胞都叫醒了一样。可是这个阶段很快就过去了，你还没走出几码，你的脸上就感觉火辣辣的，像被人重重打了一耳光；手和脚开始疼痛，每呼吸一次都感觉到痛。还没回到室内之前，你的手指脚趾伴随着持续而轻柔的疼痛而跳动，然后你饶有兴味地发现，自己的脸颊已经没有感觉了，从室内带出来的一点残留的热度早已消耗殆尽，你穿的衣服也不再有任何绝缘效果，毫无疑问这感觉十分难受。

零下19华氏度即使在新英格兰北部地区也算是寒冷异常了，所

1　约为零下28摄氏度。

以我很有兴趣试试自己能在这样的环境下忍耐多久，答案是39秒。并不是说，到最后我只是没兴趣了或者心里想：天哪，真的太冷了，恐怕得进去了。实际情况是：这39秒让我冷得想爬到我妈妈身上，然后一头钻回到她的肚子里。

新罕布什尔州以严寒的冬天而著称，可是实际上还有很多地方的冬天有过之而无不及。这里有记录的极端寒冷温度是1925年的零下46华氏度[1]，可是还有20个州的最低温度比这个还要低。美国到目前为止最可怕的极端寒冷温度是零下79.8华氏度[2]，记录于1971年阿拉斯加州的普罗斯佩克特河（Prospect Creek）。

当然，几乎每个地方都会受到寒流侵袭。冬天最真实的考验是它持续的时间。在明尼苏达州的国际瀑布地区，冬天持续时间很长又十分严酷，造成那里的年平均气温只有36.5华氏度[3]，真的太让人难受了。那附近有个小镇名叫（真的！）“弗里吉德”[4]，我想那地方的实际情况可能更糟糕，只不过当地人太郁闷了没有宣传而已。

但是有记录的最不适宜居住的地方应该还是北达科他州的兰登，1935年到1936年的冬天，那里连续176天处于结冰的温度以下，包括连续67天（有的是一天的某些时段）气温降到华氏零度[5]（也就

1 约为零下43摄氏度。

2 约为零下62.1摄氏度。

3 约为2.5摄氏度。

4 原文为“Frigid”，英文中有“寒冷”的意思。

5 约为零下17摄氏度。

是把猴子冻得吱吱叫的温度），还有连续41天气温没有回升到华氏零度以上。

直观一点来看，176天相当于圣诞节到仲夏之间。换了是我，任何时候去北达科他州连续过上176天都受不了，不过那又是另外一件事了。

不论如何，我在新罕布什尔这里过得很好。以前我很害怕新英格兰那漫长残酷的冬季，可是我自己都始料未及的是，这里的冬天居然让我觉得开心。可能是因为这里的冬天冷得有点过头，而冷到极致的天气和凛冽的空气还真让人觉得兴奋异常。此外，这里的冬天美得让人叹为观止：每座屋顶和每只邮箱一连几个月都戴着整齐欢快的雪帽；几乎每一天都阳光明媚，不像很多地方那灰暗抑郁的冬日；等到雪被踏过了或者染上尘埃的时候，通常又会适时地下场大雪让每个地方又重新披上晶莹的绒饰。

这里的人一到冬天就兴奋起来，可以在镇上的高尔夫球场上滑雪、溜冰，还有玩雪橇。我们有个邻居把他的后院泼满水，使其结成冰，给左邻右舍的孩子们提供天然溜冰场。达特茅斯学院会举行冬季嘉年华，在学院的绿地上摆上冰雕，真让人开心啊。

最棒的是，你知道冬天就是大自然四季循环中的一站。当寒冷到来的时候，你心里非常清楚：美好而热力四射的夏天也就不远了。撇开其他的不谈，夏天对于我来说意味着一系列全新而有趣的实验加挑战，比如日晒、有毒的常春藤、会传染疾病的鹿壁虱、电动篱笆剪，还有烧烤引燃液就不用提了。我简直等不及了。

总统逸闻

明天就是总统日了，我简直按捺不住内心的激动。

总统日对于我来说是个新节日。我小的时候在二月份有两个与总统有关的节日——2月12日林肯总统生辰和2月22日华盛顿总统生辰。我日期可能记得不准，有点偏差，因为坦白地说我已经远离青少年时代，而且这两个节日又不太好玩，不会有人给你送礼或者去野餐或者玩点什么别的。

把节日安排在2月12日或者2月22日这种日子有一个明显的缺点，那就是碰上星期几都有可能，然而大多数人喜欢星期一过公众节日，这样就能享受一个长长的周末。因此，美国有一段时间把华盛顿生辰和林肯生辰安排在离他们生日最近的日子。不过，这样做让有些个性独特的人比较难办，所以索性将它们合并成一个节日，安排在二月的第三个星期一，称为“总统日”。

如今这个节日旨在向所有的总统致敬，不论他们是好是坏。我觉得这样很好，因为这个节日给了我们一个机会去纪念那些更为默默无闻或者特立独行的总统——比如格罗弗·克利夫兰[1]，据说他有个有趣的习惯就是对着椭圆办公室[2]的窗外解决内急；还有扎卡利·泰勒[3]，从来没有在选举中投过票，而且也从来没有投票选自己。

众所周知，美国出了好几位伟大的总统——华盛顿、林肯、杰弗逊、富兰克林，还有泰迪·罗斯福[4]、伍德罗·威尔逊[5]、约翰·F.肯尼迪。更为有趣的是，美国还出了几位一不小心成为了总统的伟人，比如说詹姆斯·麦迪逊[6]、尤利西斯·格兰特[7]，还有——听我提到这个人你肯定有点吃惊——赫伯特·胡佛[8]。

我对于胡佛怀有某种敬意——“喜欢”这个词可能太重——因为他和我一样是艾奥瓦人。还有，你得对于这个不幸的人抱有一点歉意。在美国历史上他是唯一一位入主白宫反而造成事业退步的人。如今人们想起胡佛，总认为是他造成了20世纪30年代的经济大

1 格罗弗·克利夫兰，Grover Cleveland（1837—1908），美国第22任及24任总统。

2 白宫的总统办公室。

3 扎卡利·泰勒，Zachary Taylor（1784—1850），美国第12任总统，上任两年死于任内。

4 即西奥多·罗斯福，Theodore Roosevelt（1858—1919），美国第26任总统。

5 伍德罗·威尔逊，Thomas Woodrow Wilson（1856—1924），美国第28任总统。

6 詹姆斯·麦迪逊，James Madison（1751—1836），美国第4任总统，建国先驱之一，美国宪法起草人之一。

7 尤利西斯·格兰特，Ulysses S. Grant（1822—1885），美国第18任总统，南北战争时著名将军，在其八年任期中政绩平平。

8 赫伯特·胡佛，Herbert Clark Hoover（1874—1964），美国第31任总统。

萧条。可是大家把这以前半个世纪当中他所取得的卓越的，甚至是英雄般的贡献给遗忘了。

看看他的简历：8岁便父母双亡，自食其力进入大学（斯坦福大学第一届毕业生），在美国西部成为一名成功的矿产工程师。然后远赴澳大利亚，在西部（如今仍然是世界上最高产的区域之一）搞了点矿产业，最终移居伦敦，成为当地商界极其富有而且极具影响力的中流砥柱。

他的地位如此之高，在第一次世界大战爆发之际，英国邀请他加入内阁——至少对于美国公民来说，这是一项非同寻常的荣誉——可是他拒绝了，反而接受了另外一份指挥全欧洲饥荒赈灾的工作。这项工作他完成得细致周到，大约拯救了10万人的性命。战争结束之前，他已经成为世界上最受景仰和尊敬的人物，人人都知道这位“伟大的人道主义者”。

回到美国以后，他成为伍德罗·威尔逊的亲密顾问，然后在哈定[1]和柯立芝[2]手下做商业部长，八年时间内美国的出口在他的政策下增长了58%。1928年他参加总统竞选，赢得了创纪录的压倒性胜利。

1929年3月，他宣誓就职。7个月后华尔街崩盘，经济直线下降。胡佛马上做出了有悖常识的反应。他在公用事业和失业救助方面加大投入，其数量比前两任总统加起来的投入还要多。他拨款5亿美元帮助银行脱困，甚至把自己的薪水都捐献给慈善事业。可是

1 沃伦·哈定，Warren Harding（1865—1923），美国第29任总统。

2 卡尔文·柯立芝，Calvin Coolidge（1872—1933），美国第30任总统。

他缺乏的是平易近人的个性，又反复坚持认为经济即将复苏，疏离了选民。1932年，他在大选中彻底惨败，就像四年前他大获全胜一样。自那以后，他就一直被看作可怜的失败者。

当然，至少还有一些东西是纪念他的，这一点比其他许多总统们要好。前后41位成功登上总统宝座的人里面，至少有一半政绩平平，现在已经完全被人遗忘。对他们我想表示最热忱的赞许，因为当上美国总统却一事无成，毕竟也算是一项成就吧。

几乎所有的人都同意我们的总统当中，就数米勒德·菲尔莫尔[1]最为面目模糊而且也最无用了。他于1850年接替死于任上的扎卡利·泰勒成为总统，在接下来的三年里，美国执掌在他的手中，和当年要是用靠枕把死去的泰勒撑在椅子上继续执掌这个国家没有任何差别。可是菲尔莫尔的籍籍无名是如此知名，如今他已彻底名声大噪，成为大家说笑的谈资了。

在我看来更值得一提的是伟大的切斯特·A.阿瑟[2]，1881年他宣誓就任总统，拍了张正襟危坐的照片。然后，至少就我了解，这世界上就再也没有他的消息了。如果阿瑟的人生目标就是长一脸令人赞叹的汗毛，然后在历史书上为其他人的成就让出空间的话，那么他成为总统可以算是一个相当了不起的成功。

同样以其独特个性受人仰慕的是卢瑟福·海斯[3]，1877年—1881

1 米勒德·菲尔莫尔，Millard Fillmore（1800—1874），美国第13任总统。

2 切斯特·阿瑟，Chester A. Arthur（1829—1886），美国第21任总统。

3 卢瑟福·海斯，Rutherford B. Hayes（1822—1893），美国第19任总统。

年任职总统。他的主要政绩在于推行“硬通货币”以及废除《布兰德–埃勒森法案》[1]。他的那种专注非常没有意义而且难以理解，所以现在没有人记得那些事件的具体情况了。还有富兰克林·皮尔斯[2]，1853年—1857年在任，属于两个在位时间更长的无名总统之间某个面目模糊的片段。他的任期几乎都是在无可救药的酩酊大醉中度过的，所以坊间流传这样一句温情洋溢的口号：“富兰克林·皮尔斯，与酒瓶奋斗的英雄。”

然而，我的最爱还是两位都姓哈里森的总统。第一个是威廉·亨利·哈里森[3]，他在1841年的就职典礼上英勇地拒绝披上外套，然后感染了肺炎火速撒手人寰。他只做了30天的总统，几乎每一天都在昏迷中度过。40年后他的孙子，本杰明·哈里森[4]当选总统，四年任期中向伟大的抱负进行挑战，成功地做出了微乎其微的贡献，和他祖父在任的那一个月一样。

就我所知，所有这些人都值得专享一个自己的公众节日。听说国会马上要有所动作，取消总统日，恢复林肯生辰和华盛顿生辰分开的旧传统，理由是这两位是真正的伟人，从不向窗外撒尿。你可以想见我的沮丧之情。这简直让人难以置信，有些人就是没有历史感。

1　1878年国会通过的法案，要求美国财政部必须每月购买价值200万到400万美元的白银，金银比价重新设定为1比16。

2　富兰克林·皮尔斯，Franklin Pierce（1804—1869），美国第14任总统。

3　威廉·亨利·哈里森，William Henry Harrison（1773—1841），美国第9任总统。

4　本杰明·哈里森，Benjamin Harrison（1833—1901），美国第23任总统。

愚笨电脑

我们搬回美国那阵子，由于英美电气系统完全不同，我得把办公室里所有的东西全都更新——电脑、传真机、答录机等。我不太会买东西，也不善于把握最佳时机和大把银子说再见。一想到要挨家挨户地逛商店，听售货员吹嘘各种办公设备的美妙，我就心生不祥之感。

所以刚走进第一家电脑商店，我就乐了，因为我发现有台机器里面什么都有——传真机、答录机、电子地址簿、互联网功能，你想要什么里面都有。打出的广告词是“家庭办公全能解决方案”，这台电脑除了不会煮咖啡，其他什么都行。

于是我把它扛回了家，安装起来，活动了一下手指，给伦敦的一位朋友写了份得意扬扬的传真。按照说明书的指示，我把他的传真号输入指定的方框里，然后按下“发送”键。国际长途的拨号噪声随即从电脑的内置扬声器里响起，然后是接通的声音，最后一个陌生的声音响起：“啊啰？啊啰？”

“哈啰？”我回答着，突然意识到不管他是谁，我都不可能跟他交谈。

我的电脑开始发出尖利的传真噪声。“啊啰？啊啰？”那声音又叫起来，带点迷惑和警觉。过会儿，他就挂断了。正在这时，我的电脑又重拨了他的号码。

于是就这样耗去了大半个早上，我的电脑不停地骚扰某个陌生之地的陌生人，而我却发疯般地在《使用手册》里寻找取消操作的方法。最后我只得绝望地拔下电源插头，电脑关机之前还发出一系列“严重错误”以及“硬盘危机”等噪声。

三个星期后——这是真的——我们收到一份68美元的国际长途电话账单，原来上次打到阿尔及尔[1]去了。后来经过咨询才知道，写传真程序的人没有考虑到海外传真的可能性，程序只能识别7位数的电话号码加上前面3位地区代码。如果遇上别种号码组合，它就自动进入“拨通贝都因人[2]”的默认模式。

我还发现那个电子地址簿对于非美国地区的邮编地址有着天然的反感，然后把它们都改造成完全没法使用的样子。还有那个答录机带有自动插嘴功能。

我困惑了很长一阵：这么贵，这么高科技的东西怎么会这么一无是处？然后我明白了：电脑是能够做出许多聪明得不可思议的事情的愚蠢机器，而电脑程序员则是能够做出愚蠢得不可思议的事情的聪明人。简单点说，这两者是危险而又完美的绝配。

你肯定读到过有关“千年虫”的报道，你就知道在2000年1月1

1 阿尔及利亚首都。

2 居住在沙漠地区的阿拉伯游牧部落。

日零点钟声敲响的时候，世界上所有的电脑出于某种原因都会经历如下的思考程序：“好了，现在我们进入以00结尾的新的一年了。我想应该是1900吧。不过，等一下——如果是1900年，电脑都还没有发明出来呢。因此我不存在，我应该自己关机，然后把内存清空。”据估计，把千年虫给消灭掉总共需耗费200万亿兆亿美元或者差不多就是这么庞大的一个天文数字吧。你看，一台电脑能够把π算到小数点后20000位，可是就是搞不懂时间总是往前走这么简单的概念。而那些程序员能够写出8000行复杂的代码，却没有注意到每一百年就是一个新的世纪。这两者的组合简直就是灾难。

当我第一次得知电脑行业给自己制造了一个这么基本、这么巨大而又这么愚蠢的麻烦时，我突然理解了为什么我的传真机还有其他那些数码玩具完全无用了。可是这仍然无法满意地解释我那台电脑上“奇妙而又卓越”的拼写检查功能。

就像电脑所做的其他每件事情一样，拼写检查功能总的来说十分神奇。等你写好一篇文章，你启动拼写检查，然后它浏览整个文本找出拼写错误的单词。实际上，电脑根本不懂单词是什么，它所找的就是它不熟悉的字母组合，这就是它令人失望的地方了。

首先，它无法辨别任何一个专有名词——人名、地名、公司名称等——还有一些非标准的拼写形式如kerb以及colour[1]。它还辨别不了很多复数形式、动词变异（比如steps或者stepped）、缩写词以及首字母缩写词。当然，还有自艾森豪威尔就任总统以来[2]所创造

1　这两个词分别为curb和color的英国式拼写法。

2　指1953年以后。

出的新词也让它束手无策，因此它能识别sputnik[1]和beatnik[2]，却不认识Internet（互联网）、fax（传真）、cyberspace（电脑空间）和butthead（笨蛋），这样的例子不胜枚举。

可是我那台电脑的拼写检查功能最为独到的就是它居然自带拼写建议功能。接下来这部分能让那些无事可做的闲人自娱自乐上几个小时。以下这些例子都值得我们记住。就这个专栏来说吧，比如对于Internet，它建议拼写为internat（这个词我翻遍了英国美国的字典都找不到）、internode，还有interknit以及underneath。对于fax这个词，更是跳出33种拼写建议，有fab、fays、feats、fuzz、feaze、phase，还有两个更是词汇学上闻所未闻的：falx和phose。对于cyberspace倒是没有给出任何建议，可是对于cyber这个词，蹦出来的是chubbier和scabbier。

我尝试着去了解他们的思维逻辑，却以失败告终。一台电脑和一个程序员前后搭配干活，他们是怎么想得出某人输入f–a–x其实是想输入p–h–a–s–e的呢？还有cyber这个词的拼写建议为什么是chubbier和scabbier，而不是同样随机地挑两个别的词，比如watermelon（西瓜）或者full–service gas station（全能加油站）之类呢？此外，我仍然解释不了根本就不存在的词，如phose和internat是如何写入程序的。你可以说我过于强求，可是我的主张是，一个抛弃真正的词汇，而去选择根本不存在的词汇的电脑程序，不应该被投入市场给大众使用。

这个拼写检查功能不光提出低能的拼写建议，还一意孤行地想

1 人造地球卫星，20世纪50年代从俄语吸收过来的词汇。

2 “垮掉的一代”，20世纪50年代着奇装异服反叛社会的文学艺术青年。

把这些建议塞进你的文章里去，你得命令程序不得自动修改才行。如果你不小心接受了它那迅雷不及掩耳的自动修改，它就会把文章里所有出现这个词的地方全部修改过来。于是，最近这几个月我绝望得都没力气了，因为我的文章里所有的woolens（毛纺的）全部被修改成wesleyans（卫斯里公会的），所有的Minneapolis[1]被改成monopolists（垄断者），然后是我最喜欢的：所有的Renoir[2]全部变成了rainware[3]。不知道有没有什么类似的办法能够取消这些自动修改，反正我还没发现。

现在我在看《美国新闻和世界报道》这份报纸，上面说忽略了“千年虫”问题的电脑产业又捅娄子了，多年来他们都没有注意到储存信息的物质——磁带等——在不久的将来就会自行降解，所载数据不可恢复这一问题。美国航空航天局（NASA）的科学家们最近想要读取1976年代号为“维京行动”的火星勘察资料，却发现有20%的内容消失，而且剩下的也差不多快没了。

因此，看上去电脑程序员们接下去几年要日日挑灯夜战了。我个人对此三呼“Hooray”（万岁），如果按照我的电脑的喜好，可能会把它拼成haywire（捆干草用的铁丝）、heroin（海洛因）和hoopskirt（有裙撑的裙子）吧。

1 明尼阿波利斯，美国明尼苏达州首府。

2 雷诺阿，法国著名印象派画家。

3 估计为rainwear（雨衣）的误写

纳税登记表格填写须知

内附1998年美国国家税务总署制作的纳税登记表格1040-ES OCR："自由职业个人预估税登记表"。如符合以下条件，请您估算1998年财政年度应缴税额并填写此表：

1. 您是户主且您的配偶和未成年子女的年龄总和减去符合条件的宠物的年龄（见附录12G）结果为整数。（如宠物已去世但仍葬于您的物业之中，请使用补充附录142G。）

2. 您的总调整后收入未超过您的调整后总收入（适用时除外），且您1903年前未曾缴纳过红利所得税。

3. 您并未要求进行外国税收抵免，"外国"税收抵免除外。（警告：为外国"税收"抵免要求外国税收抵免，出现外国"税收抵免"的情况除外，将面临125,000美元罚款及25年监禁。）

4. 您符合下列条件：已婚且联合报税；已婚但未联合报税；未婚未联合报税；联合但未报税及其他。

填表指南

请使用2号铅笔将所有的答案填好。不要画线删除任何字词。不要使用缩写或“同前”符号。不要将“零杂”（miscellaneous）[1]一词拼错。请完整地在每页上填写两遍你的名字、地址以及社会保障号码，还有您配偶和未成年子女的名字、地址及社会保障号码。请勿复选标有“叉”的方框，也不要在标有“复选”的方框中打“叉”，除非您非常希望重填一遍。请勿在任何空白处填入“搜查我吧”。请勿捏造任何事实。

请先填完第47到52部分，然后再完成偶数部分，接着倒转顺序填完表格。如果您的总退休金和养老金支付大于您先前所赚取的收入抵税额或者反之亦然，请勿使用此表格。

“收入”栏下请列举所有工资、薪水、净海外应缴税收入、版税、小费、酬金、应缴税利息、资本所得、航空里程以及沙发背后找到的钱。如果您的收入是整体来源，或部分但并非主要，或整体且部分但非主要来自美国以外的国家（如不确定，请参考USIA小手册212W：“美国以外的国家”说明），或者您的循环总收入（见附录H）比不缴税净支付的低收入抵税额还要多，您必须增补一份“授予人/转让人弃权证明书”。没有做到这一点，您将面临150万美元的罚款或者被抓走小孩的惩罚。

在第890f部分中列举农场总收入（如果没有，请说明具体原因）。如果您于1897年1月1日后出生，且配偶健在，请注明额外伤

1 意为“多方面的、各式各样的”。

亡损失，并在第27ii行提供转账款数字折旧。您必须列举为出口而屠杀的火鸡数量，减去，但不要扣除，从按比例利息付款中得来的净总红利，再乘以你家的总台阶数，最后结果写入第356d行。

在附件F1001第c行列举出您车库中的所有东西，包括附件295D上的所有电气和非电气设备，但不要包括附加表格243d上没有提到的电气或者非电气设备。

在“个人支出”栏下逐条登记所有大于1美元的支出项，并附带证明。如果你曾经做过牙科手术且未要求联邦原油泄漏津贴退款的话，请输入自出生以来您的鞋码，并附上皮鞋样品（只需右脚）。乘以1.5或者1.319，随便哪个大一点的，然后用第3d行除以第3f行。在第912g部分，输入为紫花苜蓿、大麦（不包括高粱糖浆，除非家庭自用）和秋葵产品设立的联邦收入资助基金数额，不论你收到过没有。没有做到这一点将面临375万美元的罚款以及注射死刑。

如果您的孩子尚未成年，却不住在家里，或者住在家里但已经成年，或者尚未成年且住在家里但经常不在，而且您未就出租自重超过12,000吨（如果您在关岛出生，那么额度为15,000吨）的海运船只申请豁免的话，您必须完整填写并附上“海运船只豁免表格”。如有违反将面临11,100万的罚款以及对中立小国进行核攻击。

在附表D的第924页至926页填入您认识的吸毒者的名字。（如有必要请附加纸张。）

如果您拥有储蓄账户、有价证券、不记名债券、存单或者其他有息收入，但不知道自己的帽子尺寸，请完整填写附表112a和112f并附上所有相关表格。（这次不要把椅子寄过来。）算上，但无须核实，投资矿业的持续亏损，商品交易和器官移植，再除以1996年你住过的汽车旅馆数，将结果填写在任何剩余空间。如果你尚未偿还员工支出，那你就麻烦了。

要总计你估计的税额，请将附表2F中的27行到964行相加，减去45a行到699f行（如果比过去5年中的平均选择性最小估算税值大或者小2.2%），乘以你的汽车在冰上打滑时的车轮转速，再加上2。如果第997行比第998行要小，请从头再来一遍。在标有“应付税额”的空白处填上一个非常大的数字。

请确认你付给“美利坚合众国国税局共和国”的支票有效，抬头请注明佩蒂收。在支票背面请写上你的社会保险号码、纳税人身份号码、国税局税务代码审计号、国税局地方分局次级区域代码（除非你有T/45次级区域例外通知）、性取向和对烟草的爱好，并寄往以下地址：

马里兰州联邦城美利坚合众国国税局

D楼/附G78，900室 12分区132677－02号位置

税表接收指南中心2号抽屉，房间中央偏后

邮编：10001

如果你对于填写此表有任何疑问，或者返回重填时需要帮助，请致电1-800-忙音。谢谢你，祝你1999年财运滚滚。如有违反将面临125,000元罚款，还将徒步走进大牢。

巡回售书

十年前的这个月，我接到一位美国出版商的电话，他告诉我他刚刚拿到了我的一本书，准备给我安排3周内巡回16个城市进行售书宣传活动。

“我们要把你打造成媒体明星。”他兴高采烈地说。

“可是我从来没上过电视。”我略带恐慌地抗议起来。

“哦，这还不简单，你会喜欢的。”他信誓旦旦，反正又不是他自己去。

“不，我不会喜欢的，”我坚持己见，“我会失去个性。”

“别担心，我们会给你一个个性。我们准备安排你飞去纽约上一下媒体培训课。”

我的心一沉，不祥的感觉油然而生。自从1961年我在邻居的车库里无意中放了把火以来，我第一次开始严肃思考有没有必要去整容，改头换面到中美洲去开始新生活。

于是我飞去了纽约，结果发现那个媒体培训课没有我先前想象的那么恐怖。我被交给了一位非常和蔼、耐心的人手里，他叫比尔·帕克赫斯特，和我在曼哈顿一间没有窗户的工作室里一起坐了两天，没完没了地模拟采访现场。

他是这么说的："好了，现在我们要接受一个人的采访，他也就是10秒钟以前瞅过一眼你的书，他并不知道这书里是菜谱还是讲监狱改革。而且这个人有点笨，会经常打断你。好了，现在开始。"

他按下秒表，我们就开始了这个三分钟的采访，然后我们再做一次，再做一次。两天就是这么过去的。还不到第二天下午，我就已经得用手把舌头塞回嘴里了。

"现在你就明白你巡回售书第二天是什么感觉了。"帕克赫斯特很开心地告诉我。

"那二十一天结束的时候是什么感觉？"我问他。

帕克赫斯特笑了："你会喜欢的。"

奇妙的是他还真说对了。巡回售书的确很有趣：你住的都是高级宾馆，到哪里去都有闪着银光的豪华车接送；人们把你当成大人物，比真实的你重要得多的大人物；你每天三餐都可以吃牛排，而且还不用自己掏钱；连着几个星期你都得滔滔不绝地讲你自己，这不是美梦成真还是什么？

对我来说那是个全新的世界。如果你一直把我文章里的点滴记在心里的话，你会想起我小时候我父亲总是带我们入住最便宜的汽车旅馆——有那种地方作为对比，电影《惊魂记》中的贝茨汽车旅馆都显得设备精良——因此巡回售书的经历简直是美好的全新体验，此前我从来没有住过一家高级酒店，从来没有叫过客房服务，从来没有叫过门房或者仆从服务，从来没有给门童小费（这次仍然没有！）。

对我启发最大的就是客房服务了。我一直以为从客房服务的菜单上点菜简直是优雅生活的极致——这可是加里·格兰特[1]电影里才有的事情，不可能发生在我所熟悉的世界里——因此，一位公关人员建议我尝试一下，反正不用自己掏钱，于是我欣然接受。之后我才发现了你肯定早就知道的事实：客房服务简直糟糕透顶。

我那次跑遍全国，至少在酒店里叫过十几次客房服务，全都一塌糊涂。点餐后，食物要几小时才能送来，全都凉了，咬上去跟牛皮似的。我总是很惊叹他们花了这么多力气去装点门面——又是雪白的桌布，又是插上一朵玫瑰的花瓶，还有人装腔作势地揭开每个盘子上那银色的圆顶盖——却不愿花力气去保持食物的温度和口感。

我印象最深的是在旧金山的亨廷顿酒店，那侍者飞快地移走银色盖子，将一碗白色的黏稠物体呈现在我的眼前。

"这是什么？"我问他。

"先生，我想是香草冰淇淋。"他回答。

"可是已经化了。"我说。

"是的，已经化了，"他表示赞许，"请慢用。"然后鞠了个躬，把一大笔小费塞进口袋退了出去。

当然了，巡回售书并不就是猫在富丽堂皇的酒店房间里，边看电视，边吃融化了的冰淇淋。你还得去接受采访——铺天盖地的采访，多得你都无法想象，常常从天还没亮持续到午夜以后——你

1　加里·格兰特，Cary Grant（1904—1986），美国著名电影演员，代表作有希区柯克系列中的《西北偏北》《捉贼记》及其他。

还得转战各处接受采访，奔波的路程之长简直让人觉得可笑。由于推广新书的作家太多——我听说旺季可以达到200个——而电台和可以上的电视节目又十分有限，所以哪里有空你就得往哪里赶。有一次，五天内我就从旧金山飞到亚特兰大，再到芝加哥，又去波士顿，再返回旧金山。还有一次就为了赶去接受30秒的采访，我就得从丹佛飞到科罗拉多泉城。我发誓那次采访其实就是这样的：

采访者：“我们今天的嘉宾是比尔·布莱森。比尔，听说你出了本新书，是吗？”

我：“是的。”

采访者：“那太好了，谢谢你过来。我们明天的嘉宾是米尔顿·格林伯格博士，他刚刚写了本有关尿床的书叫作《就寝之泪》。”

就像比尔·帕克赫斯特教给我的：这种事情说白了就是厚着脸皮把自己推销出去，相信我，你很快就能学会怎么做。自从有了那第一次经验，我又在美国做过6次巡回售书，在加拿大做过4次，澳大利亚和新西兰做过3次，南非做过2次，欧洲大陆做过1次，英国做过8次。此外，如果你是靠写书谋生而且喜欢人们买你的书的话，那么所有的文学性节日，以及那些已经融入你生活中的其他活动，你就更逃不掉了。

以上这些都是我此刻的想法，因为等你读到这篇文章的时候，我已经人在英国做一个为期三周的巡回推广活动了。我不想让你觉得我谄媚英国，可是在英国兜上一圈比起其他国家来说当然要美好得多。首先，整个距离比在美国这么大的国家要短得多，也就方便很多。其次，这里没有那么多凌晨时分或者午夜时分的电台电视节目要去赶，也方便很多。最重要的是，英国的普通读者群简直聪明绝顶，而且眼光犀利，更不用提他们如何楚楚动人，而且买起书来出手如何阔绰了。啊！我甚至知道有些人会扔下周日的报纸，说：“我现在就要出去买老比尔的那本书。我可能还要买好几本作为圣诞礼物呢。”

靠巡回售书这个方法谋生简直疯狂，可是这也是你不得不做的事情之一。我只想感谢上帝它还没有损害我那真挚纯粹的心灵。

后记：上面这段当然是写给英国读者的，可是我想说的是美国的读书人也同样聪明绝顶，眼光犀利，更不要说他们如何楚楚动人，而且出手阔绰了。

浪费的一代

这一阵最让我瞠目结舌的统计数据之一就是：美国所消耗的能源当中，有5%是晚上从不关机的电脑消耗掉的。

我个人虽然没法去证实这个数据，不过我可以非常肯定地告诉你，我经常深夜从不同城市旅馆房间的窗口向外张望，每一次都惊讶地发现许多写字楼里依然灯火通明，而且电脑屏幕的确还在不停闪烁。

为什么我们不关灯、不关电脑呢？还有为什么我们匆匆走进朋友家却不把汽车熄火；在无人的房间里让灯一直亮着；把中央空调温度调得极高，让芬兰桑拿浴的老板娘都自愧不如？总的来说，这大概都是因为电力、汽油以及其他能源价格相对便宜，而且一直源源不断，似乎全然没有取尽用绝之虞。

既然这样，何必每天早上让你的电脑开机预热干等20秒自寻烦恼呢？还不如让它开一晚上，第二天马上能用。

在这个国家，我们太——不，我们极其——浪费能源。普通美国人一生所使用的能源是普通欧洲人的两倍。我们的人口只占世界5%，但消耗了世界20%的能源。这些数据可不是什么值得自豪的东西。

1992年，在里约热内卢[1]举行的地球峰会上，美国和其他发达国家同意2000年以前将温室气体的排放减少到1990年的水平。这个承诺可不是用来想的，而是要去做的。

之后的几年里，美国的温室气体排放量持续攀升——自里约热内卢会议之后就上升了8%，单是1996年就上升了3.4%。也就是说，我们并没有履行承诺，连去努力尝试的姿态都没有，甚至连装模作样都没有过。坦率地说，我不知道我们是不是连装模作样的能力都没有了。

看看这个：1992年，国会颁布法令，2000年以前所有政府公车至少要有一半必须使用石油燃料代用品。为了遵守此法令，美国邮政局购买了1万台卡车，每辆4000美元，改装成既能使用乙醇又能使用汽油的车辆。1998年5月，首批纽约市邮局订购的350辆这种卡车开始投入使用。很不幸的是，没有一辆车使用乙醇燃料，原因很简单：离纽约最近的乙醇加油站远在印第安纳波利斯[2]。当《纽约时报》记者问到，这个订购是哪个地方哪级政府部门哪个官员出于哪种意图下令的，得到的回答是无可奉告。同时，美国邮政局和其他联邦政府机构将继续花费纳税人的钱去改装卡车，每辆车上花4000美元，改装成它们几乎不会使用的燃料来驱动。

我们的政府在温室气体排放方面所做的努力，就是引入一套

1 巴西城市。

2 印第安纳州首府。

自愿遵循的标准，各行各业如果不愿意的话，完全可以对此不予理睬，当然大部分行业都对此置之不理。现在克林顿总统想再花上15年或者16年，将排放量减少到1990年的水平。

可能我误解了举国上下的心态，可是我很难找到一个真正担忧这个问题的人。目前日益增长的反而是一种反对自然资源保护的情绪，特别是考虑到支出成本的情况下。最近，一个来自加拿大名为“国际环境学”的组织对全球27,000人进行了调查，结果发现实际上每个发达国家的人都愿意牺牲一点经济增长，来换回更加清洁的空气和更加健康的环境，只有一个国家例外，那就是美国。整个美国社会都愿意将一点点经济增长的利益凌驾于适合人类居住的地球环境之上，这简直是疯狂。我总是认为追求经济增长的原因就是要创造更好的环境，然而实际上，似乎变成追求经济增长的原因还是追求经济增长。

克林顿总统提出建议，将这个问题交给他和后继四任总统共同来完成，不可谓不谨慎而富有创新精神，即便如此，提议仍然遭到了激烈的反对。大工业家们和其他利益群体联合起来组织了一个“全球气候信息工程”，筹集了1300万美元打击任何妨碍他们的大烟囱排放废气的行动计划。这个组织都跑到全国性广播电台做广告去了，面目狰狞地警告说，如果总统的新能源计划得到实施，每加仑汽油价格就会飙升50美分。

别介意，那个数字很有可能是吹出来的。也别介意即使真的如此，我们所支付的汽油价格也只是其他富裕国家的汽油价格的零头。别介意这么做能给每个人都带来好处。别介意上述任何一点。

不管出于什么目的威胁汽油价格上涨——即使涨得再少，理由再充分——大部分人都会本能地反对。

最为可悲的就是，要达到减少温室气体排放的很大一部分目标，其实不需要花任何代价，只要我们改变大手大脚的习惯就可以了。据估计，美国全国一年浪费的能源就高达3000亿美元。我们现在说的不是依靠投资，开发新技术来节省能源，我们所说的是关掉机器或者把机器开得小一点来节省能源。

就拿热水来说吧，欧洲几乎每家每户的热水系统上都有一个计时器。因为人们上班或者熟睡的时候肯定不需要热水，所以没有必要把热水器一直开着，因此计时器就定时将系统关闭。而在美国，我都不知道怎么关掉我家的热水器，我也不知道能关还是不能关。每天我们家是24小时不断有热水供应，我们出门度假时也是如此，似乎没有什么意义吧。

根据《美国新闻与世界报道》上的消息，美国必须维持相当于5个核电站那样规模的发电站运转，才能保证那些开着却并未使用的设备和机器正常运转——那些无人房间里的电灯、中午吃饭或者晚上回家后还开着的电脑、酒吧角落里无人理睬且悄无声息的挂壁电视。

英国有一个“非峰时能源计划”，也就是鼓励人们在深夜用电，以此来分散能源需求。所以我们那时候买的电器都有定时功能，洗衣机、干衣机和洗碗机都在夜深时工作。虽然有点小小的麻烦，可得到的回报就是省下了不少电费。现在只要公用事业部门提出相应的计划，我非常愿意这么做。

我的意思并不是说英国人在环保方面是如何道德高尚——在某

些比如废物利用和绝缘方面，并不值得大书特书——我只想说他们那些简便的点子其实我们可以很容易地借鉴过来。

当然了，如果能看到美国在能源节省方向上发生重大转变，我真的会很欣慰。比如说，如果能够乘火车去波士顿的话，我会开心得不得了。现在每次我去波士顿，要么自己开车去，要么和其他9个不幸的人一起在小巴士里挤上两个半小时。如果真能坐在一辆装备漂亮的火车餐车里，驰骋在新英格兰美不胜收的土地上，就像希区柯克电影里加里·格兰特和爱娃·玛丽·塞因特那样就好了。就在不久以前，人们还能乘火车穿梭整个新英格兰地区。一个名为“环境保护法律基金会”的团体称，整个新英格兰北部地区的火车线路改造需花费5亿美元。当然这不是笔小数目，可是想想这个：就在我写文章的同时，佛蒙特州的博灵顿正斥资1亿修建一条12英里长的环线公路。

我不知道全球变暖到底糟糕到什么地步了，没有人知道。我不知道我们这样大肆挥霍能源到底在多大程度上危害了我们的未来。不过我可以告诉你：去年我花了很长时间在阿巴拉契亚山[1]中小道上攀登。到了弗吉尼亚州，有一段山路位于仙纳度国家公园内。我上中学的时候，如果天气晴好，从这里还能看到75英里以外的首都华盛顿。现在，即使在最好的天气条件下，能看到30英里开外就算不错了。如果天气炎热烟雾弥漫，最多只能看到两英里开外。

阿巴拉契亚山脉的森林植被是地球上最茂密、最可爱的植被之

1　美国东部绵延数千公里的山系，南起亚拉巴马州，北至加拿大纽芬兰省。

一。大烟雾山国家公园里的一个山谷中土生土长的树种数量就超过整个西欧。现在很多树种都面临灾难，由于疲于应付酸雨和其他空气传播的污染物，许多植物对疾病和害虫异常脆弱无助。橡树、山胡桃树和枫树大批死亡，其数量十分惊人。开花山茱萸——美国南方最美丽的树之一，曾经也是最繁茂的树种之一——如今已濒临灭绝。美国铁杉树似乎也紧随其后。

这还只是小小的开头而已。如果接下去的50年里真的像某些科学家断言的那样，全球气温上升4摄氏度，那么仙那度和大烟雾山国家公园里以及周围方圆数百英里范围内所有的树种都将死亡。再过两代人，温带世界里最后仅存的大森林之一将变成毫无个性的大草甸。

我觉得这么说来，关掉几台电脑还是值得的，你说呢？

聪明反被聪明误

今天的话题是，现代生活的便利，以及那些更加便利的东西实际上是如何变得更加不方便的。

那天我带小儿子和小女儿去“汉堡王”吃午饭，看见免下车窗口那里十几辆汽车排成一队，我就开始想这个问题（我总是在想问题——真的很神奇）。

我们停了车，走进餐厅，点了单吃了起来，然后又出来——整个过程大概花了10分钟吧。正当我们离开的时候，我注意到，我们进去时排在队伍最后的那辆白色敞篷载货卡车前面还有四到五辆车。如果司机当时和我们一样，亲自停车走进餐厅点单的话，恐怕要快很多，可是他绝对不会想到这个方法，因为他想当然地认为：免下车窗口应该更快更方便。

你明白我的意思了吧。我们对于“便利”这个概念中毒太深，为了达到便利，不惜忍受所有的不便利。这简直是疯狂，我知道，可是事情就是这样。那些应该能使我们的生活更加便捷的东西实际上常常适得其反，这让我不由得思考（你看，我又来了）为什么会这样。

美国人对于机器提供便利这个观点有一种奇怪的热爱。有趣的是几乎所有与减轻日常生活负担有关的发明——自动扶梯、自动门、电梯、冰箱、洗衣机、速冻食品、快餐、微波炉、传真机——都源自美国人或者至少最先在美国大受欢迎。美国人对于大量节省体力的发明创造已经习以为常，所以实际上在20世纪60年代，他们就开始指望机器能够帮他们做所有事情了。

我最开始意识到这种想法不见得是好主意的时候是1961年或者1962年的圣诞节。当时别人送给我父亲一把电动切菜刀。那是很老的一种型号，就像所有刚发明出来的东西一样，外形笨重，令人望而生畏。也许是我的记忆在跟我捣乱，可是我清楚地记得父亲戴上了护目镜和厚重的橡皮手套之后才把那东西插上电源。可以肯定的是，我们用它来切火鸡的时候，与其说是在切，还不如说是片片白肉四处飞舞，然后刀片切到了火鸡下的托盘，又是一阵蓝色的火星乱飞，接着就从我父亲手里飞了出去，从桌上飞速滑过奔出厨房，就像《小精灵》电影里的妖精一样。我们再也没有看到过那把刀，不过夜深人静的时候偶尔会听见它在砰砰砰地砍桌腿。

就像大多数美国同胞一样，我父亲买回来的小发明从来就是以灾难告终——蒸汽熨衣机没能把衣服上的皱纹熨平，倒是让整块整块的墙纸掉了下来；电动削铅笔机能在一秒钟内一口气吞掉一支铅笔（包括笔头上的金属环，如果你动作不够快的话，还有你的手指尖）；还有一个口腔冲牙器，动静太大了，得两个人按住才行，把浴室弄得像洗车店一样。

可是，所有这些和今天的情况相比简直小巫见大巫。如今我们身边所环绕的东西帮我们把事情做到几近荒谬的程度——自动猫粮喂食器、电动榨汁器和电动开罐器、带自动制冰功能的冰箱、自动汽车车窗、挤好牙膏的一次性牙刷。人们对于便利已经上瘾，于是便陷入一个恶性循环当中：他们手头上节省体力的机器越多，他们自己就越辛苦；自己越辛苦就越觉得需要更多的机器来节省体力。

现在不管是什么东西，不管它有多荒谬，只要声称能减轻点负担，就不愁找不到买主。最近我看到广告里有个售价39.95美元的“带灯光可旋转领带架”。你只用按一下按钮，它就会自动把你所有的领带一条条向你展示，省得你吃大苦头还搞得筋疲力尽地去用手挑选。

我们新罕布什尔州的房子买来的时候，到处都是前房主们安装好的小器件，这些东西就是为了让生活稍微容易一点点。实际上有几个东西确实有点用处，可是大部分东西简直无用得让人哭笑不得。比如说，我们有一个房间里装了自动窗帘，你轻轻敲一下墙上的开关，四片窗帘立即轻松启合。不管怎么说，设计初衷是这样。而实际上却是一片窗帘开，一片窗帘关，另一片窗帘反复开关，最后一片五分钟过去了仍然纹丝不动，然后开始冒烟。自从搬来第一天开始，我们就没敢靠近过。

前任业主留给我们的还有自动车库门。理论上来说，这东西听上去很不错，而且还颇有品位。你把车开进车道，按一下遥控器，然后按照你对时间的感觉，从容地开进车库或者把车库门最下边的板给撞掉。然后你再按一下遥控器，车库门在你身后徐徐合上，这时候只要有人看见，都会惊叹道：“哇！这人真时髦！”

可是实际生活中你会发现，我们的车库门只有在肯定会压碎一辆自行车或者毁掉一把耙子的时候才会关门，而且它一旦关上就不再打开，除非我踩在椅子上拿着螺丝刀和锤子在它的控制盒里怒气冲冲地一阵乱捣，然后再叫车库门修理工杰克过来。自从我们成为他的客户之后，他就一直有钱去马尔代夫度假了，我付给他的钱比我大学刚毕业四年总共挣的还要多，可是我那个车库门仍然经常添乱。

你又明白我的意思了吧。自动窗帘和自动车库门、电动猫粮喂食机还有旋转领带架都只不过看上去能让生活更轻松。实际上，它们所带来的只有增添成本，而且让你的生活更加麻烦。

那么今天我们学到的两条经验就是：首先，绝不要忘记“便利”这个词和“骗你”发音差不多[1]；其次，送你的孩子去上车库门维修学校。

1　原文为…the first syllable of convenience is con. “con”在这里有两层意思：一是欺骗；二是相反，相对。

汽车电影院

20世纪30年代早期，新泽西州有位名叫理查德·霍林谢德的人将一台电影投影机装在他的车顶上，坐在车里前排欣赏投射在他家车库门上的电影。

谁也不知道当时他是怎么想的，或者说这个主意是哪儿来的，可是他的左邻右舍看到车库门上的电影画面都跑过来看。很快，整片小区的人都不请自来，跑到霍林谢德家的车库门前看电影。

1933年，霍林谢德给这个主意注册了专利，这年年末，美国第一家免下车电影院在邻近的小镇卡姆登诞生了。一开始影院的生意并不太好，然后慢慢地沉寂下去。直到50年代，汽车在美国开始普及起来，这种电影院一下子火爆得不得了。50年代初，全国一家免下车电影院都没有，但在不到10年的时间里一下子猛增到6000家。

高峰时期，这种电影院的数量和受欢迎程度直追传统电影院。青少年们可以在车里做那些传统电影院里不好意思做的事情。有孩子的父母上电影院也不用花钱请保姆照看孩子了，因为孩子们可以穿着睡衣躺在后座上。妈妈们也能给孩子喂奶了。有些免下车电影院甚至还提供洗衣之类的特殊服务。你进去的时候扔下一袋脏衣服，看完出来再把洗好烘干折叠好的衣服拿回去。

后来，美国的免下车电影院又销声匿迹了，其速度之快就和兴起的时候一样。如今它们几乎已经从美国的大地上消失了。大白天，在乡村地区随便沿着一条两车道公路一直开，在某处你肯定可以看到路边被遗弃了的免下车电影院。

离我家不远，过了佛蒙特州的康涅狄格河就是一家免下车电影院，是留存至今的最后一批之一。它只在夏季的周五和周六晚上营业，我敢说等如今的经营者退休后，这家电影院也迟早关门。于是前几天晚上，我终于按捺不住，提议一起开车去看电影。

“为什么？”我的小女儿十分狐疑地问。

“好玩啊。”我解释道。

令我吃惊的是，我们家没有一个人去过免下车电影院看电影，而且他们连那个到底是怎么回事都不太清楚。

“很简单，”我解释起来，“你把车开进一片带大屏幕的空地，停在安有小喇叭配有电线的一根金属柱子旁边，然后把喇叭挂在你的车门内侧听声音。”

“然后呢？”

“然后就看电影呗。”

“那里有空调吗？”我小儿子问。

“当然没有空调了，是露天的。”

“为什么不去真正的电影院呢？那里有空调，还有很舒服的椅子。”

我努力想给出一个非常有说服力的回答，可是跃入我脑海里的原因——露天电影院里你想怎么抽烟、怎么喝啤酒、怎么接吻都可以——似乎完全不适用于小毛孩。“好玩呗。”我重复了一遍，显然说服力不够。

我那两个大一点的孩子马上就闪了，声称宁愿得毁容性皮肤病，也不愿意被人家撞见和父母一起去看电影。可是我太太、两个年幼的孩子和我儿子的好朋友布莱德利——一个智力早熟的八岁小孩（要是机会合适的话，我非常乐意把他扔在内华达州沙漠里的公路岔道上）——勉强同意去看看情况。

于是我们就开车过了河，驶向历史悠久的免下车电影院。我突然明白为什么这类电影院迅速衰落下去了。首先，坐在汽车里看电影完全谈不上舒服：如果你坐在司机座，你得一直抵着方向盘。如果坐在后座，屏幕也看不清，除非你有先见之明，来看之前就把挡风玻璃擦干净，否则你就得透过被压扁的虫子和道路上灰尘的污渍看电影。那小喇叭里传出的声音总是恐怖而又尖细，弄得每个演员都像是在更衣室的衣箱里说话一样。新英格兰地区的夜晚都比较凉爽，如果你关上车窗保暖的话，这整个晚上你就得不停地用胳膊擦去挡风玻璃内侧凝结的水汽。有时候还会下雨。最要命的是，实行夏时制也就意味着不到晚上10点，天完全黑下来以后，是看不清电影的。

整个露天场地大得可以跑250米了，算上我们的车，也只有六七辆停在里面。我们坐了相当长时间，眯着眼睛盯着遥远屏幕上那暧昧朦胧的影子。

“我看不见。”后排座传来一个声音。

“因为天还不够黑。”我说。

“那他们干吗还放呢？”

“如果等到10点再开始放，就没人来看了。”

“现在也没人来看啊。”

“谁想要糖果？”我狡猾地转换了话题。

我把孩子们带去小卖部，给他们买了足够一个中型社区吃半年的东西。等我们回到车上，天已经够黑，屏幕上的影像也能看清了。可是我们的喇叭还是没声音，于是我们换了个位置。就这么会儿工夫，布莱德利已经打翻了他自己的爆米花、一瓶24盎司的苏打水，还有一盒麦芽牛奶球。

于是我跳出车外，用后备厢里的旧毯子把他给擦干净。然后我儿子又叫起来，说要去上厕所。

“你也要去吗，布莱德利？”我甜甜地问。

“不。”

“真的吗？”

“是。”

“那你可不要等我回来又说要去哦。”

“是。”

我带着儿子去了洗手间，等我们回来的时候，布莱德利马上宣称他现在也要去了。“憋不住了。”他还强调一下。

于是我又带布莱德利去了。等我们从洗手间转回来，电影已经放到一半了，没人知道到底是什么故事，似乎这个新的喇叭比那个旧的还要糟糕。

于是我又点火开车，指导孩子们把饮料和爆米花抓紧了，从位置上退出去，喇叭里传来尖利而恐怖的噪声。

“车开动前，你得把喇叭放回原处。”布莱德利明智地指出。

“你说得很对，布莱德利，”我赞同他的意见，“不过如果我现在想绞死谁的话，这电线还真好用。”

布莱德利马上宣称他又打翻了饮料得去趟洗手间。于是我又给他从上到下擦了一遍，带着孩子们去小卖部买了更多零食。等我们回来的时候，电影正在收尾。实话告诉你，我们一共看了17分钟电影，大概8分钟是有声音的。

“下次你再要浪费22块钱玩什么愚蠢的花样，请你告诉我，我邮寄一张支票，这样我们就可以待在家看电视了。”我太太提议。

“好主意。”我表示赞同。

官样文章

我一点都不想告诉你，想让外籍配偶或者是情人什么的在美国合法居留是多么令人沮丧的事情，因为我的专栏空间不够，而且这也很无聊。还有，说起这件事，我不可能不号啕大哭。还有，你会觉得大部分都是我捏造的。

我们的一位熟人——一位地位颇高的英国学者——对于她女儿问他的问题瞠目结舌，因为问题是这样的："你曾经从事过任何非法商业恶行，包括但不限于非法赌博吗？""你曾经加入过，或者以任何形式附属于极权主义政党吗？"还有——我最喜欢的——"你计划在美国实行一夫多妻制或者一妻多夫制吗？"需要指出的是，他女儿才五岁。如果我告诉你这个，你肯定会笑起来。

要知道，我已经泣不成声了。

如果一个政府向任何一个人提出这样的问题，那么这个政府的问题就大了，并不只是因为这些问题极不礼貌而且毫无关联，也不仅仅是因为询问个人的政治倾向就是对我国宪法的公然违抗，最主要的，是因为这些问题是对个人时间极其荒谬而又重大的浪费。毕竟，你问任何人他是否会参与种族大屠杀、间谍活动、重婚或者任何一种来自又臭又长偏执多疑的清单上所列举的令人厌恶的活动，他都会说："我肯定会的！那么这个会妨碍我的居留申请吗？"

如果这一切只不过是起誓并回答一系列无聊问题，那么我只得叹一口气然后随它去了。不过事实上远远不止这些。取得美国的合法地位还包括指纹、体格检查、血液测试、宣誓书、出生和婚姻证明、雇佣记录、经济地位证明等——所有材料都得按照非常特别的方式汇总、公证、提交以及付款。我太太最近得来回跑250英里去美国移民归化局认可的诊所提交血样，尽管美国最好的大学附属医院之一就在我们所住的小镇上。

表格是怎么填都填不完的，每一页都有填写须知，通常和别的须知又相互矛盾，而结果又总是指向更多表格。以下段落摘自有关提交指纹的典型须知：

"在FD-258表上提交一整套指纹……在表格上部填写好完整信息，然后在标有'你的编号OCA'或者'杂项编号MNU'的空格里填上你的A#（如果有的话）。"

如果你没有FD-258表格（你肯定没有）或者你不确定你的MNU号码（你肯定不确定）是哪一个，你就得花好几天的时间不断拨打永远忙音的电话号码，好不容易打通后，一个疲惫且加班过度的声音告诉你拨打另外一个号码，这个人口齿有点不清，你也没听清楚，于是你得把整个程序再过一遍。过了一会儿你开始明白，为什么蒙大拿州这种地方眼神冷峻的牛仔们会把自己的牧场筑成碉堡，并且威胁要开枪打死那些愚蠢地走进瞄准器里的政府官员了。

尽你最大的能耐把表格全部填好整理好也不是件好事，因为如果有地方出了错，哪怕是很小的地方，你的整套材料都会被退回。我太太的材料就曾经被退回过，因为她的护照照片上下颚和发际线之间的距离超过了1/8英寸。

我们办这件事情已经两年了。要知道我太太不想做脑外科手术，不想从事间谍活动，不会协助或者串通贩毒，不参与推翻美国政府（坦率地说，如果她想，我不会拦着她的），或者参与任何被禁止的活动。她只是想购购物，然后和她的家人一起成为合法居民。这个不需要这么长时间吧。

天知道这结果要什么时候出来。偶尔我们接到通知要求补交材料，我每过几个月会写信去问一下，偶尔恳求出来个真人答复一下，因为有一个人认为：把例行公事无限期拖延完全是对政府开支和个人时间的荒谬浪费。不管怎么样，我从来都没有得到答复。

三周以前，我们收到一封从伦敦的INS办公室寄来的信，我们本以为应该是官方最后的批准了。可笑的是，那只是一封电脑生成的信件，上面说因为我太太的申请被冻结了12个月，所以已经被取消了。冻结！取消！带我到藏枪的壁柜那儿去！

前面说了这么多，但其实我想说的是一对与我们同在汉诺威镇上的英国朋友的故事。丈夫是达特茅斯学院的教授，18个月前，他和他家人回英国去度年休。到达伦敦希思罗机场的时候，他兴奋不已。移民官问他们准备待多长时间。

“一年。”他红光满面地回答。

“那你的美国孩子怎么办？”移民官的眉毛都竖起来了。

他们最小的孩子是在美国出生的，他们也从来没有特意去给他办理英国身份。孩子只有四岁，所以不存在找工作或者干别的事情的可能性。

他们解释了这个状况。那位移民官听的时候一脸凝重的神色，然后去咨询长官的意见。

我那对朋友离开英国也有8年了，他们也不知道这期间英国变得到底有多像美国。于是他们不安地等着。过了一分钟移民官回来了，后面跟着他的长官，低声告诉他们："我长官准备问你们要在英国待多长时间，你们就说'两星期'。"

于是那长官问他们要待多长时间，他们说："两星期。"

"好的，"长官回答，然后似乎是刚记起来一样又补充了一句，"如果你们想要延长停留时间的话，最好这两天给孩子办好英国身份。"

"当然了。"我朋友回答。

然后他们就入境了，就这么简单。这个似乎比我们这里要简单10倍吧——不，1000倍。让我一直吃惊和失望的是，在美国这样一个以友爱助人之风著称的国家里，政府机构竟然完全不能体现这些美德。

现在请容我告辞，我要去囤积点弹药。

人生之惑

大多数事情对我来说仍是谜团，我真的不懂。对于那些高谈阔论家庭配线或者汽车引擎扭矩率的人，我总是充满敬畏，因为恐怕我不是那样的人。我记得多年以前刚买第一辆车，人家问我引擎有多大。我非常诚恳地回答："哦，我不知道。大概有这么大吧。"然后伸开手臂比画了一下尺寸，我才意识到我绝不是讨论技术问题的料。

因此，如果我说大多数事情对我来说仍是谜团，我的态度是很诚挚的。我不懂化学、解剖学和生理学、数学（除了找零钱的运算）、地球物理学、天体物理学、粒子物理学、分子生物学，还有报纸上的天气图等。我不知道"酶"是什么东西，也不明白什么叫"电子""质子"，还有"夸克"。完全没有一点概念。我甚至连自己的身体都没搞清楚：比如说我说不出脾脏是干什么的，以及它的位置在哪里。要不是我的内分泌腺跑出来刺激我，我都不知道有这样东西。

几乎每一样我们这个时代的技术创新对于我来说只有摸不着头脑和瞠目结舌的份。就说手机吧，我一辈子都想不出来这东西的工作原理是什么。为了进一步说明我的观点，请想象一下，你在纽约而我在内布拉斯加州的麦田里，然后你打我的手机。那么你在纽约所发出的信号怎么知道跑到内布拉斯加的麦田里来找我呢？我们用两部手机谈话的时候我们的声音到底在哪里来回跑动呢？为什么我们不用大声吼叫，对方就能听见呢？如果现代科学能够让声音在稀薄的空气中传播几千英里而不失真，为什么不能以同样的方式来送比萨饼呢？我又为什么要跑到内布拉斯加的麦田里去呢？

你懂我的意思了吧？我就是对大多数事情摸不着头脑。以下是我从来都没能想通的另外一些问题：

电灯发明以前那些昆虫晚上干什么呢？

为什么我现在头顶上的毛发越来越稀疏而鼻孔里的却越来越茂密？

电话铃响的时候，为什么总有人问："是电话在响吗？"

为什么玻璃缸里的鱼只吃一点点鱼食却总是活力四射？那些鱼食到底具体是什么做的？人们怎么能够断定这东西就是鱼真的想吃的呢？

为什么电梯上都贴着"最大承载负荷1200磅"这类标志呢？为什么这些标志老是放在电梯内侧，等人家发现的时候不是为时已晚了吗？看到这条标志你准备怎么做呢？你是不是会转过头去问旁边的人，"我大概有210磅，你们一共有多重"呢？你会不会计算完毕之后把那些偏重一点的人赶出去呢？

有没有可能有的人吃了那种"我简直不敢相信这不是黄油"的

东西[1]，然后拒绝相信那真的不是黄油呢？

为什么女士皮鞋上皮革成分越少，价格却越高呢？

单人纸牌游戏到底是怎么发明出来的呢？这问题已经困扰我多年了。你给我一堆牌然后无穷无尽的时间，我也想不出可以把牌分成7份不等份，然后将剩下的牌洗3遍，把这些牌按照不同花色降序排列，从上面开始再分出4堆，并按照同花一组升序排列，一直到最后。我死也想不出来这个主意。绝对想不出。

为什么我们要从心“底”里感谢某人呢？为什么不是从心的“中间”感谢某人呢？真的，为什么不说“整个”心感谢呢？为什么不说“心谢”“肺谢”“脑谢”“脾谢”等等呢？

为什么迪克·维塔[2]不能找点更加安静的方法谋生呢？

为什么我们做了傻事的时候，我们会说“给你个教训，下次就会做什么什么了”，而其实我们真正的意思是“给你个教训，下次就知道不要做什么什么了”呢？

为什么深更半夜电话铃响全都是拨错号码的呢？

为什么飞机、火车还有汽车总是在你迟到的时候准点出发，而在你准点到的时候延误呢？

为什么不管你购买之前如何仔细地检查盆栽植物，你总是选中那盆得了绝症的呢？

我的电脑是怎么知道在每年春季和秋季转换正常时制和夏时

1 指人造黄油，口感和黄油几乎一样。

2 Dick Vitale为美国著名篮球评论员，以热情活泼精神饱满的播音风格而著称。

制，但是搞不清我每次只想突出显示一个词的时候，我真的只是指那一个词而不是后面所有的东西呢？还有，为什么每次我开机的时候，它看上去就像以前从来没有启动过一样呢？为什么它无法像收音机或者音响一样一按就开呢？为什么它每次都得检查“五脏六腑”，然后公布享有版权的每个人的名字呢？最重要的是，为什么每次我关机的时候，它会弹出一个小窗口询问我：“确认要关机吗？”

为什么我们说“埋单”，而不说“挖单”呢[1]？为什么我们把“上下颠倒”说成“头在脚上[2]”，其实我们的头一般来说确实是在脚的上方啊？为什么我们可以说“慢上来”（slow up）却不能说“快下去呢”（speed down）？为什么我们把快速移动的东西描述成moving fast，但把根本不动的东西也描述成stuck（stick）fast呢？为什么我们把鼻子流鼻涕说成“跑步的鼻子”（running nose）呢？（矿山要崩塌了吧。）

我们居住的这个世界为什么能够测量最远的星星、以音速的两倍速度旅行，以及探测幽深的海底，但不能够制造出能派上点用场的削铅笔器呢？

最后也是最重要一个问题：为什么在一个自由社会里，还有人愿意当牙医呢？

1　原文为Why do we foot a bill rather than，say，head it?

2　译者注：原文为head over heels

诉讼大国

我在英国有位学术界的朋友，最近一家美国公司聘请的律师与他接触，请他出任他们手头上某案子的专业见证人。他们告诉我朋友，要派一名负责律师和两名助手飞到伦敦来与他会面。

“我一个人飞到纽约去岂不是更简单更便宜吗？”我朋友提出建议。

“确实，”对方毫不迟疑地回答，“可是我们的差旅费是由客户报销的。”

这下你知道美国律师们的工作理念了吧？

我毫不怀疑，相当多的美国律师——数字还要翻倍——工作都非常出色，完全对得起客户付给他们1小时150美元的律师费，我猜现在的费用大概如此吧。不过问题是律师的数量太多太多了。实际上——这个数据非常发人深省——美国的律师总数为80万，比世界上其他所有国家的律师加起来还要多。早在1960年，美国就已经有26万名律师了，我们现在引以为豪的是，每10万名美国公民拥有300名律师，而对比之下，英国每10万公民拥有82名律师，日本只有11名。

当然这些律师都需要工作，大多数州现在允许律师登广告，很多律师对此十分热衷。你看半小时电视就至少会碰到一个这样的广告：某位相貌诚恳的律师告诉你："嗨，我是'曲解圆滑'律师事务所的文尼·斯利克[1]。如果您在工作中受到伤害，或者碰上车祸，或者感觉钱比较多，请来找我，我们可以找人来告。"

众所周知，美国人太喜欢因为帽子掉了这样的区区小事而闹上法庭了。实际上，我敢说就有某个地方的某个人曾经为帽子掉了这样的事起诉过别人，还赢得了2000万美元的精神损失费。美国人的普遍认识是，如果你周围的某个人不管因为什么原因出了事，那么你就应该去讨一大把钱。

几年以前的一场官司就是最好的例证。加利福尼亚州的里士满有一座化工厂发生了爆炸事故，烟雾弥漫到了附近的小镇。几小时工夫就有200名律师和他们的代表赶到这个一片沸腾的小镇，四处分发名片告诉人们去当地医院检查，于是20,000名居民蜂拥而去。

爆炸事故的新闻报道看起来和野外狂欢派对差不多。只见20,000名开心微笑、看上去无比健康的居民排队在当地医院的急诊室接受检查，只有20人住院。尽管得到证实的受伤人数很小，但至少有70,000人——实际上所有的居民都提出索赔。化工厂最后同意赔偿18,000万美元，而其中有4000万进了律师们的腰包。

在这样一个超级喜欢打官司的国家每年提交的诉状就有9000万起，也就是平均每2.5人打一个官司，而且说得好听一点，其中有很多是

1　斯利克，Slick为"狡猾"的意思。

"野心勃勃"的诉讼者。我写这篇文章的时候，得克萨斯州的两位父母就在起诉一位高中棒球教练，理由是在一场比赛中他让他们的儿子坐了冷板凳，导致孩子受辱及遭受极端的精神痛苦。同时，在华盛顿州，一位有心脏问题的男人状告当地乳品公司，"因为他们的牛奶盒上没有警告他注意胆固醇"。我想你最近也听说过加州的一位妇女把迪士尼公司告上法庭，就因为他们一家在迪士尼乐园的停车场里被人抢了。这场诉讼的焦点就是，她的孙子们被带离现场接受安抚时，目睹迪士尼人物脱下衣服，因此而惊恐万分留下了心灵的创伤。发现米老鼠和高飞其实是真人假扮的，这对于可怜的小朋友来说当然是难以承受的现实。

这案子法庭不予受理，可是在别的地方，有人打官司索赔来的钱大大超过了他们实际所遭受的痛苦或损失。最近有一件闹得沸沸扬扬的案子：一位密尔沃基啤酒厂的主管对一位女同事重演了《宋飞外传》[1]里的一个黄段子，女同事气急败坏以性骚扰罪将他告上法庭。啤酒厂随即也解雇了他，他又起诉该厂。我不知道这三方到底应该得到什么结局——听上去觉得似乎三个人都该打屁股——可结果是颇具有同情心的（痴呆的）陪审团让那位遭解雇的主管获得了2660万美元的赔偿，几乎是他年薪的40万倍。

这种事还有变本加厉的。就在我写这篇东西的时候，理查德·尼克松家族起诉政府要求获得2亿1千万美元赔偿——请允许我重复一遍，2亿1千万！——以弥补政府因水门事件强行扣留文章文件作为证据，造成尼克松家族无法使用而蒙受的损失。你当然明白我说的是什

1 《宋飞外传》，*Seinfeld*，美国著名电视连续剧，长达九季，于1989年到1998年播出。

么意思。一位美国总统在犯下极其愚蠢的非法行为后，羞耻难当地从宝座上被赶下来，24年后他的家人居然找国家索要2亿1千万赔偿。看来克林顿打官司，借口一面玩桃色丑闻，一面治理国家，而要求赔偿精神损失的日子应该不远了。他肯定至少索赔上十亿。

美国人认为不管值不值得，打官司都是迅速致富的一条路，说到底，这也是由于只有美国才有的一种有趣观点：不论发生什么事，都要有人来负责。因此，比如说你每天吸80支烟，持续50年，最后得了癌症，那么除了你以外，谁都得为这个负责。你要起诉的不光是卷烟厂还有批发商、零售商和把香烟传递到零售商手里的物流公司等。美国的法律体系最为鲜明的特征就是，允许原告状告那些与法律控诉几乎无关的个人和企业。

由于美国法律体系的运作方式（准确地说这个体系根本不起作用）十分特别，对于公司或者机构来说，通常庭外和解比上庭受审要更便宜。我认识的一位女士下雨天去百货公司滑一跤跌倒了。让她又惊又喜的是，百货公司几乎是马上给了她一份价值2500美元的协议书，如果她签字同意不上诉，那么钱就归她了。她当然签了字。

在美国，有人绊到障碍物摔倒这类事情引起的赔偿金额极其庞大，少说每年也有几十亿美元，单纽约市每年花在“摔倒”方面的开销就高达2亿美元。美国广播公司（ABC）最近播出一部讲述美国失控的法律体系的纪录片，其中提到因为产品质量保证成本日益攀升，美国的消费者每买一辆车得多花500美元；每副橄榄球头盔多花100美元；每只心脏起搏器多花3000美元。纪录片里还说，美国人甚至在美发方面都多花了“冤枉钱”，因为有那么一两位顾客发现头发理得一塌糊涂，一怒之下将理发师告上法庭且胜诉。其实理了个一塌糊涂的发型对我来说是家常便饭。

所有这些自然促成了我的一个观点：我要开始每天吸80根烟，喝高胆固醇的牛奶时不慎跌倒，照搬《宋飞外传》里的黄段子，演给迪士尼乐园停车场里某位路过的女士看，然后我打电话给文尼·斯利克，看能否谈成一笔生意。低于25亿的赔偿金我不干，最近剪过的发型还没提呢！

作茧自缚

那天我出去散步遇上一件怪事。当天阳光无比灿烂，大概这样的天气已接近尾声，随之而来的将是漫长而又寒冷的日子。不过，几乎所有路过的车辆都紧闭着窗户。

所有这些司机都已经将他们封闭车辆内部调整到舒适的温度，其实和外面大自然的温度也差不多。我觉得在对待新鲜空气方面，我们已经神志失常，完全失去了平衡感。

人为控制的环境的确极具诱惑力，我们的成长经历使得我们不由自主地习惯于在人为控制的一系列环境下过一辈子，大多数人完全不考虑其他选择。因此，我们在封闭的商场里购物；即使天气像今天一样晴朗宜人，我们也要驾着闭上窗户开着空调的汽车到商场去；我们在窗户无法开启的写字楼里办公，即使我们想开也没办法——当然了，在办公室里有谁想开窗户呢？我们连去度假时都经常待在超大型引擎发动的“房子”里，不用把自己暴露在外也能欣赏到大自然的美景；而且我们现在去看体育比赛也越来越多的是在室内体育馆里；我们少年时代玩过的那些典型美国式的活动——骑自行车兜风，奔向公园，玩捉迷藏或者是各种球类游戏——现在已经消失殆尽了。夏天散步走过任何美国人的住宅区，你都看不到小孩子玩这些游戏，因为他们全都在室内，你所能听到的只有千篇一律的空调噪声。

整个美国的大小城市都爱上了那些名为“人行天桥”的东西——封闭式行人过街天桥，当然也是装有温控设备的——它们将市中心的所有建筑物连接起来。在我的家乡艾奥瓦州的得梅因市，25年前第一座连接一家饭店和停车场的人行天桥建成，简直轰动一时，其他闹市区的商家纷纷效仿。如今你一路走到奥马哈[1]去，走了一半路程都难以呼吸到新鲜空气。市内所有原来在地面一层的商店全都搬到二楼，因为行人都在二楼。现在你在得梅因大街上能看到的人，只有酒鬼和出来抽口烟的办公室白领。你看，室外就这么变成了炼狱，把你给驱逐了出去。

办公室白领们甚至组织了这样的俱乐部：中饭时间换上运动装，沿着人行天桥上的指定路线进行轻松而有益健康的散步活动。退休的人也组织了类似的俱乐部，全国各商场几乎都能看到。你要知道，这些人在商场碰头不是去购物，而是去锻炼身体。

上次我回得梅因时，偶遇一位亲朋，他穿着运动装，红光满面，一看就知道最近在进行体育锻炼。他告诉我他刚参加完“谷西商场散步俱乐部”的一次活动。那天是四月艳阳天，我问他为什么俱乐部不组织去市里哪个又大又漂亮的公园里去散步。

1　内布拉斯加州最大的城市。

“这里又不下雨，又不冷，不用爬山，也没有抢劫犯。”他想也不想地回答我。

“可是得梅因没有抢劫犯啊。”我指出。

“对的，”他马上表示赞同，“你知道为什么吗？因为没有人待在室外呗。”他又表示强调地点了点头，似乎我根本没有想到这个原因，不过我确实没有想到过。

田纳西州纳什维尔市的奥普里兰饭店，更是将这一神奇的运动顶礼膜拜到了极致，我前不久因为杂志派发的任务刚去过那里。奥普里兰饭店十分与众不同：首先，体积庞大无比，简直是一个自给自足的小城，只不过实在丑陋不堪，就是把“猫王”故居[1]，《乱世佳人》中的南方建筑和美国式大商场的风格糅合在一起。

可是奥普里兰饭店真正的特色在于它就是一个纯粹的室内环境。正中心是三个硕大带玻璃屋顶的中庭，有五六层楼高，占地总面积九英亩。整个建筑既能提供所有室外活动的益处，又避免了所有不便。饭店十分高兴地把自己称作“内景观建筑”，如今这类建筑物中应有尽有：热带植物、完整的树木、瀑布、小溪、“露天”餐馆和咖啡馆还有多层人行道。那效果简直就和20世纪50年代《大众科学》杂志中描绘金星上太空殖民地的插图惊人地相似（当然，如果所有太空殖民者都是穿耐克运动鞋、戴棒球帽的中年胖子，一边啃着手里的东西，一边走来走去的话）。说得简单一点，这种建筑就是一个毫无瑕疵且自给自足的无菌世界，气候恒定不变近乎完

1 “猫王”故居，即Graceland，位于田纳西州孟非斯市，为白色立柱式建筑，为著名摇滚歌星猫王所有，2006年被列为全国著名历史建筑之一。

美，而且没有肮脏的飞鸟、讨厌的昆虫、变化无常又令人烦恼的天气，也没有任何真实世界的感觉。

住在里面的第一晚，我就急于逃离那一拨拨四处晃荡的食草动物[1]，想要看看地球上的天气到底如何。我走到室外，想在真实的大地上随意散散步，然后你猜得到我发现什么了吗？根本就没有大地——只有连绵数英亩的停车场，似乎延伸到了地平线的尽头，就像是茫茫一片内陆海洋，离我几百码远的地方是奥普里兰乐园的围墙，不过通过询问我发现，从饭店去乐园的唯一途径就是，花3块钱乘45秒空调车到乐园大门。

除非你想在成千上万的汽车中间散步，否则根本就没有地方让你呼吸新鲜空气，然后伸展一下胳膊和腿。在奥普里兰饭店，室外便是室内，而且让我不寒而栗的是：如果这样的世界真的有可能存在，数百万人都愿意过这样的生活。

现在我站在那里，一只鸟在我左脚大拇指处的鞋上扔下点东西，一般来说你不会喜欢“鸟扔下的东西”（造了一个词）。我本来在仰望天空，现在低下头看看鞋再抬头看天。

“谢谢你。”我说，我想我差不多就是这个意思吧。

1　作者暗讽那些忙于健身素食的人。

航班惊魂

有一次，我乘短途飞机，从波士顿到新罕布什尔州的黎巴嫩市，路上出了点意外，让我严肃认真地感知到死神的存在——你知道，它就在那里，飘来荡去——而且我的名字就在它的生死簿上。

飞行时间只有15分钟，要飞过马萨诸塞州北面的老工业城市群和新罕布什尔州南部，然后直飞过康涅狄格河，可以看到青山和白山那丰润的群峰慵懒地躺在那里。那天是十月晚秋的下午，时钟刚刚调成冬时制，起飞前我还希望能抢在白天溜走之前欣赏山峰上秋色中那浓烈橙红的重彩，可是起飞五分钟后，我们那16座的小飞机就被鲜活的云团给重重包裹起来。很明显，今天是没有壮观的美景可看了。

所以我就开始看书，尽量不去注意气流，也不让我满脑子都是不好的念头，比如碎裂的翅膀，还有直坠向大地那漫长的过程，耳边是尖利的呼啸这类幻想。

我讨厌小飞机，虽然大多数飞机我都不喜欢，但对于小飞机我真的心怀恐惧。因为小飞机又冷又喜欢上蹿下跳，且发出怪异的噪声；它们承载的旅客太少，所以一旦坠毁也不容易引起公众的关注，但事实上坠毁事故发生得相当频繁。几乎每天你在任何一种报纸上都能读到这样的文章：

> 印第安纳州德里伯维尔——今天邦斯航空公司[1]一架16座客机从德里伯维尔地方机场起飞后不久突然起火坠毁，机上所有乘客和机组人员共9名全部遇难。目击者声称飞机在天空中翻了四个“8”字形跟斗，随后从1892英尺高空向下坠落了很长时间，约一小时后落到地面。这是自星期天以来第11次不为众人所关注的客机坠毁事件。

其实飞机掉下来并不是什么罕见的事。1997年一架从辛辛那提飞往底特律的客机坠毁，其中一位遇难乘客本来是飞去参加她哥哥的葬礼，而她哥哥也是两周前在西弗吉尼亚州的飞机坠毁事故中罹难的。

因此那时候我就尽量集中注意力看书，可是我总忍不住瞟一眼窗户外面那无法穿透的漆黑一片。大概起飞后一小时——比平时晚——我们开始从颠簸的云层中下降，回到清澄的空气当中。这时候地面上的景色朦胧可见，离我们几百英尺，正在落山的太阳投射出最后几缕光线，只看到几所农庄，不过没有城镇。我们的周围全是威严而雄伟的山脉，高高耸立。

1 原文为Bounce Airlines，有“剧烈运动”的意思。

飞机又爬升回云朵里，绕了几分钟圈子后，再次开始下降。仍然是看不见目的地的影子，连住宅区都看不到，有点让人想不通，因为康涅狄格河谷中小镇林立，而这里除了黑沉沉一望无际的森林之外什么都没有。

我们又开始上升，然后此动作重复了两遍。几分钟后，飞行员讲话了，是飞机驾驶员那种冷静镇定的声音："不知道大家有没有注意到，呃，我们出了点小问题，无法定位机场方向，主要是，呃，恶劣天气影响。目的地没有雷达，所以我们得用肉眼来定位方向，因此，呃，难度比较大。整个东海岸全部被浓雾笼罩，因此转去其他机场降落毫无意义。无论如何，我们会尽力，因为有一点可以确定的是，迟早这架小机器都要降落在什么地方的！"

实际上，最后那一行是我加上去的，不过那才是整个段落的精髓所在。我们在云层和黄昏的微光里四处乱撞，想找到一个藏在山谷中的机场。到现在我们已经飞了90分钟了。我不知道这些飞机的飞行原理是什么，不过很明显飞机燃油是会耗尽的。还有，我们像无头苍蝇那样在云层里乱撞，随时都会撞上山体。

这太不公平了，我只不过是离家已久，归家心切而已。家里的孩子洗得干干净净，散发着肥皂和干净毛巾的香味，正等着我回去。晚餐也准备好了，有牛排可能还有洋葱圈呢，美酒更是已经斟好，可以开怀畅饮。我还要分发礼物给每一个人。飞机要是真的撞在山上，这可真不是个好时候。于是我闭上双眼，内心无比诚挚地默默祈祷："求求你，求求你，求求你，求求你让飞机安全着陆吧，我会一直表现得非常出色的，我是认真的。谢谢你。"

我的祈祷还奇迹般地起作用了。飞机从云层中挣扎出来，有六分之一的机会撞上下面的屋顶、灯箱还有凯玛特购物广场里特别矮胖的顾客，因为它的街对面就是机场的范围。我们的飞机有点偏离航道，可是驾驶员突然向内侧转了一下，将飞机带回到滑行道。这种动作要是在别的场合，我早就尖叫起来。

之后飞机的降落倒是四平八稳，我从来都没有这么开心过。我太太在机场出入口外坐在车里等我，回家路上我告诉她今天在天上的险情。不过要让人相信你差一点就死于飞机坠毁，相对于你真的死于飞机坠毁来说比较困难，因为前者根本就不是个吸引人的故事。

“可怜的甜心，”我太太安抚我，可是略有点心不在焉地拍了拍我的腿，“好了，马上到家了，烤箱里有‘至尊花椰菜’等着你呢。”

我看着她。“‘至尊花椰菜’？什么鬼——”我清了清嗓子，换了新的声音，“亲爱的，到底什么是‘至尊花椰菜’呢？我以为是吃牛排呢。”

“本来是这么打算的，可是这个对你来说更健康一点。玛姬·希金斯给我的菜谱。”

我叹了口气，玛姬·希金斯是热衷于健康而又好管闲事的人，她坚定地相信所谓健康饮食。对于我来说，健康饮食就是诸如“至尊花椰菜”之类的菜肴。于是她彻底成为我生命中的克星，至少是我的胃的克星。

生活其实很有趣，对吧。一分钟前你还在祈祷活下去，发誓默默承受所有艰难困苦，下一分钟你就想象着以头撞汽车仪表板，然后想：“我想吃牛排，我想吃牛排，我想吃牛排。”

“我有没有告诉你，”我太太接着说，“玛姬那天染头发的时候睡着了，结果她的头发染成了亮绿色？”

“真的？”我振奋了一点，这确实是个好消息，“你是说，亮绿色？”

“是啊，每个人都说她那是柠檬黄，可是我真的觉得看上去像阿斯特罗人造草皮。”

“太棒了。”我回答，的确如此。我的意思是，今天的一个祈祷居然灵验了两次。

餐车[1]颂歌

几年前，我作为先遣部队，肩负全家重任去找个合适的地方居家过日子，我去考察过马萨诸塞州的亚当斯市，因为那地方的主街上有一家漂亮得不得了的老式餐车店。

不幸的是，后来我不得不将亚当斯市从备选名单上划去，因为我想不出这地方除此之外还有什么别的优势，大概这里真的没有什么特别。不过我还是相信当年如果在那里安家也会很开心的，因为有了餐车店。

餐车店曾经风靡一时，不过就像那些曾经流行的事物一样，如今也很难看到了。两次世界大战之间是它的黄金时期。由于实行禁酒令[2]关闭了众多的小酒馆，人们需要有个吃午饭的地方。从商业的角度来看，餐车店这个主意非常吸引人：收购和日常运营的成本并不高，因为全套设备都是由工厂生产定制。有了一家餐车店，你所需要做的就

1　造型类似车厢的小型活动餐馆。

2　1920年—1933年美国第十八条修正案禁止生产和销售烈性酒的实施期间。

是把它放在一片空地上，接通自来水和电力，然后就可以开张了。如果那里生意不太好，你可以雇一辆平板大货车，把餐车店运到别的地方碰碰运气。到20世纪20年代末，全国有十几家公司大规模生产餐车店，几乎全是所谓“现代式”流线型装饰派风格，不锈钢外表闪闪发光，内部是抛光黑木饰板和更加光亮的金属材料。

餐车店的拥趸都是有点过分执着的人。他们可以跟你大讲某个餐车店到底是1947年库尔曼蓝色彗星式，还是1932年伍斯特半流线型式。他们欣赏餐车店上的设计细节，然后判断这个餐车店到底是拉尔夫·穆齐的“星光”工厂出品，还是出自“欧马汉尼”工厂的。他们还会开车不远千里去参观一座保存完好的“斯特灵”餐车，这种型号在1935年到1941年间只生产过73辆。

不过他们绝口不提餐车店供应的食物，因为餐车店的饭菜实在是随处可见——也就是说乏善可陈吧。我太太和孩子们就因为这个理由都拒绝陪我去餐车店吃饭。他们所无法理解的是，去餐车店吃饭其实意不在吃，而在于保存一种重要的美国传统文化。

我所生长的艾奥瓦州没有餐车店，它们几乎只在美国东海岸地区出现，正如奇形怪状的餐馆（状如肥猪、甜甜圈和礼帽）也只是西海岸地区的特色一样。我们那里最类似餐车店的是浣熊河边的厄尼烧烤店。那里所有的东西都脏兮兮油腻腻的，包括店主厄尼，做的食物也难吃得要命，不过整个店铺还真有点餐车店的特色。餐车店里通常有一条长长的柜台和转椅，靠墙一溜火车座，里面的食客看上去像是刚刚在森林里杀死一头大个儿的动物一样，可能是用牙咬死的吧，还有就是店里流行餐车店式的隐语。等你点好菜，女招待会用某种无法解开的密码向厨房高喊："一点上两点——布莱油多点。滴在平底锅上朝桶里咳两下。"或者别的什么话，反正是让人顿生警惕而又迷惑不解。

可是厄尼的餐馆是一座四四方方蹲坐在那儿的无名砖房，完全没有一流餐车店的那种流线型魅力。因此，几十年后家人委托我在新英格兰地区找个好地方安家的时候，我所列的条件清单上餐车店便位居前列。唉！要找到一家餐车店真的是越来越难了。

我们最终选择的汉诺威镇有家历史悠久的餐馆，名为"卢氏"，去年才举行过15周年店庆。这家餐馆的装修风格和表面的气氛就非常像餐车店——它有火车座和长长的柜台，还有繁忙的感觉——不过这是家真正的餐馆。他家的菜单上主打菜是蛋奶火腿蛋糕和墨西哥玉米饼，而且颇为自家新鲜水嫩的莴苣感到自豪。这里的食客通常都是穿着考究的雅皮士[1]，很难想象这些人的汽车前盖上还绑着一只鹿。

我们搬家到汉诺威大概六个月以后，有一次我沿着邻近的白河结地区开车兜风，发现路边有一片名叫"四英亩"的社区非常特别。我走进去一看，里面居然有一家几乎全新的二战后早期生产的伍斯特式餐车店，你可以想象得出我的惊喜。那地方太棒了，连饭菜都口味一流，这让我有点失望，不过我已经学会了承受失望。

没有人知道有多少像那样的餐车店至今还保存完好。可能还是定义的问题吧，餐车店就是供应食物并自称餐车店的地方。按照最

1　城市中的年轻人，通常为高收入的专业人士。

广义的定义来看，美国至今还有2500家餐车店，可是真正在外营业的，也就是“经典”餐车店还不超过1000家，这个数字每年都在减少。最近加利福尼亚州最古老的餐车店“菲尔氏”关门谢幕了。这家店自从1926年开始就在洛杉矶营业，按照加州的标准来看，它简直和英国的巨石阵[1]一样源远流长，可是它的消失几乎无人关注。

大部分餐车店都无法与大型快餐连锁店竞争。传统的餐车店都很小，只有大概8个火车座和差不多12个柜台餐位，有女招待服务以及按点单烹调食物，因此它们的营业成本相对较高。此外，大部分餐车店都很陈旧，因为在我们这个时代，维护餐车店比更换餐车店费用更高。新泽西州的泽西市有位餐车迷买了一家旧餐车店，随即他十分恐惧地发现，想要恢复餐车店旧貌大约需要花90万美元——大概要二十年才赚得回来，还不如把餐车店给拆掉，然后把这块地盘转让给塔可钟[2]或者麦当劳，这样更有利可图。

如今我们看到更多的是“虚构主题”餐车店。上次我去芝加哥的时候，朋友带我去一家名叫“埃得·德比维奇”的餐车店里吃饭，那里的女招待都戴着徽章，上面写着她们的名字，诸如“泡泡”“金发”之类，墙上挂满了老板埃得赢来的保龄球奖杯。可是埃得·德比维奇这个人根本不存在，他只是市场营销人员策划出来的虚构人物。没关系，埃得在哼小曲呢。曾经，真实的餐车店遍布大街小巷的时候，喜欢外出就餐的人对它们嗤之以鼻，如今却排队

1 Stonehenge为英国南部索尔兹伯里的直立石柱群，可追溯至公元前2000年左右，其具体功能和建造者仍未知。

2 塔可钟，Taco Bell，经营墨西哥菜的连锁快餐店。

追捧这些假模假样的东西。如果说所谓摩登生活有什么东西让我百思不得其解的话，那么就是对我们等不及要抛弃的东西，却大肆追捧的冲动让我困惑。

这种潮流在迪士尼乐园也有，人们蜂拥到乐园里的主街上逛来逛去，其实早在20世纪50年代，这种商业街就已经被人们大规模地抛弃。还有像弗吉尼亚州的威廉斯堡和康涅狄格州的米斯蒂克，这类恢复旧貌的殖民地时代风格的村庄也是一样，开车到那里去品味简洁宁静的氛围，路途遥远且价格不菲，这和很久以前人们纷纷逃进郊区住宅区寻找世外桃源一样。对于这种风潮我始终无法理解，不过似乎如今在美国，我们真正想要的就是那些完全不真实的东西。

可这是另外一个话题了。我现在就去“四英亩”，那里还有机会，因为那里虽然没有名叫“泡泡”的女招待，可是那里的保龄球奖杯却如假包换。

疯狂购物

那天我和幼子到“Toys‘Я’Us”玩具商店里去，好让他消费一下刚刚赚来的银子。（他没有听从那个小流氓经纪人的意见，卖空了阿纳康达铜矿公司的股票。）顺便提一下，难道你不觉得“Toys‘Я’Us”是你听过的最最神秘的商家名称吗？这名字到底是什么意思？我从来就没明白过。意思是他们认为自己是玩具吗？他们公司的经理们的名片上是否写着“Dick‘Я’Me”？为什么字母R非要反过来写呢？当然不会是希望提高自己公司的声誉吧？最重要的是，为什么世界上每家“Toys‘Я’Us”玩具店里都有37条结账通道，可总是只开放一条呢？

这些问题非常重要，可这并非我们今天的主题，至少我不会详谈。我们今天的主题是购物。说购物是美国日常生活中重要的组成部分，就像是说鱼喜欢在水里一样。

除了工作、睡觉、看电视和积累脂肪，在美国，我们花在购物上的时间比其他任何一种消遣都要多。实际上，根据美国旅游产业协会的数据，美国人第一大假日活动就是购物，甚至我们制订度假计划也都是围绕购物游来进行的。每年成百上千的人到尼亚加拉大瀑布去旅游，结果他们不是去看大瀑布的，而是去那附近两个超级购物商场溜达的。用不了多久，如果亚利桑那州的开发商们能够得逞，度假的人们到大峡谷去，却不看峡谷，而是去大门口旁边正在规划中的方圆45万平方英尺的综合购物中心购物。

如今购物已经不仅仅是商业行为，还是一门科学。如今的大学里甚至有一门学科叫作“零售人类学”，这些研究者可以准确地告诉你人们在哪里、如何以及为什么会以那样的方式购物。他们还知道占多少比例的顾客进了商店向右转（87%），以及顾客离开商店前平均会花多长时间浏览商品（2分36秒）。他们也知道把顾客诱惑进充满魔力且利润丰厚的店铺最好的方法是什么（他们把这东西称作“第四区”），以及什么样的平面布置、色彩搭配和背景音乐能够最有效地催眠那些保守的观望者，让他们乖乖地掏空腰包不能自拔。他们什么都知道。

那么，我的问题就来了。既然这样，为什么如今我每次去购物不是想号啕大哭，就是想杀人呢？你会发现，尽管购物已经成为一门科学，可是在美国购物已经不再是有趣的体验了，当然，如果说购物曾经有趣过的话。

最大的问题应该是商店，大致分三类，都很令人反感。

第一类商店里从来就找不到营业员。第二类商店里你根本不想要营业员，可是你就是会被一个死缠滥打的营业员逼上绝路，大概营业员有提成吧。最后一类商店里你每次问什么东西在哪里，答案千篇一律是“第七通道”。我不知道为什么，可是他们每次都这么告诉我。

“女士内衣在哪里？”你问。

“第七通道。”

“宠物食品在哪里？”

“第七通道。”

“第六通道在哪里？”

“第七通道。”

我最最不喜欢的商店就是售货员紧跟着你，没法摆脱的那种。通常这种商店都在大型商场里的百货公司当中。这种售货员常常是男装部工作的白发老太太。

“我能帮你介绍一下吗？”她问。

“不用了，谢谢。我随便看看。”你告诉她。

“好吧。”她回答，给你一个谄媚的微笑，意思仿佛是：“我其实不喜欢你，我只是例行公事对每个人微笑而已。”

然后你就在男装部转转，偶尔伸出手指来拨弄某件毛衣。你也不知道为什么要去拨弄它，可是你的确是碰了一下。

眨眼工夫，那个售货员就飘到你身边了。“这是我们这里卖得最好的一个系列，”她说，“你想试穿一下吗？”

“不用了，谢谢。”

“去吧，去试试，这个太适合你了。”

“不，我不觉得。”

“试衣间就在前面。”

“我真的不想试穿。”

“你穿什么尺寸？”

“请你理解，我真的不想试穿。我只是随便看看。”

她又给你一个微笑——她那撤退时的微笑——可是30秒后她又回来了，拿着另一件毛衣。“我们还有桃色的。”她宣布。

“我不想要那件毛衣，什么颜色的都不想要。”

“那么看看漂亮的领带如何？”

“我不需要领带，也不需要毛衣，我什么都不要。我太太正在褪腿毛，让我在这里等她。我真希望她没吩咐我在这里等，可是她就是这么说的。她要弄上好几个小时，我还是什么都不要，所以求你不要再问我问题了。求你了。”

“那么来条裤子怎么样？”

你明白我的意思了吧？这简直就是在眼泪和杀人之间做选择题。讽刺的是，等你真正需要售货员的时候，连个人影都找不到。

在“Toys‘Я’Us”玩具店里，我儿子想要一个“星球骑兵星系宇宙死亡爆破手”或者是这类塑料制成的破坏狂吧。我们四处找遍了都没找到一个人，也没找到能够提供指导的人。整个店铺似乎就掌握在唯一一条开放的结账通道上那名16岁少年收银员手里。他那条队伍排了差不多20来人，而他却慢条斯理不慌不忙。

排队等候并非我的高级社交技巧之一，特别是排队只是为了咨询问题的时候。队伍的行进速度慢得令人心痛，那小伙子居然还花了十分钟调换发票打印纸，我差点没把他给掐死。

最后总算轮到我了。“请问‘星球骑兵星系宇宙死亡爆破手’在哪里？”我问。

“第七通道。”他头也不抬地回答我。

我盯着他的头顶。“别敷衍我。”我开口了。

他抬起头：“你说什么？”

“你们这些人总是说‘第七通道’。”

我的表情肯定有点什么不对劲，因为他的回答明显带点哭腔。“可是，先生，那个确实是在第七通道——暴力和侵略玩具区。”

“最好真的如此。”我黑着脸回答他，然后离开了。

90分钟后我们终于在第二通道找到了“死亡爆破手”，可是等我回到收银机那里的时候，刚才那个小伙子已经下班了。

顺便提一句，“死亡爆破手”确实很不错，能够发射杯状的橡皮子弹粘在中弹者的额头上——一点也不痛，但是肯定有点吓人。当然，我儿子非常失望，因为我不让他玩这把枪。你知道下次购物的时候我要把它给带上。

肥胖之国

最近我拼命在想吃的东西，因为我一直在饿肚子，主要是我太太近来让我节食减肥。我的食谱是她发明的，非常有意思：我可以随便吃任何不含脂肪、胆固醇、钠以及卡路里（也就是很难吃）的东西。为了让我不挨饿，她又去杂货店买了所有那些名字里含有“麦麸”的东西。我并不太清楚，可是我敢肯定昨天的晚饭就是麸皮薄饼，弄得我极度沮丧。

肥胖是美国的一个严重问题（好吧，是肥胖一族的严重问题）。美国成年人有一半超重，超过三分之一的人可称为肥胖（块头大得让你与之同乘一架电梯时要再三思量）。

现在几乎没什么人抽烟，因此肥胖就成为了美国头号健康问题。每年有30万美国人死于与肥胖相关的疾病，而国家每年花在治疗如糖尿病、心脏病、高血压、癌症等与进食过量有关的疾病上的金额，就高达1000亿美元。（我还没有意识到超重会将罹患结肠癌的风险增加50%——这种病没人愿意得上。自从我读到相关报道，我一直在假想某位直肠病学家在对我进行检查后说：“哇！布莱森先生，你这一辈子到底吃了多少个奶酪汉堡啊？”）此外，超重还能大幅度减少外科手术的存活率，更不用提找到拿得出手的约会对象了。

最重要的是，超重意味着理论上和你很亲的人会叫你“胖墩先生”，每次你打开橱柜门或者完全是不小心地拿起一大袋“奶酪炸薯条”的时候，他们都会问你，知不知道自己在干什么。

我一直想不通的就是，在这样一个国家怎么可能瘦得下来。那天晚上我们去“苹果蜜蜂”餐厅，正好在促销叫作“浓情煮煮锅”的系列菜肴。菜单上对于“辣椒奶酪土豆锅”的介绍，现一字不漏抄录如下：

> 此混合菜肴美味无与伦比，首先是松脆酥爽的油炸华夫饼，上面浇上一大勺味道浓重的辣椒酱，融化的蒙特里杰克干酪和切达干酪，再堆上大量番茄、绿洋葱和酸奶油。

你明白我不满的是什么了吧？这道菜还算是比较清淡的了。最让我受不了的是，我太太和孩子们都吃这种东西却一盎司肉都不长。女招待过来的时候，我太太说：“孩子们和我都要‘超级至尊酱锅总汇’，多加奶酪和酸奶油。配菜是烤干酪辣味玉米片，加上热软糖浆和饼干肉汁。”

“那么胖墩先生要什么呢？”

“就给他点干麸皮面包和一杯水吧。”

第二天早上吃燕麦片和谷壳早餐的时候，我向我太太表达了这样的观点：完全没有不尊重她的意思，不过这种饮食的确是我所吃过的最愚蠢的东西了。她告诉我去找点更好吃的食谱，于是我就去了图书馆，那里关于减肥食谱和营养的书籍至少有150种——博格医生的《增强免疫力饮食》《体重控制实话实说》，还有《交替饮食》——可是这些书给我的饮食建议全是热衷于且执着于麸皮不放。然后我发现有一样东西确实是我想要找的：戴尔M.阿特伦斯博士撰写的《无须节食减肥》，这本书我还能躬亲实践一下。

对于那种极其荒谬的人所写的书，比如把"博士"头衔挂在自己的名字后面这样的人，我总是习惯性地很反感（我自己的书上署名时从来不挂博士头衔——并不完全因为我没有博士学位）。这次我压制了一下恶心的感觉，把这本书拿到图书馆为下午无处可去又不愿意困在家里的怪人们设置的阅读区，花了一个小时仔细钻研起自己来。

如果我理解得对的话（如果对于某些细节我描述得比较粗略的话，请原谅，可是坐在我对面的人让我分心了，因为他在和平行空间的某人进行无声交流），这本书的前提就是人类的身体在漫长的进化过程中一直接受指令储存动物脂肪组织，以便在严寒时期到来时可以御寒，脂肪衬在皮下保持舒适，还可以储存能量以备灾荒时期所需。

人类的身体——特别是我的身体——在储存脂肪方面做得特别好。树鼯就没法做到这一点，所以它们只要是醒着的时候就得一直吃。"这大概也是为什么树鼯从来没有创造出伟大的艺术或者音乐吧！"作者阿特伦斯幽默了一把。哈！哈！哈！然后，还有可能是树鼯吃的是树叶，而我吃的是本和杰里的双份巧克力软糖浆冰淇淋。

阿特伦斯还指出了有趣的一点：脂肪简直是顽固过头。即使你把自己饿个半死，身体当中最最不肯分解的就是脂肪储备。

想想看，每一磅脂肪就代表了5000卡路里——大概是普通人两天摄取的热量总和。也就是说，如果你把自己给饿上一星期——什么都不吃——你所消耗的脂肪顶多3.5磅。直面这个事实吧，减掉那么点脂肪，你穿上泳装还是惨不忍睹。

如果你这样折磨自己长达七天以后，在没人看管的情况下，你很自然地会溜进食品储藏室，把所有的东西扫个精光，只剩一袋鹰嘴豆，然后所有减掉的东西重新又长了回来，还要——这点最关键了——多长几斤肉，因为现在你的身体知道你一直在饿着它，它就不信任你了，因此它最好再多积累点肥膘，以免你再动什么愚蠢的念头。

这就是为什么节食减肥如此艰难而又让人泄气了。你越是想减掉脂肪，你的身体就越是拼命保住它。

所以我想出了一个绝妙的另类节食减肥方案，名叫“每天愚弄你的身体20小时节食法”。具体方法是：每天24小时中有20小时你无情地饿你自己，但是选择其中4个间歇——简便起见我们叫它们早餐、中餐、晚餐和宵夜——喂你的身体吃一些东西，比如18盎司的西冷牛排配烤土豆加大份酸奶油，或者是一大碗双份巧克力软糖浆冰淇淋，这样一来你的身体就无法意识到你实际上在饿它。这个点子绝吧！

我不知道为什么多年前我没有想到过这个点子。我想大概是近来吃的那些麦麸把我的脑袋给清理干净了，或者是别的什么原因。

电脑说明书

恭喜您购买了炭疽/2000多媒体615X个人电脑附加数码嘟哒指示器。如果您能启动并运行机器，它一定会为您提供持久而忠实的服务。您的个人电脑还包括附送的预安装软件——修剪草坪计划程序、伪艺术家程序、空白屏幕保护程序，以及南极路线查找程序——它们能够为您提供数小时毫无意义的消遣，顺便基本占满您的电脑的多余内存。

那么翻开下一页我们开始吧！

预备

恭喜您已经成功翻到此页并准备就绪。

重要且毫无意义的注意事项：此炭疽/2000专为80386、214J10或者更高的2472赫兹变速旋转循环处理器设计。在运转前请核查您的电子设备和保险条款。不可机洗。

为防止电脑内部聚集热量，请将您的电脑放置在凉爽干燥的环境中。冰箱底层是理想的选择。

请打开包装盒检查其内容。（警告：如果内容有缺失或差错，请不要打开包装盒，否则不得保修。请将所有缺失的东西，包括完好的原包装寄回我公司，并附上纸条说明缺失的东西在哪里，我们会在12个工作月内将代用机器送至府上。）

包装盒中的内容应包括以下某些部分：带有神秘德高斯按钮的显示器；键盘；机箱；并不一定适用此机器的杂类电线电缆；2000页的使用手册；使用手册简要说明；使用手册简要说明速查指南；专为超级急躁，超级愚蠢之人准备的压膜超级快速安装指南；1167页的保修书、发票及西班牙语注意事项以及其他零散纸张；292立方英尺的聚苯乙烯包装材料。

商店所没有告诉你的事

由于预装附送的软件需要另外的电源支持，您还得购买炭疽/2000辅助软件升级包、辅助软件包用900伏特内存电容器一只、内存电容器用50兆赫振荡器一只、振荡器及电子变电装置用2500超千兆赫附加内存。

安装

恭喜您开始准备安装。如果您还未取得电子工程方面的学位，现在开始正是时候。

将显示器电线（A）连接到左边插座组（D）上；将电源卸载装置次轨道器（Xii）安装在同轴交流/直流伺候频道上（G）；将三眼鼠标接口插进键盘架装置上（如有必要再钻个洞）；将调制解调器

插入后平行视听输出口。将电线轮流插入看上去最有可能的插孔，打开电脑看看会发生什么。

重要且毫无意义的附加注意事项：电流调节器上的电线依照国际惯例标志如下：蓝色=中立或者活跃；黄色=活跃或者蓝色；蓝色和活跃=中立和绿色；黑色=立即死亡。（除非法律禁止。）

请打开电脑开关，您的硬盘会自动下载。（三到五天。）下载完毕时，您的屏幕会显示："哎，有什么事吗？"

现在开始安装软件。请将A光盘（编号为D盘或者G盘）放入B或者J光驱槽，输入："你好！有人在家吗？"DOS命令马上出现，然后输入您的许可认证码。您的许可认证码在输入您的使用注册码后显示，要得到使用注册码必须先输入您的许可认证码。如果您找不到自己的许可认证码或者使用注册码，请致电软件支持热线寻求帮助。（请准备好您的许可认证码或者使用注册码，否则技术支持人员无法为您提供帮助。）

如果您目前还未自尽，请将安装光盘1插入2号光驱槽（反之亦可）并按照屏幕指示进行操作。（注意：由于软件修改，有些指示会是土耳其文。）每个DOS命令出现，请更改指定路径，双击按钮启动图标，从总选择表中选择单个综合缺省文件，在后部的侧板中插入VGA图像卡，输入"C:\>"及所有你认识的人的生日。

您的屏幕将显示："无效文件路径。哇！放弃还是继续？"警告：选择"继续"将导致不可逆转的文件压缩以及硬盘的缺省荷载过度。然而选择"放弃"将要求您把安装程序从头开始再来一遍。您看着办。

等到烟雾消散，插入A2光盘（标志为A1）按指令重复，直到其余187张光盘全部完毕。

安装结束之后，请回到文件路径，输入您的姓名、地址和信用卡号码再按下“发送”。这样您就自动注册赢取了我们的免费软件大奖。奖品是“空白屏幕保护程序IV：深邃空间的黑夜梦魇”，并授权我们将您的名字发送给许许多多电脑杂志、在线服务商以及其他商家，它们会立即与您联系。

恭喜您可以开始使用我们的电脑了。以下几个简单练习将让您迅速熟练掌握操作。

写信

输入“亲爱的——”后面是您认识的某人的名字。然后写几行字介绍自己，然后写上，“您诚挚的”以及您的名字。恭喜您！

保存文件

要保存您刚才写的信件，请选择文档菜单，选择从次目录A中退出。输入一个备份文件号码，在总对话按钮旁边放上一个插入点。从弹出的菜单中选择二级文件方框，双击补充清除文件窗口。为弹出的文件选择一个下拉标题，然后插入一个文本综合体方框中。最好是将信件手工誊抄一遍，放入抽屉。

有关使用电子数据表功能的建议

不要使用。

故障排除部分

您的电脑将会出现很多很多问题。以下是某些常见问题及解决方法。

故障：电脑开不了机。

解决方法：请检查电脑电源线是否插好；请检查电源开关处于“开”的状态；请检查电线有无损坏；请开车到郊外检查高压电线塔是否有电线断掉的迹象；致电帮助热线。

故障：键盘上好像没有按键。

解决方法：请将键盘正面朝上。

故障：鼠标[1]不喝水也不转小滚轮。

解决方法：尝试高蛋白食谱，或者致电宠物服务热线。

故障：总是有信息显示：非系统普通保护错误。

解决方法：大概因为你正在使用电脑。将电脑设置为“关机”状态，所有讨厌的信息就会消失。

故障：电脑是堆完全没用的垃圾。

完全正确——恭喜您现在可以将电脑升级到炭疽/3000强劲版，或者还是回归纸笔吧。

1 英文中鼠标和老鼠是一个单词。

如何租车

如今我们回到美国已有两年半了，我想你大概会认为，现在我终于能自如地应付这里的生活了，其实不是。摩登美国式生活错综复杂，仍常常让我一片茫然。要知道，这里的很多东西都复杂得不得了。

上周有件事情让我有机会思考了一下这一点。那天我去波士顿机场取一辆租车，那位办事员输入了所有与我有关的号码，而且压印了好几张我的信用卡，然后对我说："你需要'第三方责任豁免损坏排除险'吗？"

"我不知道，"我迟疑地回答，"什么东西？"

"它保的是有人要你履行'第二方豁免索赔申请'或者是你自己代表两次移动的第四方提出'第一或第二方排除申请'的情况。"

"除非你正在申请'第一方剩余责任豁免'。"排在我后面的男人补充道，我的头一下子就转了过去。

"不，那个只在纽约州有效，"租车办事员说，"在马萨诸塞州，除非你只剩一条腿，而且出于避税的原因已经不是北美普通居民了，否则你不可能申请‘第一方剩余责任豁免’。”

“你说的是‘第二方驳回无效险’，”排在第二的对刚才那个排第一的人说，“你是罗得岛来的吗？”

“你怎么知道，我是罗得岛人。”第一个回答道。

“那就对了，你在这里享有‘可变双重否定分摊加权’。”

“你们说的我完全不懂！”我低声呜咽着叫了起来。

“是这样，”租车办事员说，“假如你开我们的车撞了一个人，这人有‘第二方驳回无效险’但没有‘第一或第二方事故赔偿险’。如果你有‘第三方责任放弃损坏排除险’，那么根据‘单个数字撤销责任放弃险’，你就不需要依照自己买的保险进行索赔。你买了多少‘个人损失再投资险’？”

“完全不知道。”我说。

他盯着我。“你不知道？”他说。

从我眼角余光看过去，我发现排在我后面的几个人互相交换了一下好笑的眼神。

“这些事情全由布莱森太太打理。”我画蛇添足地补充了一句。

“那么，你的‘基线双重踏线犯规’水平是多少？”

我绝望地偷偷瞅了他一眼，生怕他打我，然后说：“我不知道。”

他倒吸了一口气，那样子似乎是建议我还是考虑乘“灰狗”长途汽车吧。“在我看来你需要‘普通全能险’加‘双重最大收益综合灵活险’。”

“还有‘渐进死亡受益险’。”排在第二的那个人补充道。

“这些都是什么东西？”我不开心地问。

“这小册子里都有，”办事员递了一份给我，“简单点说，如果租车被窃、火灾、交通事故、地震、核战、沼气爆炸、火车出轨导致脱发、流星影响以及故意死亡——只要它们同时发生，而且你于此前24小时就提交了书面‘事故意向报告’，你能得到1亿美元的赔偿。”

“这保险多少钱？”

“每天172美元，还附送一套牛排刀具。”

我看了看队伍里的其他人，他们都点点头。

“好吧，我就买这个。”我已经筋疲力尽，就听天由命吧。

“那你要的是‘无忧能量加满’套餐，还是‘自己动手便宜实惠套餐’呢？”办事员继续问我。

“什么意思？”我郁闷地发现，原来这地狱般的状况仍然没有结束。

“呃，‘无忧能量加满’是指你还车的时候油用完了，我们只以32.95美元的价格给你优惠加一次油。其他套餐的意思是还车之前你得自己加满油，然后我们把32.95美元按照‘未知杂项费用’记入你账单里。”

我又咨询了顾问们的意见，选择了“无忧”套餐。

办事员在合适的方框内打了钩。“你需要‘汽车定位服务’吗？”

“什么意思？”

“就是我们告诉你你租的车停在哪里。”

“要这个，”离我最近的那个人敦促我，满怀悲情，“有一次我在芝加哥就没要这个，然后在机场里兜了两天半都没找到那辆该死的车。结果那东西居然停在皮奥里亚市附近的玉米地里，被防水油布给遮着。”

于是我又要了这个。最后，我们填完了两百页左右层层叠叠的表格，办事员将合同递给了我。

“就在这里、这里还有这里签名，”他说，“还有你的姓名缩写写在这里、这里、这里和这里——以及这里。此外这里、这里和这里也要。”

“我签姓名缩写的是什么东西？”我小心翼翼地问。

“呃，如果你不在规定时间内还车给我们，这个东西赋予我们上你家抓走你的某个孩子，或者拿走某件漂亮的电器设备的权利。这个是你同意在发生争执的时候，你愿意服下麻醉药乖乖回答问题。这个是你放弃起诉权利。这个是你发誓，如果现在或者将来任何时候对汽车造成任何损害责任都由你来承担。还有这个是为伯妮丝·科瓦尔斯基欢送会捐款25美元。”

我还没来得及反应过来，他就一把扯开合同，然后把它和一张机场地图放在柜台上。

“现在你去领车，”他继续说，一边在地图上画出路线，就像是在儿童填色书上玩走迷宫游戏一样，“紧跟红色指示从候机楼A到候机楼D2。然后从停车场匝道到R区自动扶梯这段，紧跟黄色指示，还有绿色指示。乘往下的扶梯上，旅客集散点Q，乘上标有“卫星停车/密西西比河谷”的穿梭车到A427–西停车场。下车，跟着空港隧道下面的白色箭头，穿过检疫隔离区，经过污水过滤厂。走过22–左跑道，爬上远端的围墙，再下来，你就会发现你的租车停在12604号隔间。一辆红色公牛（Toro），你肯定不会错过。”

他递给我钥匙和一大盒文件、保险单和其他有关的东西。

“祝你好运！”他在我身后喊道。

我肯定没找到那辆车，然后赴约迟到了几个小时。不过好在，我得承认那套牛排刀具给我们家增添了不少欢乐。

电视荒原

最近我在看一部叫《地老天荒不了情》的电影，1954年出品，由洛克·哈德森以及简·魏曼主演。这部片是20世纪50年代早期大量拍摄的极其平庸之作的典范，那时候人们看电影的口味很杂（当然是和今天比。今天的电影里得放很多震撼的爆炸镜头，至少要有一场戏讲主人公绕绳爬下电梯井）。

不管怎样，如果你理解得正确，《地老天荒不了情》讲的是一个年轻英俊的赛车手（洛克饰）在某次交通事故中不小心致使魏曼小姐扮演的女士失明。洛克为此深受负罪感的煎熬，不得已远赴“英格兰牛津大学”还是什么别的地方学习眼科，然后匿名回到完美镇将一生的精力都奉献给帮助简恢复视力的治疗当中。当然女主角由于失明并不知道医生就是洛克，很明显她也不太擅长辨别那个导致她终身残疾的人的声音。

不用说，这两人坠入爱河，然后她的双目也复明了。电影里最棒的一场戏就是洛克拿掉女主角眼睛上的纱布，她看见了他，急忙叫了起来：“什么，居然……是你！”然后就一下子华丽地昏倒过去，所幸她的头没有砸到咖啡桌造成又一次失明。这样一来这故事会更精彩，如果你征求我的意见的话。还有，女主角那10岁的女儿是由50年代典型的扎着猪尾巴小辫子而且早熟得令人反胃的小演员扮演，让你看了就忍不住想把她给一把推出高窗之外。我想劳埃德·诺兰大概也在这部片里吧，因为他总是在50年代的电影里扮演医生。

我可能没有把所有的细节理解对，因为我并非按顺序来看这部电影的，甚至一开始并不想看这部电影。我之所以看它，是因为在过去的两个月里，我们的某个有线电视台放了54遍，我每次换台找点东西看的时候总是碰上它。

我们家里能收到50个电视频道——现在某些设备可以接收多达200个频道——一开始你想有这么多选择，岂不是要挑花了眼，可是你渐渐得出一个结论：如今搞出这么多电视台只不过是将陈年垃圾塞满电视信号而已。我看过十年前的“最新时事调查”，也看过芭芭拉·沃特斯采访，本来就不太有意思，而且她是个多年前就已过世的人。今天晚上，我家的有线电视杂志在“故事片”这一栏中推荐的是最出众、最引人注目的两部片《辩护律师》和《草原上的小屋》。明天杂志推荐的是《沃顿一家》和《豪门恩怨》，后天还是《豪门恩怨》和《书写谋杀》。

你开始想，谁会看这些玩意呢？我们家有一个频道是24小时卡通频道。也就是说有那么些人希望整晚看卡通，这已经让人叹为观止了，可是更让我心惊肉跳的是，这个卡通频道居然还有广告。对于那种凌晨两点半自愿观看《道格警官》的人来说，你到底想卖给他们什么呢？口水布？

但是最最让人头皮发麻的是，有些节目每天晚上同一时间不停地重复播放。今天晚上九点半，20频道播放《芒斯特人》。昨天晚上九点半，20频道放的也是《芒斯特人》。明天晚上九点半，20频道放的——你猜对了吗？——还是《芒斯特人》。每一次放《芒斯特人》之前都是一集《快乐时光》，之后都是一集《玛丽·泰勒·摩尔秀》，几十年如一日不曾改变，就我看来，还会一直这样下去。

几乎每个时间段每个频道都是如此。如果你打开“探索频道”发现在放一个名叫《好莱坞特技》的节目（你肯定会看到），你可以肯定下一次你同一时间打开“探索频道”，还会是《好莱坞特技》，很有可能还是同一集。

我一直对童年时看过的那些电视节目最为钟情，至今仍历历在目，也希望能少量而有节制地再欣赏一遍——一点点《伯恩斯夫妇》，也许再来点《杰克·本尼》，精选《反斗小宝贝》和《发财妙计》，或许为了怀旧，来点《影城疑云》和《篷车英雄传》——可是我可不想每天晚上同一时间一遍又一遍不停地看，任何情况下我都不想，因为这些老节目的精华似乎已经被抛在脑后无法复得了。这件怪事我怎么都不理解。

毫无疑问是我出了问题。我离开美国的时候，家里能收到的电视台最多只有四个。接下来的二十年，都在英格兰，还是四个频道。因此原因很简单，我就是没有培养出应付如此复杂选择所必需的特别技能吧。当然，同样也有可能是电视节目全是垃圾。

我所要告诉你的就是：即便你有这么多的频道可选择，但所有频道的节目都是过几分钟就会被广告打断，让你根本看不到什么。正如近来一位朋友向我解释的：现在看电视不是看正在放什么，而是看别的频道在放什么。另外有关美国电视的另一方面就是总有频道在放点别的什么，你可以一直换台换下去。等你换到第15频道，你就忘了第1频道放的是什么了，因此你又绝望地再来一遍，希望这次能够找到什么有趣的东西。

我本想继续说下去，可是我必须停下了。我发现《地老天荒不了情》又要开始了，我真想看到简·魏曼双目失明的那场戏，那是整部片子的精华。还有，我一直在想，如果我看的时间够长的话，劳埃德·诺兰会将那个孤单的小女孩一把推出楼上窗户吧。

飞行噩梦

我父亲是一位体育题材作家，由于工作原因时常乘飞机。那时候乘飞机不像现在这么稀松平常，偶尔他还会带我一起去，当然那种体验很令人激动。虽然只是和我老爸去外地度了个周末，可是真正让人欣喜若狂的是登上飞机远行。

乘飞机的每一个步骤都让人感觉格外特别，而且享尽特权。换登机牌的时候你和那一小堆衣着光鲜的男女站在一起（因为那个时候人们乘飞机时都要盛装打扮一番）。等到登机通知响了，你便漫步穿过宽阔的停机坪走向一架银光闪闪的飞机，踏上带滚轮的台阶。走进飞机，就像是被接纳为某个特殊俱乐部成员一样，只要踏进机舱，你就变得更加时髦和精致。座椅非常舒适，对于一个小男孩来说，简直就是宽大的沙发。笑容可掬的空姐会走过来，送给你一枚小巧的带翼徽章，上面写着“助理飞行员”或者听上去责任重大的类似词语。

我想自那以后，浪漫的飞行体验便消逝无踪了。如今的商业民航飞机感觉和长了翅膀的汽车差不多，而且那些航空公司毫无例外地将乘客视为令人厌恶的笨重负担。在遥远的从前，他们许诺将人们从一个地方便捷地送到另一个地方，而现在他们简直后悔死当初的承诺了。

在这么短的篇幅内，我不可能展开描述当代航空旅行中所有让人精神受损的特征——比如总是多卖出几张票，排队排到腿发软，航班延误，发现所谓“直航”达拉斯，其实中途要在斯克兰顿[1]和纳什维尔[2]停下，再加上90分钟的临时滞留和两次换机，登记口的工作人员从来都是冷若冰霜，你还会被人看作白痴和无名小卒。

不过最令人奇怪的是，航空公司还一直沿袭了一项1955年的做法，那就是安全示范。为什么这么多年过去了，那些空姐还要从头上套进救生背心，示范给你看如何拉下那根小绳为背心充气呢？在商业航空的整个历史进程中，还没有哪个人是因为救生背心而死里逃生的。我特别感兴趣的是，他们给每件背心都配上了一个小小的塑料口哨。我常常想象自己以1200英里的时速垂直栽进海洋，然后一边想：“哦，感谢上帝，我还有这个口哨。”

问他们是怎么想的一点用都没有，因为他们根本什么都不想。我最近乘了一趟从波士顿到丹佛去的航班。当我打开头顶行李舱时，发现有一条充气小舢板占满了整个空间。

“这里面有艘船。”我惊喜地悄声告诉路过的一位空少。

“是的，先生，”他爽快地回答，“本架飞机满足联邦航空局

1 宾夕法尼亚州东北部城市。

2 田纳西州首府。

（FAA）关于水上飞行的规定。”

我略带惊奇地盯着他：“从波士顿到丹佛，我们到底经过哪片水域啊？”

“本架飞机满足联邦航空局（FAA）关于水上飞行的规定，不管水上飞行是否包括在预定计划之中。”他的回答干净利落，或者就是类似的空话和胡言乱语吧。

“你的意思是如果我们在水上迫降，150名乘客得共用一条两座的小舢板？”

“不是的，先生，这里还有一艘漂浮船。”他指了指对面的舱门。

“那么150人用两艘小船？你有没有觉得这有点荒谬呢？”

“先生，规则不是我制定的，而且你挡住了通道。”

他就这么跟我说话，因为如果你把他们给逼急了，甚至根本没有逼他们，最后所有航空公司雇员都会这么跟你说话。我觉得这样说比较安全：任何地方都没有哪个产业如同航空业那样，将服务和顾客满意度完全置之脑后的了。你经常会看到，一个最最无伤大雅的举动却会招致报复和非难——办理登机手续的人员还没准备好接待你的时候，你就凑近柜台询问某航班为何延误这类问题，最终得到的惩罚就是飞机上没地方放外套，因为你座位上方的储物空间被充气船给占满了。

告诉你，除了我和少数几个温和谦恭的人感觉有义务维护秩序井然以外，如今大多数乘客的确罪有应得，因为他们把鼓囊囊的西装袋和带滚轮的随身箱子都带上飞机，而且全都超出许可范围至少两倍，因此他们头顶的储物空间在乘客全部登机之前早就占满了。他们为了确保自己能有地方放行李，还没等到叫他们那排就先冲了进去。现在任何一次航班上，你都会发现约20%的座位被那些插队登机的人占满。我多年来一直疲劳而又愤怒地目睹这类事件，我能告诉你的是，美国的航班从登机到起飞所花的时间比其他任何发达国家要短一半。

这类事情的结果是航空公司雇员和乘客之间必然开战，也常常让那些无辜的人大声疾呼要求公平。

我清楚地回忆起几年前携妻儿一同乘飞机从明尼阿波利斯[1]飞往伦敦的经历，当时我们发现六个人的位置是分开的，最远的相距20排。我太太有点弄糊涂了，便向旁边的空姐指出这一点。

那位空姐看了看我们的登机牌："是对的。"她说完扭头就要走。

"可是我们想要坐在一起，麻烦了。"我太太说。

那位空姐看了看她，挤出一副微小而空洞的笑容。"呃，现在说恐怕有点晚了，"她说，"我们正在登机。你难道没有核对一下登机牌吗？"

"只看了最上面一张。那位换登机牌的"——容我插句嘴，那人本身就是一副不招人喜欢的模样——"没有告诉我们，她把我们的座位分散了。"

"现在我什么都做不了。"

"可是我们的孩子还很小。"

1　明尼苏达州东南部城市。

“很抱歉，你就忍忍吧。”

“你的意思是说让两岁和四岁幼儿单独待上八小时，飞越大西洋？”我太太质问道。（这个主意我想我可以表示欢迎，可是为了表现我们家庭团结一心，我拉长了脸摆出严肃的样子。）

那空姐叹了一口气，意味深长又似乎吃了多大的亏一样，也丝毫不掩饰她的厌恶之情，让一对白发苍苍慈眉善目的老人跟我们换了位置，这样我太太和两个幼子坐在一起，但其余的人还是分散开来。

“下次离开候机楼之前，请检查一下登机牌。”空姐离开我太太身边时扔下这句话。

“不，下次我们选别的航空公司。”我太太回应她。确实，自打那次以后，我们再也没乘过这家公司的航班。

“总有一天，我要在报纸上开个专栏把这些都写上去！”我对着空姐的背影傲慢地叫起来。当然我那时候没这么说，如果我告诉你，西北航空公司以这种难以原谅的态度如此漠视我们的话，似乎太滥用我这个专栏作家的职权了，所以我不会这么写的。

商品泛滥

我终于弄清楚所有的事情到底是哪里出了错，答案就是它们都太多了。我的意思是，除了时间、金钱、优秀的水管工，还有感谢你为他们挡住大门的人们，其他的每样东西都太多了，多到超出我们的承受范围。（说到这里，我想顺便公开声明一句：下次你挡住大门让后面的人过去，如果他们不说“谢谢你”的话，门就会砸中他们的腰。）

美国这个地方物品种类之多，可谓琳琅满目，我们搬家过来之后很长一段时间，看到每一处都有极为丰富的选择余地，我总为之头晕眼花，但又感到心满意足。我记得第一次去这里的超市，给我印象非常深刻的是，里面居然连成人纸尿裤都至少有18个不同品种。有两三种在我看来还能理解，六七种似乎已经穷尽所有成人纸尿裤的品种了，可是18种——天哪！这里不愧是多多益善之地，而且可供选择的范围也令人惊叹：有带香味的，有带凹痕更为舒适的，而且还各有优点，比如从应付“完了，滴了两滴”到“天哪！开闸放水了”的一应俱全。这些当然不是产品真正使用的标签，不过却很精辟，甚至还有不同颜色可以选择。

对于其他任何一种产品——冷冻比萨、狗粮、冰激凌、谷类早餐、曲奇饼和薯片——都实实在在地有几百种供人选购。每一种新的口味似乎都会生出另一种口味。在我的童年时代，小麦片就是小麦片，没什么花样；现在的小麦片有裹上糖衣或者肉桂粉的，有一小份独立包装的，有混合类似香蕉的逼真材料做成的，上帝才知道还有些别的什么。

这种现象适用于每种东西。现在你可以从35种不同种类的佳洁士牙膏中进行选择。据《经济学家》杂志报道：“美国的普通超市里，20英尺长的货架上全是治疗咳嗽和感冒的药物。”（不要介意1996年在美国上市的25,500种“全新”消费品中有93%只不过是现有产品的改进版。）

在英国居住了20年以后，你可以想见这种物质的极大丰富简直令人如痴如醉。不过近来我开始怀疑是不是选择太多了，不久前在俄勒冈州波特兰市飞机场的经历让我慢慢地肯定了我的怀疑。那天我在机场咖啡吧前排队等候，队伍里有15个人，我的航班还有20分钟就到登机时间了，可是我当时真的需要一点咖啡因提提神，你明白那种感受。

一般来说，如果你要一杯咖啡，那么你就点了，然后就喝了。可是这个20世纪90年代式样的咖啡吧居然提供至少20种不同的选择——普通拿铁、焦糖拿铁、牛奶拿铁、玛奇朵、摩卡、意式浓缩、浓缩摩卡、黑森林摩卡、美式等——而且还分不同大小的杯子。此外还供应各类麦芬、羊角面包、百吉饼和小糕点，如群星闪耀般让人目不暇接。所有这些东西还可以有无穷无尽的变化搭配，因此每次点单的对话如下：

“我要一份焦糖拿铁套餐，加低咖啡因摩卡和肉桂麻花面包，还有低脂奶油奶酪酸面团百吉饼，不过我想要磨碎的辣椒放在边上。你们的罂粟籽是用含多不饱和脂肪酸的蔬菜油炒过的吗？”

“不是，我们用的是双重超清淡菜籽提取油。”

“哦，那东西对我不太好。这样吧，我要一份纽约三份奶酪裸麦粗面粉软糖羊角。这个里面你们用的是什么乳化剂？”

我想象着自己抓住每个顾客的耳朵，慢慢地把他们的头摇晃18到20次，告诉他们：“你不过是要在上飞机前买杯咖啡和一块面包。点单爽快点，拿了就滚。”

这些人挺幸运的，那天早上在我喝到当天第一杯咖啡之前，我所能做的就是起床，穿衣，然后要杯咖啡。其他什么事我都做不了，于是我只是站在那里克制地静候那15个人以复杂、费时而且个性化得近乎荒谬的方式点完单。

最后终于轮到我了，我上前一步说：“我要一大杯咖啡。”

“什么样的？”

“热的，杯装的，一大杯。”

“是啊，可是什么样的——摩卡、玛奇朵还是什么别的？”

“不管什么样的，普通的就行了。”

“你要美式？”

“如果那种就是普通的咖啡，那么对了。”

“呃，这些都是咖啡。”

“我就想要每天成千上万人喝的普通咖啡。”

“那么你要的是美式咯？”

“当然。”

“你要普通掼奶油还是低卡路里掼奶油？”

“我不要掼奶油。”

“可是美式就是配掼奶油的。”

“听着，”我低声说，“现在是早晨6点10分，我已经排在15个异常挑剔的人后面，站了整整25分钟，我的航班现在正在登机。如果我现在不拿到咖啡的话——我说的现在，就是现在——我就要去杀人，我想你明白你就在遇害候选名单上。”（由此你可以推断，我不是那种惯于早起的人。）

“那你的意思是要低卡路里还是普通掼奶油呢？”

点单仍旧如常进行。

丰富多样的选择不仅使得每笔生意都至少要花掉10分钟，而且还很奇怪地让顾客十分不满。选择越多，人们就要得越多；人们要得越多，他们就，呃，想要更多。你有时会感觉到，身在无数人群之中，他们对于每样东西都越要越多，最后往往是欲壑难填。我们似乎创造出一个这样的社会：人们主要的休闲活动就是在零售商店里转来转去，寻找质地、形状、颜色上从未见过的东西。

上次我去吃早餐，就面临从9种做法的鸡蛋（水煮、炒蛋、单面黄、二面嫩黄等）、16种做法的煎饼、6种不同的果汁、2种形状的香肠、4种不同的土豆、8种各式吐司、麦芬和百吉饼中进行选择。我去银行办房屋贷款都没有做过这么多选择。选择好了，我以为事情就结束了，可是女招待开口了：“您需要掼黄油、黄油块、黄油及人造黄油混合还是代黄油？”

“你在开玩笑吧。”我说。

“我不开黄油的玩笑。”

“那就黄油块吧。”我虚弱地回答。

“低钠的、无钠的还是普通的？”

“给我来个惊喜吧。”我悄声回答她。

让我吃惊的是，我太太和孩子们喜欢这种丰富多样的选择。他们喜欢到冰激凌房里亲自从75种口味中选择自己的最爱，然后再从75种配料中选择出要加在冰淇淋上面的。

对我而言，我越来越怀念英国人那种简单明了，几乎不容忍个性的做事方式了。面对摆放着27种比萨的玻璃餐台，或者是提供126种不同组合椒盐卷饼的美食街小铺，我只想要一杯上好的香茶和一块简单的不添加任何香料的小圆面包。可是恐怕我是家里唯一这么想的人吧。我相信我太太和孩子最终会被所有这一切败坏胃口的，可是现在相关迹象还没有表现出来。

还是要看到光明的一面嘛，至少成人纸尿裤我可以收获颇丰了。

四十仍惑

我所不擅长的事情当中，活在真实世界里可能算是最差的了。对于其他人毫不费力就能完成的事情我总是充满惊愕，完全不能理解。我没法告诉你有多少次我在电影院里找洗手间，结果却独自站在一条小巷子里，旁边的那扇门已经自动反锁上。如今我最独特的拿手好戏就是每天去旅馆前台两到三次，问他们我的房间号码是多少。总结一下，我是个很容易犯糊涂的人。

其实，在上次我们长途旅行返回英国的途中，我就开始思考这个问题了。时值复活节，我们飞回英国度一周假。当我们到达波士顿机场准备换登机牌的时候，我突然想起自己最近加入了英国航空公司的常旅客计划[1]，我还想起把那张常旅客卡放在随身携带的包里，就挂在我脖子上。然后一连串的麻烦事就发生了。

包上的拉链给卡住了，所以我就拼命猛拉，又是哼哼又是皱

1 常旅客计划（Frequent Flyer Program），指航空公司向经常乘坐其航班的客户推出的以里程累积或积分累积奖励里程为主的促销手段，是吸引公商务旅客，提高公司竞争力的一种市场手段。

眉，越来越惊惶。布莱森夫人处理换登机牌手续等事宜的时候，我完全沉浸在自己那个小小的世界当中，除了我和那条负隅顽抗的拉链外别无其他。我拉啊，拽啊，扯啊，越来越猛，哼得更带劲了，眉头皱得更紧了，最后拉链突然松动打开了，包里所有的东西——报纸夹和散乱的报纸、14盎司的罐装烟斗用烟草、杂志、护照、英镑、胶卷——全都飞了出去，散落在网球场大小的一片地上。

看着一百多份精心整理的文件如同长了翅膀一般四散开去，硬币弹了几下发出噼里啪啦的杂音便再也不知所终，那罐烟草更是在机场大厅里疯狂翻滚，一路撒下烟叶，最终好不容易才停下来，我呆若木鸡。

“我的烟草！”我发出惊恐的叫声，脑子里想着在英国这可得花多少钱啊，然后我的叫声变成：“我的手！我的手！”因为我发现手指被拉链割破，鲜血直流。（通常我看到流血就难过，不过因为这是我自己的血所以还不至于过分歇斯底里。）慌乱加上不知所措，我连汗毛都吓得竖起来了。

就在这时，我太太用迷惑不解的表情看着我——不是生气或者愤怒，而是迷惑不解——然后说：“我简直不敢相信，你都可以靠笨手笨脚来养活自己了。”

恐怕真的是这样。我每次出门旅行时总要捅娄子。有一次在飞机上我弯腰去系鞋带，正好坐在我前面的那个人把座椅往后放平，然后我就绝望地被夹在那里，几乎要被压碎了，最后是抓住坐在我旁边那个人的腿我才挣扎着出来。

还有一次，我把一杯软饮料泼在坐我旁边的一位甜美小个子女人的膝盖上。空乘过来帮她擦干净，然后给我换了一杯新的饮料，我马上又泼了那女人一身。直到今天我都不知道自己是怎么搞的。我只记得伸手去拿新饮料，然后绝望地看了看自己的手臂，就像20世纪50年代的那些名为《不死的残肢》一类的恐怖片里用的廉价道具一样，它猛地将饮料从架子上打落，扣在她的膝盖上。

那位女士看着我，脸上的神情已经麻木。你不断地把某人弄湿，他或她会说出特别真诚的诅咒，开头是“哦”结尾是“分上”，中间那些词我从来没有在公共场合听谁说过，当然不会是修女说的。

不过这些还不是我在飞行途中最糟糕的经历。我最糟糕的经历是我在笔记本上记下非常重要的想法（“买袜子”“接过饮料要小心”等），然后若有所思地咬着自己的钢笔头，这个动作你肯定也做过，接着便和邻座的一位美女聊了起来。我和她说笑了近20分钟，时不时妙语连珠，温文尔雅。等我去到盥洗室才发现我的嘴唇、舌头、牙齿和牙龈全都呈现出明亮且擦拭不去的海军蓝色，原来我的钢笔漏水了。后面几天我都是那副样子。

我想你现在应该明白了，我多么渴望做到风度翩翩，有型有款。我非常希望在我一生中，哪怕只有一次从晚餐桌边站起来时不用环顾四周，似乎我刚刚引发了一场局部餐桌地震；我希望我坐进汽车关好车门，不会留出14英寸的外套在门外；我希望我穿浅色裤子的那天，不会在晚上发现自己曾经坐在口香糖、冰激凌、咳嗽糖浆和汽油上。可是那些糟糕的事情还是会一如既往地发生。

现在我们乘飞机发食物的时候，我太太会吩咐：“帮爸爸把餐盒盖打开”或者“孩子们戴上你们的帽子，你爸爸要切肉了”。当然，这在我和家人一起乘飞机时才会发生。我一个人乘飞机的时候，不吃饭也不喝水也不弯腰系鞋带，从不把钢笔放在离嘴巴比较近的地方。我只是非常非常安静地坐在那里，有时候坐在我的双手上，以防它们出其不意地飞出来制造液体伤人案。这太没劲了，不过至少花在洗衣服上的钱明显减少。

顺便提一下，我从来没有积累我的常旅客飞行里程，从来没有过，因为我总是无法及时找到那张卡。这一点真的很困扰我。我所认识的每个人——每个人——总是靠积累的里程换取了飞往巴厘岛的免费头等舱。我却从来没有积累任何东西。我一年总要飞行10万英里，不过我所积累的里程只有212飞行英里，还是23家航空公司的不同航班积累起来的。

大概是因为要么就是我换登机牌的时候忘记问一下飞行里程了，或者是我记得问飞行里程，但航空公司却没登记上，或者是换登机牌的工作人员告诉我不能积累里程。一月份的时候，我乘飞机去澳大利亚——这下我可以积累天文数字般的常旅客飞行里程了——可是等我出示卡片的时候，工作人员却摇摇头说我无法积累里程。

“为什么？”

“飞机票上的名字是B.布莱森，这张卡上却是W.布莱森。”

我向她解释“比尔”和“威廉”这两个名字之间古老的关系[1]，可是她就是不听。

就这样我还是没有积累到我的常旅客飞行里程，我还是享受不了去巴厘岛的头等舱。不过说真的，乘那么长时间飞机不吃东西我可受不了。

1 比尔即为威廉的昵称，就像贝蒂是伊丽莎白的昵称一样。

陈年旧事

“科学揭开了衰老之谜。”那天我们的报纸上的头条如是说，我吓了一跳，因为我根本不觉得衰老是个什么谜，只不过是自然现象罢了。

在我看来，慢慢变老至少有三种好处：一、我可以坐着就睡着；二、我可以翻来覆去地看《宋飞外传》，而不用斩钉截铁地判断出究竟我看过没有；三、我不记得了。当然，衰老会伴随一个问题，那就是你的记性是越来越差了。

对于我来说，记性真的是江河日下。我和太太之间的电话交谈越来越像如下这样了：

“嗨，亲爱的。我在市中心，我是来干嘛的？”

“你是去给打印机买墨盒的。”

“谢谢你。”

你可能认为随着我年事渐高，我的记性会好起来，因为大脑里可以开小差的部分是越来越少，不过事实似乎并非如此。你明白，随着岁月流逝，你发现自己经常站在屋子里某处你不常去的地方——比如说洗衣房——噘着嘴巴，若有所思地四处张望，尽力想回忆起自己为什么在这里。我以前是沿着自己的脚步往后退，退到起点就自然会想起这次怪异探险的目的何在了。不过好景不长，现在我连自己是从哪里开始的都不记得了，完全没有印象。

因此我不得不在房子里兜上20分钟，寻找近来活动的痕迹——比如说一块掀开的地板啊，或者是爆裂的水管啊，还有可能是一只电话听筒被搁在一边，里面有个好奇的声音在抗议：“比尔？你还在听吗？”不管怎样，有什么东西把我从床上叫起来，到处寻找便笺纸或者水龙头或者是天知道的什么东西。通常当我在家里这么转来转去的时候，我会发现需要处理的其他问题——比如说，灯丝烧断了的电灯泡——所以我跑到厨房的橱柜里去拿储备的灯泡，然后打开柜门……好了，完全不知道我为什么会在厨房里。于是刚才的一幕又重演一遍。

时间对于我来说简直是场灾难。一旦什么东西变成过去时，我就完全把它给抛诸脑后。生命中最最让我觉得害怕的事就是被逮捕，然后警察问你：“1998年12月11日早晨8点50分到11点02分之间你在哪里？”如果真的发生这一幕，我只会乖乖伸出手来让他们铐住我把我带走，因为我绝对不可能想得起来我当时在哪里。我从能记事开始就一直是这样，当然时间不算太长。

我太太就没有这个问题，她能够回忆起所有发生过的事情和事情已经发生的时间。我的意思是每个细节她都记得。有时候她会突然对我说：“16年前的这个星期你的祖母过世了。”

“真的，”我惊愕地回答道，“我有祖母吗？”

这段时间经常发生的另一件事就是，当我和太太一起出门的时候，某个我发誓从来没有见过的人会上前来和我们友好地聊天，还摆出熟人的样子。

“那人是谁？”等那人走了以后我问我太太。

“是洛蒂·鲁巴卜的丈夫。”

我思考了一阵，仍旧没想起任何事情。

“洛蒂·鲁巴卜是谁？”

“上次去大熊湖塔尔马吉家的烧烤派对上你见过她。”

“我从来没去过大熊湖。”

“你去过。参加塔尔马吉家的烧烤派对。”

我又思考了一分钟。“那么塔尔马吉一家都是谁啊？”

“住在公园街的那家人，为斯科沃尔斯基一家举行烧烤派对的。”

这时我已经开始感觉到绝望了。“斯科沃尔斯基是谁？”

“你在大熊湖碰到过的那对波兰夫妇。”

“我没去过大熊湖的烧烤派对。”

“你当然去过了，你还一屁股坐在了烤肉叉上。”

“我坐在了烤肉叉上？”

三天以来我们的对话一直就像是这样，最终我也没有变得聪明起来。

恐怕我这个人一直都很心不在焉。我小的时候曾经在下午给得梅因市的富人区送报纸。听上去是个肥差，其实不是，因为首先，富人们在圣诞节那时候其实最最吝啬（特别是圣约翰路27号的阿瑟·J.尼德迈尔夫妇、林肯宫小区里住大砖房子的理查德·甘贝尔博士夫妇，还有德林克沃特银行产业的塞缪尔·德林克沃特夫妇。我希望你们现在都进了老人院。特此记录备案），还有就是那里的每座房子都离大街向后推了四分之一英里，门前的车道很长还七弯八拐的。

即使是在假想的理想环境下，送完那片区域的报纸也要好几个小时，可是我从不觉得时间漫长。我的问题是：当脚在走路的时候，脑袋却沉浸在半梦半醒的白日梦中，所有心不在焉的人都有这个问题。

每次送完所有的报纸，我低头看看自己的袋子，然后长叹一声——还有六七份报纸没有送出去，每一份报纸就代表了我去过的一座房子——我跋涉过的漫长的车道，穿过的门廊，打开的纱门——但就是忘记把报纸放在那里了。不用说，我完全不记得沿线的80座房子里到底有哪些我忘记留下报纸了。于是我又长叹一声，沿着来时的路再走一遍。我的童年就是这么度过的。我在想尼德迈尔家、甘贝尔家和德林克沃特家是否知道，我每天把愚蠢的《德莫因论坛报》送上他们家门的经历这种地狱般的遭遇？还有，他们过圣诞节都不给我小费是否真的那么开心呢？大概是吧。

不管怎样，你可能想知道我在第一自然段提到的衰老之谜。根据报纸文章所述，西雅图退伍军人管理局医学研究中心的杰拉德·谢伦博格医生已经成功分析出衰老现象背后的基因黑手。似乎在每一个基因里都深藏着一种叫作“解旋酶（helicase）”的东西，是酶的一种。这个解旋酶不怀好意地将组成你DNA的染色体的两条链给剥裂开来，然后你所知道的就是站在厨房橱柜前拼命想回忆起你为什么跑到这里来。

对于这个我没法再提供更多细节了，因为很自然地我不知道把文章给放在什么地方，然后就找不到了。不过这个也不要紧，因为再过一两个星期就会有人跟进揭示衰老背后的其他谜底，然后大家都会忘记谢伦博格医生和他的发现——当然我正在做的恰好就是这件事。

总结一下我们会发现，健忘可能不一定是件坏事。我相信这就是我想说的，不过实话告诉你，我记不起来了。

生活法则

为了让世界更加美好，整个地球将强制执行以下法则，公布之日立即生效。

1. 不再容忍愚蠢和迟钝，你只能任选一样。

2. 那些穿着明显标有生产商名字或商标的衣服的人必须同时佩戴徽章，上书："的确，我就是白痴。"

3. 如果你在停车的时候，把车停入指定位置所花的时间比病人接受心脏手术且从中恢复过来的时间还要长的话，你就不得在此位置停车。

4. 在零售商店排队付款的时候，你必须熟悉自己国家的货币。不允许与销售人员交流有关天气、健康或者共同熟人的关系的问题以及其他与购物无关的话题。购买食物或者饮料的时候，任何离开队伍问自己的同伴是要甜蛋筒还是普通蛋筒，要小杯、中杯还是大杯玛奇朵或者任何类似东西的人，将由警卫押送出大门。任何排在队伍最前面的人，如果说："我要点什么好呢？"像是第一次光临一样仔细研究菜单，然后噘起小嘴作沉思状或者手指在下巴上点来点去，将会被押解出门，执行枪决。

5. 等电梯的时候，电梯来得很慢。如果你不停地按“呼叫”按钮，诚挚希望电梯会快一点的话，你从此不得搭乘电梯。

6. 玛莎·斯图尔特[1]行为犯法，立即生效。

7. 所有旅馆房间的照明设备开关都必须设在门边、床边以及照明装置上容易找到的地方。如果旅馆客人爬上床，发现房间另一头的地板灯不能从床头控制开关，这晚的住宿必须免费。如果接下来他必须花5分钟，甚至更长时间找出关掉地板灯的办法，旅馆必须让他免费享用迷你酒吧里的所有东西。

8. 任何写有“将锁紧垫圈D1和D2通过心轴支架H-4a和H-5安装在轮轴密封J上”的小册子或者任何与之有一丁点类似的东西都是非法的。

9. 写有诸如“愿你的节日有温情环绕，有惊喜送上”的圣诞卡片盒必须在盒外侧加贴醒目大标签，上书：“请勿购买，内里祝福语令人尴尬且过于煽情。”

10. 所有的车两侧后部都得安装加油口，加油站油泵管长度不得少于6英尺。

11. 任何电子钟或者其他计时设备在设置时间时如需压下按钮并费力旋转分针和时针均属违法。此外，当你想要将闹钟设置在早

1 美国“家政女王”，全美家庭主妇的偶像，第二大女富翁，2004年因涉嫌股票内部交易并妨碍司法公正被判处监禁5个月，作者写文章的时候还没有判决。

上7点时，数字跳到6点52分突然加速跳动，然后你郁闷地发现已经跳过7点，必须从头再来，此类设备属于严重违法。

12a. 以下几条免费措施于公布之日立即生效：机场行李车、使用收费电话时任何接线员服务、普通瓶装水、飞机上使用的耳机、客房服务与律师、医生和会计师提供咨询服务时所有涉及其高尔夫比赛或者个人生活的部分。

12b. 以下几项价格削减三分之二，公布之日立即生效：电影院爆米花、餐馆的烈性酒水、牙齿矫正手术、超过两小时飞行时间且不提供食物的航班、碳酸型瓶装水、自动贩卖机出售的商品（特别是小包装花生酱饼干）、大学教科书、配菜吐司以及律师、医生和会计师提供的咨询服务中凡12a条中没有提到的。

13. 再也不允许发et cetera（等等）的时候带有“k”的音，因为笔者对此十分恼火。此外，今后禁止将“absent”（缺席，没有）这个词用在句首，比如“Absent a change of direction by the government…”（如果政府没有改变方向……），也不允许催促笔者或其他活人“to have a good one”（有样好东西），也不许在任何上下文里说什么有人“is seeking closure”（寻求终结）。

14. 从今以后，超级市场必须将所有的商品放在一个不常购物的中年男人能找到的地方。

15. 旋转门必须向两边转，方向由笔者来决定。一次能容纳10个人的巨型旋转门属于违法，除非这10个人事先认识彼此而且早就同意用同样的速度去推门。

16. 想要与其他同胞一起组团出国旅游的美国人，必须首先与笔者一起清理自己的衣橱。英国人则必须获取书面同意，以便他们在自己国家以外的地方穿着短裤。

17. 你无意中拨打了某人的传真号后，听到尖利刺耳的噪声属于严重违法，立即生效。此外，电话中请人等候的时候，不得播放音乐、广告或者承诺说马上就有人来接听。再三思量下，让任何人在电话那头等候均属非法。

18. 复印机必须清楚地指示出放原稿的位置，而且每次将垂直稿件复印成了水平稿件，复印机都得立即退款并发出道歉的声音。任何指导复印机复印出桌布那么大的复印件或者100份相同文件的复印件或者任何类似事件，然后还不重新将机器设置改变成正常状态的人，将会被复印机警察追捕并罚喝下一杯墨粉。

19. 写字楼和零售商场里的出入口如果是双重门，而且某一重门没有道理地老是锁上，必须加挂一大块标语，上书："此门已锁，毫无道理。"

20. 如今禁烟的地方将允许吸烟；而允许吸烟的地方将禁烟，试验期为10年。厌恶吸烟的非吸烟人群可以每小时走出门外在大门旁边转悠10分钟。

21. 任何地方，任何时间，行人有道路使用权。在任何时间，出于任何原因向行人（特别是笔者）鸣喇叭的任何人，其汽车将会被没收。

22. 所有的微波炉要自动识别放进去的食物是什么，然后因材烹调。所有的洗衣机要能清洗任何衣物，包括领带、商务正装和皮鞋，而不会造成缩水或褪色。

23．今后禁止在任何汽车仪表板上的任何按钮上出现如：波浪线、三角形等对于任何人都毫无意义的标志。对于使用者不熟悉的车辆，如租车，那个启动转弯灯的控制杆必须由笔者来指定。

24．在公共卫生间里洗脸和手的时候，却发现那里只装了一台烘干机，则此洗手间违法。

25．肝脏和山羊奶酪将不再被视为食物。那些富丽堂皇的餐馆所供应的沙拉中不得含有任何生长在高速公路边的东西。

26．目前任何热切谈论有关电子邮件、个人信息管理工具（personal organizer）、手机、网上购物或者任何含有“数码”字眼的东西均为非法，何时解禁，另行通知。

27．对于笔者任何文章的评论在发表前均须递交给笔者审阅修改，立即生效。

28．所有的美国人都要欣赏反讽。所有英国人都要明白饮料里加两块冰是远远不够的。

感谢你为世界更加美好所做的贡献，向你的合作致以感谢。

小镇点滴

我最近在读一本精彩的大部头，连冗长的叙述都令人着迷，书名叫《汉诺威镇年度镇务报告》。每年这个时候，我们镇上每家每户都会收到一本。该书长达132页，里面全是与镇上生活有关的各类图表和表格，对我而言简直是天书——什么“下水道租金折扣”“车辆储备代码管理津贴”，还有“共享收入街区赠与基金”——我很高兴对这些完全一无所知。

不过在那些深奥的数字之下，藏着点点滴滴暖人肺腑的真实数据。我很高兴汇报几个，比如去年警方处理的13,397件“事件”中，绝大多数——几乎所有的，真的——都是善意而友好的行为：关照小意外和车辆故障啊，帮救护车疏通紧急通道啊，捕捉流浪宠物啊，还有帮粗心大意的人开车锁啊。

无独有偶，消防队的勇士们所做大多也是好事。去年消防队共出动565次，只有30次是火灾，其余全是地下室进水、电梯卡住、求救呼叫，以及“解救行动”——如把猫从树上救下来等。

总的来说，此报告对于我每天亲眼所见的一切提供了数据上的佐证——也就是说我们小镇的确是个安全、秩序井然而又生气勃勃的地方。

比如说我们镇上的公共图书馆是我在同等大小的小镇中见过的最好的。《镇务报告》上不无自豪地提到图书馆馆藏的书籍、磁带以及其他相关资料多达73,000册，去年就借出了206,000次——对于小镇图书馆来说这个数字可谓惊人。图书馆一年开放335天，一周开放56小时。去年它举办了244次活动，其公共会议厅使用了815次。这些都是令人骄傲的数据。

汉诺威的电影院为当地公民促进会所拥有，其利润用于小镇建设，就我所知，这也是类似城镇中独一无二的。如果夏天的时候我被拽去看《哥斯拉》（我肯定会被拽去看这个的），如果我很讨厌这电影（我肯定会讨厌的），那么当我得知我买电影票的钱变成了市政厅旁边的一盆天竺葵或者其他令人愉悦的美丽事物时，一定会心满意足的。

不过我真正喜爱汉诺威镇的就是它小而精致，浑然天成。镇上有一条令人心旷神怡的老式主街，上面有邮局、药店、一家闲适杂乱的书店，还有一家气氛活泼的餐吧，名叫“墨菲”，以及一家同样受人珍视的咖啡馆“卢氏”，几家银行和那可爱的老式电影院。镇上的建筑大多数都是低调的砖结构房屋，点缀着绿色的帆布遮阳篷，使它们免受日晒雨淋。所有的一切都温馨惬意，让初来乍到者感觉宾至如归，就是那种你在电影里看过几百万次的场景。

你肯定不相信如今这样的小镇已经日益稀少，每个地方的小镇都处于垂死的边缘。自从1991年以来，美国的街头小药店就消失了9000家，占全国这种小型独立社区药店的三分之一。十年不到就有这么多药店消失。其他大多数地方小商家所遭受的打压也越来越重。就拿独立书店来说吧，十年不到的时间，它们就眼睁睁看着自己的销售额下降了一半。

造成这种状况的元凶就是诸如沃尔玛之类的大型折扣连锁店，它是美国最成功的零售集团。尽管如此，目前沃尔玛向城市地区进军的势头越来越猛，在中小城镇附近建立超级庞大的仓库式连锁店，以放血的价格、更多的选择和免费停车为卖点，这些早已是它的专长所在。自1980年以来，沃尔玛的销售额便从每年12亿美元一路攀升到每年1200亿美元，大概和希腊的GDP相当。某项研究表明，如此庞大的销售额中有80%原本都属于各个小镇中心各有特色的商家店铺。艾奥瓦州立大学的经济学家肯尼思·斯通，专门研究沃尔玛对于小城镇的影响，他认为近10年来，小镇上的普通商店的营业额大都下滑了34%，当然是它们中大多数所无法承受的。因此，很多小镇上的沃尔玛变成了新的商业中心。

小镇商家当然竞争不过大型连锁店提供的便利和廉价。可是即使是那些与大型连锁店不直接形成竞争关系的商家，也都纷纷抛弃小镇原来的商业中心。就拿邮局来说吧，全国各地的老邮政营业点都在纷纷关闭，去镇外建新点。最典型的例子莫过于蒙大拿州的利文斯顿了，去年下半年某天，那里的居民突然发现自1914年开始一直热闹非凡的商业中心要关闭了，新的中心将转移到城市边缘的某个购物广场那片区域。我们新罕布什尔州边缘至少有四个小镇遭遇了这种悲惨命运，所有原来的商业中心都在苦苦挣扎求生。

到目前为止，汉诺威镇奇迹般地逃脱了这种命运。不过最近镇外一英里左右，新开张了一家购物广场，在接下来的几个月或者几年里，如果我们镇上有那么几家商店没有搬到那边去扎堆的话，那我就要大跌眼镜了。我们镇外高速公路沿线的下一个小镇上将建起一家全新的沃尔玛连锁店，我们小镇商家忠贞不贰的执着将进一步受到动摇。我们镇上的书店——全国最古老的家庭式书店——对于某家大型连锁店要在附近开新店的传言不断地公开表示担忧。

据我所知，目前镇上邮局还没有关闭的打算——不过那时候蒙大拿州的利文斯顿也没有人事先知道邮局要关门了。某个周二，邮局官员通知我们镇议会召开，并且公布房屋连地基一同出售的消息，这不就是前奏吗？

这种情况很怪异，因为美国人非常尊重并且喜欢小镇，至少理论上他们是这样。让美国人列举出代表美利坚精髓的事物，会有7月4日国庆游行、诺曼·罗克维尔[1]的插图画，还有吉米·斯图尔特[2]的电影，少不了还有小镇风景。所以沃尔特·迪士尼公司在每一家迪士尼乐园的中心都安放了一条经典如画的主街，这绝不是巧合。

大多数人认为他们喜欢主街，却不愿意在时间、价格和脚力上做点小小牺牲，使其得以延续下去。让人悲哀的是，大多数人宁

1　诺曼·罗克维尔，Norman Rockwell（1894—1978），美国著名插画大师。

2　吉米·斯图尔特，James Stewart（1908—1997），美国著名电影演员，代表作有《费城故事》《风云人物》和希区柯克的《迷魂记》等。

愿——真的是想也不想——多开数英里的车也不愿意步行三十步，这就是我们创造的文化。

大概汉诺威能够抵御住这股潮流的侵袭。我也不知道，可是但愿如此。有一件事是肯定的：如果它真能做到，它会与众不同。

文字游戏

你有没有注意到，有些词完美地表达出了它所代表的东西，而另一些词怎么听怎么别扭呢?

那天早上正好有个机会让我来思考这个问题。我正好路过厨房，听见我太太问我要不要加入她那碗“牛奶什锦早餐”（muesli）。

“哦，不过我想我们不可能同时跳进一个碗。”我机智迅速地回答道。唉！这个玩笑对着她开简直是浪费，不过确实让我开始思考那个奇怪的词“牛奶什锦早餐”，我们美国人不用这个词。我们在森林里干完木工活，把垃圾清扫起来放进袋子里，混着几颗各类坚果和一点点鸟食，然后假装这东西是健康早餐产品，并把它叫作“格兰诺拉麦片”（granola），坦率地说，我觉得这名字太棒了。在我脑子里，“格兰诺拉”这个词听上去完全和混着点谷物和谷壳的香脆麦片一模一样，可是“牛奶什锦早餐”这个词听上去什么都不像，除了像你感冒时涂在伤风疹子上的药膏以外（也许有可能就像伤风疹子）。

无论如何，这件事情让我开始思考，哪些词非常出色地完成了自己的工作，而哪些词却无法胜任自己的职责。

比方说“小水珠”（globule）这个词堪称完美的典范，发音和意义完全相符。不需要有人告诉你这个词的意思，你也明白你肯定不想让这东西沿着你的衬衫胸口滑下去。“绵羊疯痒病”（scrapie）也是一个精彩的词，除了疾病以外它几乎不可能有别的什么意思。（不过你再想想它还有可能指一种苏格兰式伤口，例句：他跌倒了，膝盖上有点擦伤。）同样，“打盹”（snooze）这个词也属一流，和“欢笑”（chortle）、“叮当作响”（clank）、“喘息”（gasp）、“滴落”（dribble）还有“膨胀”（bloat）一样。听到这些词你就知道它们代表的是什么。[1]

还有一类词虽然并不太具有描述性，不过由于某种原因，说起它们感觉也相当惬意。比如：“套鞋”（galoshes）、“喧嚣混乱”（pandemonium）、“变质”（transubstantiation）、“初步的”（rudimentary）、“心悸”（palpitation）、“亭子”（kiosk）和“卖国贼”（quisling）。这些都是相当顺口的词。

再来说那些相当糟糕的词，首先值得一提的是“帽兜”（balaclava），这个词我们美国人凭着本能，已经明智地将其放弃了。我们换了另一个词“滑雪面罩”（ski mask）来代替它，虽然并不诗意，但至少拥有意义明晰这个优点。回过头来讲，“帽兜”这个词可以代表任何东西——一种罕见的块根类蔬菜、一种西藏高原

1 作者所列举的这些词比较类似“拟声词”，因此听发音就能多少联想到其意义。

上特有的地貌、阿尔巴尼亚货币的基本单位、一大堆石头从垃圾车后面翻滚而下的声音，什么都有可能，就是不可能代表你愿意戴在头上的东西。真正能让你联想到一种拉下来遮住整张脸的帽子的词应该是“杂碎八宝”（haggis）。

你看，“haggis”用来代表食物实在糟糕——太浮华、太俏皮——不过这个词用来指那种针织的帽子是再合适不过了。（“哦，汤姆，你戴着顶新的haggis简直英俊极了。”）“haggis”听上去完全不像吃的东西（而且那些吃过haggis的人也知道那玩意儿简直就不像人吃的）。

有时候你会琢磨，人们命名事物的时候到底是怎么想的呢？就拿“菠萝”（pineapple）来说吧，如果从前真的有样东西，从各方面看，既不太像松树（pine），又不太像苹果（apple）的话，那这个名字就没错。还有“葡萄柚”（grapefruit），我不知道你怎么想，不过如果有人递给我一只陌生的水果，黄黄的，酸酸的，状如炮弹，我相信自己不会说：“呃，这东西真像葡萄啊，难道不是吗？”

我不知道为什么会这样，可是大多数食物，除了“玉米糊”（mush）和“肉末杂菜”（hash）以外，命名都有问题，比如说“番茄酱”（ketchup）这个词美妙非凡，不过用在番茄酱产品上肯定是大材小用。这个词大概是多年前，某位老处女姨妈用洒上香水的手帕掩上嘴巴鼻子，硬是把喷嚏给堵回去一半时发出的声音。【对于你我这种打起喷嚏来惊天动地的人来说，这个词恐怕要变成“腰果”（cashew）了。】

同样，“椒盐卷饼”（pretzel）不是零食干点，而是将伤员从山顶由直升机运送至安全地点时，用来搬运他们的担架类工具。“精制麦麸”（semolina）也不是做布丁用的，而是西班牙语国家常见的缓慢而庄重的舞蹈，通常用来催眠外国游客。【同样的舞蹈在葡萄牙语里叫作“法西塔卷饼”（fajita）。[1]】“杏仁蛋白软糖”（marzipan）很明显也不是你想放进嘴里的东西，而是把肉穿在烤肉叉上烧烤时，用来接住滴下的肥油的托盘。

还有一些糟糕的词，如：“连帽雪衣”（anorak）、“刮铲”（spatula）、“豆腐”（tofu）、“男用马裤”（pantaloons）、“餐巾”（serviette）、“牛羊杂碎”（sweetbreads）和“长靠椅”（settee）。你会发现其中好几个都是英式英语的词。我要赶紧声明：我并不是说英国人在造词方面很笨拙，而是想说明没有人是完美无缺的。从整体上来看，英国人在造词方面非常在行。我第一次到英国，给我印象最深刻的就是，我们美式英语里找不到对应词的东西，在英国人那里都被赋予了精彩的名字（有趣的是很多都是用来骂人的），例如：“笨头笨脑”（gormless）、“削薄片”（skive）、“目瞪口呆”（gobsmacked）、“不断骚扰”（chivvy）、“接吻爱抚”（snog）、“傻蛋”（berk）、“笨瓜”（pillock）、“呆鸟”（plonker）、“过气的”（naff）还有“屁股腚”（prat）。这每一个精彩的词汇全都是英国人的功劳。

从另一方面来看，英国人却总是在抛弃一些美妙绝伦的词，

1 墨西哥名菜，肉类或海鲜烧烤后拌蔬菜用卷饼裹着吃。

恐怕这样做有点太不小心了吧。比如说他们有一个近乎完美的词叫“先令”（shilling）[1]，但却被他们弃如敝屣。“半克朗”（half crown）[2]也很好听，而“畿尼”（guinea）[3]则更好，最无敌的是“格罗特”（groat）[4]，因为那时候还能掰成两半来用。

因此我有这么一个主意：我们应该重拾某些古老的词汇，用以代替现在那些糟糕词汇，特别是那些意义繁多容易造成尴尬和混乱的词。随便思考一下就能印证我的观点：英语当中一词多义的现象太普遍了。想想看这个句子：“我可不可以看看你的chest。”如果是在古董店里，这句话是这个意思[5]；如果是在舞池里，这句话的意思又有不同[6]。所以我想我们应该启用已经废弃的古老词汇，来解决这些令人困惑的一词多义现象。这样语言能够更加有序一些，而且某些古雅的词汇还会重新流传开来。

不管怎么说，这就是我本周的建议了。既然我是从麦片开始说起的，那么我要去加入我太太的那碗“牛奶什锦早餐”了。

---

1 1971年以前英国使用的货币单位，等于1/20镑。

2 英国从前使用的五先令硬币。

3 17世纪中到19世纪初英国发行的金币，相当于一镑一先令。

4 14到17世纪英国使月的银币，相当于四便士。

5 chest这里指箱子。

6 chest这里指胸部。

泰坦尼克号上的最后一夜

沉船那天晚上，我们的餐桌简直就像精致的油画！每张桌上的水果篮都堆得满满当当，顶上那丰硕的紫葡萄让人垂涎欲滴。菜单上应有尽有，各具特色让人无法取舍。我自始至终都坐在餐桌边上。

——泰坦尼克号乘客凯特·巴斯

选自《泰坦尼克号上的最后晚餐：豪华游轮上的菜单及食谱》

“老天啊，布斯，出什么事了这么乱？”

“哦，你好，斯迈思。这个时候起床好像不是你的风格吧。来根烟？”

“谢谢你，这时候起来我不介意。这么乱到底是怎么回事？我刚才过来的时候看到船长了，他一副烦躁不安的样子。”

“好像船正在下沉，老兄。”

“不会吧！”

“你还记得我们晚餐时看见的那座冰山吗？”

“那个有20层楼高的冰山？”

“就是。呃，好像我们撞上那该死的东西了。”

“太倒霉了。”

“可不是吗。”

“怪不得我刚才醒过来的时候发现舱门比床还低，我就觉得有点怪怪的。这香烟是‘基督山伯爵’牌[1]的吗？”

“是‘厄普曼’牌[2]的，我在杰拉德街上有个熟人，专门搞这种烟。”

“棒极了。”

“是啊……好遗憾，真的。”

“遗憾什么呢？”

“唉，我刚刚订购了十二箱香烟，每箱两个畿尼呢。我想小贝尔蒂得了这些烟简直要高兴死了。”

“你的意思是我们在劫难逃了？”

“情况很不妙。刚才我们客舱乘务员克罗克帮我太太拿睡前饮料的时候说过了，我们只剩不到两小时的时间。哦，斯迈思，你太太怎么样？她的胃好点了吗？”

“不知道，她已经淹死了。”

“哦，太不幸了。”

“我们船刚开始倾斜的时候，她就从右舷的舷窗飞了出去。实

1 Montecristo，是古巴哈瓦那雪茄中最受欢迎的纯手工雪茄之一。

2 H. Upmann，源自1844年由德国银行家赫尔曼·厄普曼在古巴创立的一个雪茄厂，该品牌已是全球雪茄客的最爱之一。

际上，就是她的惊叫把我给吵醒了。真遗憾她没有看到这些激动人心的场景，她总是很喜欢沉船的感觉。”

“我太太也一样。”

“她也没有能挺过来，是吗？”

“哦，没有。她那会儿去找事务官，想给福特纳姆和梅森饭店发电报取消花园宴会。现在也没什么意义了。”

“是啊，不过总的来说这次海上航行还不算太糟糕，你说是吧？”

“太同意你的观点了。船上的美食简直是一流。小女凯特对餐位餐具尤其情有独钟，她觉得餐桌如画，葡萄绝妙。她从头到尾都坐在那里。哦，你有没有见到过她？”

“没有，为什么这么问？”

“主要是她很奇怪地跑了出去，说我们完全沉没之前她和年轻的达西爵士还有点事情要办，好像和旗子有关。”

“旗子？真奇怪。”

“呃，她提到需要一面海盗旗，如果我理解对了的话。说实话，她说的事情我连一半都没听懂。而且我总是有点心不在焉。我太太那时候不小心把睡前饮料泼在睡衣上了——你知道就是因为船在倾斜——她发了通脾气，因为克罗克不愿给她再拿一杯。他说让她自己去拿。”

“太傲慢无礼了。”

“我想他也很不高兴，因为他现在收不到小费了，是吧？真的不能怪他。”

“也是。”

“当然，我还是投诉了他。每个人都必须牢记自己的职务，哪怕是紧急时刻，否则就会天下大乱，你说是吧？我们舱的主管向我保证那个人不可能再在这艘船上继续工作了。”

“我也是这么想。”

“我想可能也没什么区别，不过至少这件事会被记录下来。”

“今天晚上太有趣了，仔细想想：老婆淹死了，游轮沉没了，晚餐不供应2007年的蒙哈榭[1]，我只好将就普通的2005年。”

“你觉得那样就让你失望了？看看这些。”

“对不起，老兄，光线太暗我看不到，什么东西？”

“回程票。”

“哦，真倒霉。”

“还是散步甲板上左舷舱外的好位置。”

“哦，运气实在太差……你听，那是什么声音？”

“我想是最低等舱的乘客淹死的声音。”

“不，听上去像是乐队。”

“是的，你说对了，太对了。乐曲有点悲哀，你觉得呢？我可不想伴着那个节奏跳舞。”

“《上帝比汝更近》（*Nearer My God to Thee*），是这曲子吧？他们应该给我们海上的最后一夜选点喜庆的曲子。”

“我还是想转到下面去看看他们有没有把晚餐准备好。一起去

1 Montrachet，法国著名白葡萄酒。

吗？”

“不了，我还是回去喝杯白兰地吧。今晚似乎不会太漫长，你说我们还有多长时间？”

“大概四十分钟吧。”

“哦，亲爱的，那我就不喝白兰地了。我想我再也见不到你了吧。”

“这辈子见不到了，老朋友。”

“哦，那也不错，我得记住这句话。好吧，那就晚安吧。”

“晚安。”

“还有，我刚想到。船长有没有提到救生船的事情，提到过吗？”

“我没听到他说过。如果他有通知，我来把你叫醒，好吗？”

“你真是太好了，不过千万不要太麻烦你。”

“一点也不麻烦。”

“那么，晚安。代我向你太太和女儿凯特问好。”

“衷心感谢。你太太的不幸遭遇我深为抱歉。”

“呃，人们常说‘更糟糕的事情发生在海上’。我希望她能够在哪里浮起来，她总是那么轻松活泼[1]。好了，晚安。”

“晚安，老朋友，睡个好觉。”

1 原文为双关语，buoyant还有“浮力大”的意思。

房产新闻

最近我们在伦敦购置了一套公寓。准确地说，我们其实还没有买，我们只是租借63年，也就是说这公寓是带租约的。因此，我们付了一大笔钱，并且承诺要保持公寓的干净整洁，还要时时擦拭厨房水槽周围以免渗水。到2061年2月，这套公寓就会自动转到业主名下，业主是谁，我根本一无所知，说不定还没出生呢。（不过告诉你一个小秘密：一直到2060年的圣诞节之前，我都不准备打扫清洁，那么业主会不会来个突然袭击呢？）

现在我也算在英国置下产业了，为此所办理的大部分购房手续都还不算太让人震惊。那些英国体系里独一无二的规矩还都在意料之中。比如说印花税、初级律师费和找你要了大价钱却什么都没说的测量报告（“目测可见供热系统，似乎运行有序，不过建议施行有规律的保养。就这个我要收你们400镑，白痴”）。

不过，等到我太太和我飞到伦敦，十分愚蠢地想在一周内将公寓或多或少装修一下，令人惊讶的事情就发生了。我不知道自己到底是忘记了呢，还是从来就不知道，不过我很惊讶地发现伦敦百货公司的家具部其实什么都不卖，尽是些看上去颇为诱人的绣花枕头。

为了确保没有顾客购买这里的东西，这个部门根本就无人看管。我想自一战前以来，牛津街[1]上的约翰·路易斯家具店里就整层整层都没有员工出现吧。你可以花上几个小时在店里从这里逛到那里，摇晃着手中的信用卡，高声叫唤：“有人吗？有人吗？”肯定不会有人来为你服务。

如果你能找到一个愿意接待你的店员，那简直就是奇迹。但请你千万不要误以为你就可以顺利完成交易了。我们第二天一早去另一家大型知名百货商店彼得·琼斯的时候发现了这个规律。我们想买一张放在厨房里的早餐桌，那里有80多个品种可供选择，精挑细选之下，我们终于选中一样。

“那个恐怕已经断货了。”售货员说。

“那为什么还摆出来展示呢？”

“等新款样品过来，我们就把它给换掉，我们不想让地上留出空白。”

有理有据。

我太太和我商量了一下，然后又选了一个。那张桌子并没有什么很特别的，可是上面放了一张卡片说仓库有货，也就是说我们至少可以搬张新的回去了。

“那我们要这个吧。”我说。

“没问题，先生。我们下周一之前能够送到府上。”

1 伦敦市中心著名的高档商业街。

“不好意思，什么时候？”

“最迟下周五之前。”

“可是卡片上写仓库有货啊。”我气急败坏地质问他。

他施舍给我们一个冷漠而高傲的微笑，你只在英国零售业从业人员和外国人做买卖时看到过这种微笑。“的确如此——在我们位于斯温顿[1]的仓库。”

“也就是说现在肯定拿不到咯？”

“拿不到，不过下个月的第二个星期三之前肯定能到。”

“可是你刚才还说下周一或者下周五什么的。”我被搞糊涂了。

“是这么说的，先生——下下个月的第三个星期二。还是基于仓库有货的前提之下，需要我现在确认一下吗？”

我麻木地点点头。

他去打了个电话回来，看上去很高兴的样子。“是的，仓库里还有一张。您要下订单吗？”

“是的。”

他跑去下单，回来的时候更加开心了。“不好意思那张刚刚卖掉了，”他说，“我可以为您下一份特别订单，需要30天左右。”

“厨房餐桌要30天？”

“哦，不是的，先生。30天是用来处理订单的，桌子本身需要的时间应该更长。”

“多长？”

1 英格兰中南部城市。

他若有所思地仔细查了查订单册子。“呃，桌子是瑞典进口的。如果生产商有存货，而且能正好赶上每月一次从乌普萨拉[1]发过来的货船，又不会滞留在海关，然后我们位于米德尔斯布勒[2]的仓库所有的文书都处理顺利的话，我基本上可以肯定地向您保证，下个米迦勒节[3]之前一定送达府上，最晚也不会晚于下下个米迦勒节。”

几乎所有的家具都是类似状况。我们听到过的最长的送货期居然长达14周，那是张我们刚刚预订的沙发。

“14周？”我惊叫起来，吓呆了。请你原谅我那粗野的殖民地式优越感，不过14周这种时间是任何美国顾客所无法想象的。对于一位美国顾客来说，脑子里只有三种时间段概念：现在、最迟明天以及我们去别处看看。买任何东西要等14周，除了买婴儿，似乎我从未耳闻过。

当然，14周来了又走，我们不仅没看到沙发，连沙发到底什么时候到的通知也不见一个。这段时间我们又返回了美国，因此我们开始一连串的越洋长途电话，得到的回音都一样，不是把我们在各个部门间踢来踢去，就是无穷无尽的等候。

等到最后终于给我们接通了一位真人。我们本来想告诉他们一个惊天动地的消息：我们给他们钱是为了得到产品。这种想法似乎把他们给弄糊涂了。

1　瑞典东南部城市。

2　英格兰东北部港口城市。

3　Michaelmas，每年9月29日，基督教节日，为纪念天使长米迦勒。

“您订购的到底是什么冰箱呢？”电话那头的声音试探性地问。

“不是冰箱，是沙发。普通的三人沙发。”

“好像您应该打给订单处理部——或者打给客户接待部，”那声音说，“我来问您，您下订单的时候，他们有没有给您一张黄色单据上面有张绿色标签或者绿色单据上面有张黄色标签？”

我长叹一声，放下电话去抽屉以及盒子里拖拖拉拉地找订单单据。

“我这里是一张淡蓝色单据附着好像是栗色的标签。”我回来对着电话说。

“啊，”那声音显得很得意扬扬，“恐怕淡蓝色和栗色的单据我们不处理。那应该是海威考姆勃的事。”

“海威考姆勃是什么意思？”

“白金汉郡的一个城镇。”

“不是，我的意思是，海威考姆勃跟我的订单有什么关系？”

“淡蓝色和栗色订单就是在那里处理的。我们这里只处理绿色和黄色订单。不过先生您要知道，如果您要预订一台冰箱的话，我们保证在元旦千年庆典前能送到府上。”

事情就是这样。写这篇文章的时候，我们等沙发已经等了十八个星期。我完全不知道什么时候能看见它。不过从好的方面看，如果60年之后它还没送到，这沙发的问题就不用我管了。

技术问题

如果说我在过去的好几个月里在专栏里面说清楚了某个问题的话，我坚信那一定是：我这个人很不擅长技术方面的东西，哪怕是最基本的小玩意。比如说我刚刚才惊讶地得知，多年以来我一直将之叫作“鸭嘴宽胶布”的东西其实应该叫“银色宽胶布”[1]。

就我的经验来看，对于这些东西你要么生来就明白，要么一辈子都弄不懂。我就是典型的后者。更糟糕的是修理工知道你根本不懂。我没法告诉你有多少次就是因为发动机某种微颤音，我把车开进了修理厂，然后和修理工开始了如下的对话：

“你的车近来活塞反转的转速是多少？”

“我不知道。”

“你的圆形浅盘有没有感觉有点传动损耗？”

“我不知道。”

他若有所思地点点头，相信了我。“你的轴承架最近的曲率如

1 作者把duct tape误以为是duck tape，因其发音非常接近。

何？”

“我不知道。”

他又慢慢地若有所思地点了点头。“好吧，我看都不用看就可以告诉你，”他说，“你的多支管上的‘康宝雷’裂开了，还有你的动力传动系统严重失调。”

“你看都不看就知道了？”

“没有，不过我知道你肯定不懂——那就别怪我要敲你一笔了！”

当然，他们根本没这么说，至少原话不是这样，不过你知道他们就是这么想的。

因此，那天布莱森夫人告诉我，洗衣机修理工马上就要来，得由我来接待，因为她要出门。我听到这消息的时候，一种不祥的预感油然而生。

“求你别让我来管这事。”我乞求她。

“为什么不行？”

“因为他五分钟之内就会发现我是个白痴，然后随即抬价。”

“别傻了。”她开心地说，可是我从心底里知道，这一定又会是一件令我无比遗憾的修理经历，以前类似的遭遇太多太多。

修理工进门了，我告诉他洗衣机的位置——找洗衣机的位置就费了我九牛二虎之力——然后我就坐在书桌前，希望奇迹出现，他小修小补一下，收我50美分，然后就静静地离开，不过我隐约觉得事情不会这么简单，因为从来就是如此。

果然如此，修理工进来之后半小时，他拿着满是机油的金属东西走进我的书房。

“好了，我找到问题了，”他说，“你的横向裁定器里的调速轮阀坏了。”

“哦。”我严肃地点点头，似乎这几句话我听得懂一样。

“还有你的分配器油盘里有些渗漏。”

“听上去很贵嘛！”我说。

“哦，那是自然！我要去把水阀关掉。”

“好的。”

“那你们家的后备隔离闸在哪里？”

我呆若木鸡地看着他，心不断往下沉，越跳越快，想到马上就要颜面扫地不由得开始恐慌。“后备隔离闸？”我重复了一遍，拖延时间。

“是的。”

我清了清嗓子：“不太清楚。”

他扬了扬一边眉毛，意思好像是：这下回去可以给厂里的兄弟们讲故事了。“你不太清楚？”他反问道，嘴皮一扯微笑起来，一副难以置信的样子。

“不是完全清楚。”

“我明白了。”这下不光可以讲故事了，他敲我竹杠的钱都可以搞个非常盛大的圣诞派对了，甚至还能请舞娘来表演。

他的表情清楚地表明在水管修理的历史上，没有哪个户主不知道自己家后备隔离闸在哪里的。我成了第一个，简直受宠若惊。

“实际上我家没有那个闸。”我脱口而出。

“你们家没有？”

我非常诚挚地点了点头：“好像造房子的时候就忘了安。”

“你们家没有后备隔离闸？”

“怕是没有。”我做了个表情，表示我和他一样对此极为惊愕。

我本来以为这下他能够想出什么别的办法修洗衣机，可是他就是不屈不挠地继续问下去。

“那你们家的原始隔离闸呢？”

“那个他们也忘了安了。”

“你在开玩笑吧。”

“我也希望我在开玩笑。”

“那好，你们家水管爆裂了以后，你怎么办？”

这个我终于知道了。首先，我不停地跳来跳去，一边叫：“哦天哪！哦天哪！哦天哪！”如果你低头一看发现自己的腿着火了，你也会是这样吧。然后我会用诸如沙发靠垫之类的东西堵住裂口，让情况恶化。接着我再跳来跳去。最后我会冲上大街挥舞小旗拦下路过车辆。这个时候，布莱森夫人会回到家里，把一切打点好。至少，过去我们发生水管喷射事故的时候一直就是如此。

很明显我没法对修理工坦白这个，所以我尝试了一个新的行动计划，对他说：“等一下。你刚才说的是‘后备’隔离闸吗？我以为你说的是‘附属’隔离阀。[1]”我假模假样地咯咯笑起来，以示这场误解很令人开心。“难怪你刚才那样看着我呢。那个闸在阁楼

1　原文这两个词是auxiliary和ancillary，发音很接近

上。”我开始引路了。

他没有跟着我。“你确定吗？通常那个闸都在地下室。”

“对的，完全正确，就在地下室。”我边说边立即调整了方向，引他去了地下室。我早该想到地下室嘛，那里面有那么多神秘兮兮的东西——又是管道又是套管又是锅炉——任何一个都可能是隔离闸。我坚信修理工一定能够马上发现它，然后我就可以说：“就是这个，是的，就是它。”不过他什么也没做，只是等着我指明具体位置。

“我想闸就在这里。”我指着墙上的某样东西不太确定地说。

“那是保险丝盒，布莱森先生。”

我们亲爱的总统先生知道：撒谎之难在于，谎言肯定会跟你亦步亦趋。我终于崩溃了，向他坦白，我根本不知道我家里的任何东西究竟在什么地方，除了冰箱、电视和车库以外。和从前一样，最后对我的惩罚就是极度尴尬之余，还要大把大把地往外掏钱。

最最糟糕的是，圣诞节派对根本就没有人来邀请我参加。

演讲稿

——致新罕布什尔州梅里登市金堡联合学院毕业班

我儿子和在座各位年龄相仿，再过几个星期，他就要从汉诺威高中毕业了。那天我很自豪地告诉他我应邀于今天来这里给毕业生发表演讲，他脸上浮现起一副青年人特别擅长的狐疑神色，对我说：“你？老爸，你连怎么关掉汽车后挡风玻璃上的雨刮器都不知道。”

这个评价很公正，我确实不知道怎么关掉汽车背后的雨刮器，而且我可能以后永远都不知道。我不知道的事情有很多，我有点白痴，否认这一点毫无意义。

不过我做过一件事，我儿子和在座各位毕业生都还没有做过。我已经高中毕业28年了，正如和我年龄相仿的人一样，生活教会了我一些道理。

我学到的是，如果你要想知道某个东西是不是很烫，去摸一摸它，它肯定是很烫的。我学到的是，知道一支钢笔是否漏水的最好办法，就是把它放在你最好的那条长裤口袋里。我学到的是，骑自行车的时候，把衣服从头顶脱下可不是什么好主意。我还明白了几乎所有的小动物都想咬我，并且付诸实践。

我是经过反复尝试和失败的漫漫长路之后才明白了这些事理，所以我觉得自己已经获得了某种智慧——就是你不断地做蠢事，直到自己受伤了才停下来，然后获得的那种智慧。这大概并非获取知识的办法中效率最高的，不过却很有效，而且至少开派对的时候还能向大家展示一下你那有趣的伤疤，出出风头。

啰唆了这么多，总算绕回到我今天的主题了，那就是依照悠久的传统，我应该给大家一些忠告，能够激励大家走出校园去开创健全而有益的生活。我想这也是在座各位所期待的吧。能有这样的机会我非常荣幸。

围绕着这个主题，我想告诉大家十条简单的小道理——只不过是些不成熟的想法——希望能够对大家今后的人生道路有所启发。以下十条排序不分先后：

1. 时常停下来想想自己还活着。我知道听上去有点多此一举，不过对于活着这独一无二且令人欣慰的事实，我们思考的时间之少的确令人讶异。出于某个极其令人惊叹的偶然机会，宇宙中所有物质里极其微小的一部分造就了你这个人，而且在永恒这样的巨大尺度下，有那么极其微小的一刻，你又享有至高无上的存在的权利。

在无尽的世代中你再也不复存在。不过在你明白这一点之前，你的存在又会终止。就在这起止之间，你有机会去看、去感受、去思考、去行动。不论你在生命中还做到些什么，没有一件能够与自己出生于人世这种难以置信的成就相提并论。祝贺大家，你们做得很好，你们真的很特别。

2. 不过不要过于特别。这个星球上还有50多亿人，每个人和在座各位一样都是世间万物之中心，都很重要。千万不要犯下毫无价值的愚蠢错误，认为自己比其他人更加重要。你生命中遇见的几乎每一个人都应该值得你珍视。其中有很多人是帮助你的人——送比萨到你家，给你买的东西打包，清理你弄得一片狼藉的旅馆房间。如果你还没有养成习惯，满怀善意地对待这些人，那么从现在开始养成习惯吧。

这世界上有无数人，大部分人你一辈子都不会碰到，也不会给予你帮助，也确实帮不了你，也许他们连自己都帮不了，因此他们需要你的同情。我们这个年代冷漠得令人心寒，似乎我们的良心越来越少，给予贫穷残弱的人的经济支援也越来越少，特别是那些离我们万里之遥的人。我给大家的任务就是去多少改变一下这一点。

3. 做任何事情都不要只遵循原则。如果只是出于原则才去做一件事情，除此以外别无任何原因，那就不要去做。

4. 忠于自己的生活理想，想做什么就尽力去做。如果你想成为知名芭蕾舞演员，或者在奥运会上拼搏的游泳运动员，或者在卡内基音乐厅引吭高歌，或者成为什么别的人物，那就尽力去做。千万别介意你身边每个人都委婉地告诉你：你五音不全；你的100米个人最好纪录是74秒，不可能成为短跑冠军。别听他们的，只管去做。因为没什么比到了我这个年纪再后悔更糟糕的事情了。“我本来可以成为波士顿红袜队二垒的，可是我爸当时要我学法律。”可是一切都已经晚了。告诉你爸爸让他自己去学法律，你去征服珠穆朗玛峰。

5．不要犯下极度愚蠢的错误，认为赢了就是一切。如果说我真的想打谁一耳光的话，那就是声称“胜出不仅重要，它就是全部”的那个人。这种观点简直糟糕透了。参与非常重要；尽力而为也非常重要。没有胜出并不是耻辱，真正耻辱的是没有尽力去做，不过这又是另外一件事了。最重要的是，输的时候要保持风度。相信我，你们马上会有很多机会去亲身实践，因此你们最好现在就着手准备。

6．不要弄虚作假，你会得不偿失。不要在考试中作弊；不要偷税漏税；不要对配偶不忠；不要在大富翁游戏中犯规；不要在任何事情上弄虚作假。人们常说：骗子从来就发不了财。以我的经验来看，骗子一向都能发财，不过他们最终总是被抓住。欺骗总是得不偿失的，就这么简单。

7．尽力让自己谦和，这样你会越发礼貌得体，相信我。让人们自己发现你赢得了诺贝尔奖，比起你脖子上挂着绶带到处炫耀自己获奖，显然前者更令人难忘。

8．一直保持购买我写的书的好习惯，而且是精装本，一上市就买。

9．快乐开心，并不难做到。让你们快乐起来的理由有一百万个：你们青春年少，活力四射，还貌美如花——我在这里可是看得清清楚楚。你们的未来正等着你们去创造，不过要记住一件事：不论在什么时候，你的生活永远都有未来。这一点不会改变，你也不要忘却。

10．最后——如果对于今天的演讲你没记住什么的话，记住这个——如果你应邀去公共场合演讲，一定不要讲得太长。

非常感谢大家。

（特致读者：如果你靠爬格子为生，老段子要重复利用千万别迟疑。）

重返故里：后续

今天是我们搬回美国定居的三周年纪念日。我突然想起在这些文章中我还从来没有解释过为何迈出如此重要的一步，你也许会琢磨我们是怎么做决定的。其实我也在琢磨这个问题。

我的意思是：我真的想不起来，我们于何时、如何决定换个国家安家的。我所能告诉你的是，那时候我们住在约克郡的山谷里，那里是远离尘嚣而清秀宜人的乡间。尽管那里风景优美，而且我特别喜欢在酒吧里和人搭讪，结果一句都听不懂。（“欸，我一直在‘大风坡’那里宰羊，那地方比粪坑底还腌脏，臭水满地淌，我都过不去，怎么会那么邋遢呢。我喝的是大碗茶，你也要来点吗？）不过随着孩子们长大，而我又因为工作关系，时常远离家园，继续住在这样一个世外桃源似乎越来越不现实，不过那里确实是桃花源。

因此我们决定搬家，到更加城市化、人气也更多的地方去。那时候——这里开始我就有点记不清了——这样一个简单的主意就慢慢转变成回美国安家了。

每件事情似乎都很顺利。有人来买下了我们的旧宅，我签署了数不清的文件，然后一个搬家小分队来把所有的东西都搬走了。后来我真的不知道发生了什么事情，装也装不出来。不过我能够清楚地回忆起就在三年前的今天，我在新罕布什尔的一幢陌生房子里醒来，望着窗外一边想：“我到底在这里干吗呢？”

我感觉似乎我们犯了一个荒唐的错误。你知道我对于美国没有任何反感，美国是个了不起的国家，从每个方面看都精彩至极。不过这么做让我感觉别扭，是因为这简直就像走回头路——就像人到中年了，还搬回家和父母同住。父母也许乐观积极到了完美的程度，不过你就是不想再和他们住在一起了，因为你自己的生活得继续下去。我对于国家也是这种感觉。

当我呆立在那里被郁闷所淹没之时，我太太从附近散步考察归来。“哦，简直太棒了，”她柔声轻诉，“邻居是那么友好，天气是那么美好，你想到哪里散步都行，完全不用担心路上的牛粪。”

“对一个国家能指望的都实现了。”我阴阳怪气地说。

“是啊！”她说，她真的就是这个意思。

她被这里迷住了，到现在都是，我非常能理解。美国有很多方面极其具有吸引力，外国人经常提到一些显而易见的特点——生活方便快捷，人们和善友好，东西分量很足，空旷感让人陶醉，服务行业的从业人员个个都欢快活泼，还有感觉任何一种奇思怪想都能迅速而容易地得到满足。

我的问题是这一切都是我成长过程中耳濡目染的，对我来说毫无新奇感可言。比如说，人们向我打招呼说：“今天要开心哦”，我总有点无动于衷。

“他们其实并不在乎你今天过得怎么样，”我解释给我太太听，“只不过是条件反射而已。”

“我知道，”她说，“可还是让人感觉很好啊。”

当然她是对的，打招呼究其本身确实是一种空洞的姿态，不过至少是发自内心温情脉脉的冲动。

随着时间的流逝，很多这类事情对我的影响也越来越深。作为一名天生吝啬鬼，我特别喜欢美国那些不用掏腰包的享受——免费停车、免费书夹式火柴、咖啡饮料免费续杯、餐馆咖啡馆结账台上的免费糖果篮；在餐馆里用晚餐附送免费电影票；在我们这里的复印店里靠墙放了一张桌子，上面的东西全部免费自助使用——胶水罐、订书机、透明胶、切纸刀、橡皮筋，还有回形针。使用这些东西完全免费，甚至你不是这里的顾客也可以随意使用，任何人想用这些东西只管走进来取。记得以前住在英国约克郡的时候去买面包，如果要店里帮你将整条面包切成片还要多付一便士——一便士啊！两相对比，不喜欢美国也难。

美国人对生活的态度也让人喜欢，一般说来，那就是乐观自信，从不消极否定——从小生长于此并没有把它当回事，住在英国的种种经历才让我经常想起这种生活态度。比如说上次我抵达伦敦希思罗机场的时候，检查我护照的海关人员仔细打量着我，问道：“你就是那个作家咯？”

你可以想见我有多么开心——有人认出我了。我自豪地回答：“哦，我就是。”

“到英国来多捞点钱的，是吧？”他轻蔑地说着，一边将护照甩给我。

在美国你不会碰到这种事情。总的来说，人们对于生活及其可能性总是保持一种几乎本能的积极态度。如果你告诉一个美国人一颗巨大的小行星正以每小时12.5万英里的速度冲向地球，12周后会将地球击成碎片，他会说："是吗？那样的话，我现在就去报名上'地中海烹饪培训班'。"

如果你将同样的消息告诉一个英国人，他会说："真准，难道不是吗？你有没有看这个星期的天气预报？"

那天我问我太太，她有没有返回英国的打算。

"哦，当然了！"她脱口而出。

"什么时候？"

"某天。"

我点点头，我得承认我和她想的一样。我怀念英国，我喜欢美国。英国有种什么东西让我感觉太舒适了。不过如果我们现在离开美国的话，我也会想念它的，而且这种想念比三年前我所想象的要更深重。美国是个令人赞叹的地方，我太太在有一点上完全正确：走路不用当心牛粪简直太美妙了。

那么真心祝愿——我诚心诚意地——祝你今天开心。